Monica Belle

Lucy früh am Morgen

Erotischer Roman

Übersetzt von Malina Sophie Meyer

ANAIS

Kapitel 1

19. Juli, 10:45 Uhr – Lucy Doyle kommt am Gemeindezentrum St. Bernold an.

19. Juli, 14:40 Uhr – Pater Donald Jessop hält Lucy eine Standpauke über Moral und geht dabei besonders darauf ein, wie unangemessen es sei, das Lingam in der Mundhöhle zu empfangen.

19. Juli, 14:41 Uhr – Man empfiehlt Lucy Doyle, sich nach einer anderen Arbeit umzusehen.

›Das Lingam in der Mundhöhle empfangen!‹ Arroganter alter Knacker. Wenn er nicht möchte, dass ich dem Gärtner einen blase, warum sagt er es dann nicht einfach?

Was sollte ich denn sonst machen? Der Job war todlangweilig und das ganze Gerede über die Entwicklung meiner spirituellen Seite war totaler Mist. Vierzig Pfund die Woche, um bei einem Haufen Pfaffen die Dienstmagd zu spielen! Es gibt so etwas wie einen Mindestlohn und das habe ich Pater Jessop auch klar und deutlich gesagt. Er meinte, es solle mir eine Ehre sein, Gott dienen zu dürfen. Das war die zweite Standpauke gewesen, die er mir gehalten hatte. In der ersten Standpauke war es ums Zuspätkommen gegangen, denn ich hätte um halb acht anfangen sollen. Und dann hatte er mir gepredigt, dass es unpassend sei, ein hautenges Oberteil und eine tiefsitzende Jeans zu tragen, wenn ich für ihn arbeite. In der dritten Standpauke ging es dann um das Schwanzlutschen.

Okay, wenn ich den Job hätte behalten wollen, hätte ich vielleicht auch Pater Jessop einen blasen sollen – oder sein Lingam in meiner Mundhöhle empfangen sollen –, aber so eine bin ich nicht. Er hatte zwischen seinen Standpauken genug Andeutungen gemacht.

Sogar als er mich tadelte, weil ich zu viel Haut zeigen würde, war sein Blick starr auf das geheftet, was ich bedecken sollte. Dann machte er mir Komplimente. Zuerst sagte er, wie wunderschön meine roten Locken auf meiner weißen Haut aussähen – oder, um es mit anderen Worten zu sagen, dass ich wie eine Karotte aussah, er mir aber trotzdem gern an die Wäsche wollte. Dann meinte er, dass ich sehr »schmuck« aussähe, wie eine »Blume Irlands« – was bedeutete, dass ich kleine feste Titten und einen runden Hintern hatte, den er gerne nackt sehen würde. Dann sagte er noch, dass ich zart und unschuldig aussähe, richtig naiv – vielleicht naiv genug, dass er mich überreden könnte, ihm mit meinem Höschen in der Hand einen runterzuholen?

Okay, vielleicht dachte er das nicht. Aber Pater Emanuel Slynn wollte von unserer Siobhan, dass sie das mit ihrem Höschen macht. Und sie ist obendrein ein Chormädchen. Ich würde so etwas nicht tun, mit keinem der beiden, aber mit Todd Byrne schon und mit ihm habe ich es auch gemacht. Er war genau mein Typ. Er war über 1,80 Meter groß und hatte so riesige Hände, dass mein Hintern auf eine einzige gepasst hätte. Außerdem war er muskulös, stark wie ein Stier. Und er war reif, reif genug, um zu wissen, was er wollte. Reif genug, um meinen Annäherungsversuch richtig zu interpretieren.

Ich sollte ihm eigentlich nur eine Tasse Tee bringen, aber allein dieser Geruch nach Mann und frischer Erde machte mich total an, von seinem Anblick ganz zu schweigen. Mir war langweilig. Ich war davon angepisst, wie Pater Jessop mich behandelte. Ich wollte mich wie eine Frau fühlen, nicht wie ein Dienstmädchen. Todd war ein netter Kerl. Er machte Witze und bei ihm fühlte ich mich wohl in meiner Haut. Also nahm ich seinen Schwanz in meinen Mund, der noch ganz heiß vom Tee war. Das ist eine tolle Methode, um Typen in Fahrt zu bringen.

Er ließ sich nicht aus der Ruhe bringen, strich mir übers Haar, als er in meinem Mund hart wurde. Er ließ mich entscheiden, wie weit ich ihn in den Mund nehmen wollte. Ich habe selten mit solch einem prächtigen Schwanz gespielt. Er war groß, geschmeidig und fühlte sich ganz weich an. Todd drängte mich nicht, sondern ließ mir Zeit, so dass ich es richtig genießen konnte, wie er schmeckte und sich anfühlte, bis ich kommen wollte. Und ich wäre gekommen. Mit einer Hand in meinem Slip und ein paar geschickten Bewegungen wäre ich im Himmel gewesen. Vielleicht nicht im Himmel von Pater Jessop, aber dennoch im Himmel – mit einem großen, harten Schwanz im Mund und meinen Fingern in meiner Pussy. Ich zog meinen BH aus, damit ich meine Nippel streicheln konnte, und machte gerade meine Jeans auf, als Pater Jessop kam. Da stand ich also an einem heißen Sommernachmittag in einem Hinterhof im Londoner Stadtteil Kilburn und sah, wie sich die Berufserfahrung, die ich vor meinem Studium sammeln wollte, in Luft auflöste. Und ich fragte mich, was ich jetzt mit mir anfangen sollte. Nach Hause konnte ich nicht, weil Mum ausflippen würde, und sie hätte dann sicher schon einen Anruf von Pater Jessop erhalten. Sie würde mir einen Vortrag halten und mich mit Mary vergleichen. Sie würde mich mit Mary und Siobhan vergleichen. Vielleicht würde sie mich sogar mit Mary, Siobhan und Tara vergleichen.

Bevor ich also nach Hause gehen konnte, brauchte ich einen Job, bei dem ich viel Geld verdiente. Dann würde sie vielleicht ruhig sein. Na ja obwohl, so wie ich sie kannte, würde selbst das wahrscheinlich nichts bringen. Ich würde mich allerdings besser fühlen. Nicht, dass ich mich mies fühlte. Ich weiß, ich hätte mich schuldig fühlen sollen, aber ich tat es nicht. Schuldgefühle sind einfach nicht mein Ding. Und das ist seltsam, denn in meiner

Familie gehören Schuldgefühle zum Alltag wie das Saufen. Ich schätze, das ist ganz typisch für irische Katholiken.

Aber ich war glücklich und aufgeregt, denn ich hatte eine schöne Erinnerung an Todd Byrnes Schwanz und ein Stück Freiheit vor mir. Mir standen alle Türen offen, wirklich alle. Na ja, fast alle. Okay, eigentlich nicht so viele, aber das war mir egal. Sogar Burger braten war besser, als für Pater Jessop zu arbeiten.

Vielleicht war ein Job in einem Fastfoodrestaurant ja die Lösung. Ich wollte das richtige Leben kennenlernen, neue Leute treffen, lebenslustige Mädels und sexy Männer. Wenn ich in einem Fastfoodrestaurant, einer Kneipe oder einer Bar arbeiten würde, könnte ich viele neue Leute kennenlernen. Andererseits würde ich dabei nicht viel Geld verdienen und ich müsste auch abends arbeiten. Meine Abende wollte ich nicht hergeben und nachdem man mir im Gemeindezentrum diesen lächerlichen Lohn angeboten hatte, wollte ich mehr verdienen.

Ich streifte ziellos durch Maida Vale und kaufte mir an einem Zeitungskiosk einen Notizblock und einen Stift. Ganz in der Nähe gab es ein Café, aber nachdem ich einen Blick auf die Preise geworfen hatte, entschied ich mich dagegen. Ein Mäuerchen und eine Dose taten es auch. Ich dachte kurz nach, klappte meinen Notizblock auf und fing an zu schreiben.

Was möchte Lucy tun?

Die Antwort darauf lautete: faulenzen, sich mit Freundinnen betrinken und mit vielen tollen Männern vögeln. Also strich ich die Frage fein säuberlich wieder durch und schrieb stattdessen:

Was kann Lucy?

- Kochen – ein wenig.
- Mit dem Computer umgehen – gerade so.
- Tanzen – besser als die meisten anderen.

- Trinken – mehr als die meisten, ohne dabei umzufallen.
- Über James Joyce, Pointilismus oder die Eigenschaften von Gletschern diskutieren – das hatte mir in der Schule drei Einsen eingebracht.

Dann dachte ich wieder kurz nach und schrieb:

Was kann Lucy nicht?
- Hart arbeiten.
- Früh aufstehen.
- Anweisungen befolgen.

Damit schienen meine Möglichkeiten ziemlich eingeschränkt zu sein. Ich zeichnete eine Tabelle mit drei Spalten und füllte sie langsam aus, während ich meine Cola schlürfte.

Job	**Vorteile**	**Nachteile**
Restaurant	*viele Menschen*	*wenig Geld* *abends arbeiten* *Chef*
Büro	*mehr Geld* *freie Abende*	*langweilig* *Chef*
Striplokal	*viel Geld* *viele Menschen*	*Familie würde ausflippen* *abends arbeiten* *Chef*

Es gab ein großes Problem – die Chefs. Egal ob es sich um einen Diktator in einem Fastfoodrestaurant, um einen Schlipsträger in einem Büro oder um einen Widerling in einem Stripteaselokal handelt, Boss bleibt Boss. Und Bosse und ich kommen einfach nicht miteinander klar. Mir gingen ein paar weitere Möglichkeiten durch den Kopf. Bibliothekarin? Pantomimin? Taschendiebin? Alles hatte seine Nachteile. Außerdem musste ich innerhalb von drei Stunden einen neuen Job finden, um dann damit triumphierend zu Hause aufkreuzen zu können. Wenn ich Mum eröffnen würde, dass ich jetzt eine Taschendiebin war, würde das sicher gut ankommen. Ich ging weiter zur Edgware Road. Ich aß einen Donut und ließ dem Schicksal seinen Lauf. Ich hatte fast aufgegessen, als ich bemerkte, dass ich vor dem Schild einer Zeitarbeitsfirma stand – Super Staff. Das musste doch einen Versuch wert sein. Ich steckte mir den Rest des Donuts in den Mund und klingelte. Eine Frau antwortete über die Sprechanlage und öffnete mir. Ich betrat einen kleinen Raum, in dem fünf blaue Plastikstühle und eine Zimmerpflanze standen. Die Frau, deren Stimme jetzt durch eine angelehnte Tür kam, bat mich zu warten. Eine zweite männliche Stimme war zu hören. Sie klang nervös, als sie sagte:

»... eigentlich alles. Wissen Sie, ich warte eigentlich ab, was sich in meiner Branche ergibt. Meine Doktorarbeit handelt von der kulturellen Anpassung der Völker des ...«

»Ja, Mr Robins.«

»Dr. Robins.«

»Ganz recht, Dr. Robins, aber leider passen Ihre Qualifikationen nicht zu uns. Hier bei Super Staff brauchen wir volles Engagement und die Bereitschaft, flexibel und effizient zu arbeiten. Das persönliche Erscheinungsbild ist ebenfalls wichtig.«

Ich wischte mir schnell den Mund ab, falls ich noch Krümel im Gesicht hatte. Und ich wünschte mir, dass es so einfach wäre, meinen BH wieder anzuziehen, wie es gewesen war, ihn auszuziehen. Ich hatte ihn hastig in meine Tasche gestopft, als wir von Pater Jessop erwischt worden waren. Ich war ziemlich froh, dass ich keinen Lippenstift trug. Der Typ hatte einen Doktortitel und die wollten ihn nicht. Was konnte ich da noch erwarten?

Zwei Minuten später wurde er vor die Tür gesetzt und sah ziemlich niedergeschlagen aus. Und ich saß der Stimme gegenüber, die zu einer Frau mittleren Alters gehörte. Sie hieß Mrs Maryam Smith. Das stand jedenfalls auf dem Schild auf ihrem Schreibtisch. Sie trug keine Brille, über deren Rand sie mich hätte anschauen können, aber das hätte zu ihr gepasst. Stattdessen schaute sie mich an ihrer langen Nase vorbei an und schlug eine Akte auf.

»Miss Davenport?«

»Nein, ich bin Miss Doyle.«

»Ich habe um vier Uhr einen Termin mit Miss Davenport.«

»Es ist erst fünf vor.«

Sie schnalzte mit der Zunge und wühlte in einem Stapel Akten. Ich beschloss, etwas zu sagen.

»Ich habe keinen Termin.«

Sie sah mich an, als hätte ich gerade zugegeben, ein Serienkiller zu sein.

»Ich wollte mich bei Ihnen anmelden, für die Zeitarbeit.«

Sie seufzte und schüttelte den Kopf. Dann nahm sie ein paar Unterlagen zur Hand und war bereit.

»Welche Erfahrungen haben Sie vorzuweisen, Miss Doyle?«

Sekretärin von Pater Donald Jessop im Gemeindezentrum St. Bernold klang gut.

»Bis vor Kurzem war ich die Sekretärin von Pater Jessop im Gemeindezentrum St. Bernold.«

»Wirklich? Und warum sind Sie gegangen?«

»Leider ist Pater Jessop verstorben.«

»Ich verstehe. Mein herzliches Beileid. Ich nehme an, dass der Nachfolger von Pater Jessop Ihnen eine Empfehlung schreiben kann.«

Das war nicht gut.

»Nein, äh … Ich fürchte, das wird nicht möglich sein. Das äh … Gemeindehaus ist abgebrannt.«

»Wie furchtbar!«

»Ich möchte lieber nicht darüber reden.«

»Das verstehe ich natürlich.«

Es klingelte. Sie sprach in die Sprechanlage und wandte sich dann wieder mir zu.

»Das war Miss Davenport. Bitte füllen Sie diese Formulare aus, ich bin dann in Kürze wieder für Sie da.«

Ich nahm die Formulare, ein weißes, ein rosafarbenes und ein grünes. In dem anderen Raum saß jetzt eine Frau mit langen braunen Haaren und sehr hohen Schuhen auf einem der blauen Stühle – das war offensichtlich Miss Davenport. Wir lächelten uns an, als wir die Plätze tauschten, und ich fing an, die Formulare auszufüllen. Auf dem weißen Formular wollte man alles über mich wissen, also schrieb ich alles hin. Auf dem rosafarbenen wollte man wissen, was ich bei wem getan hatte, also dachte ich mir etwas aus. Auf dem grünen musste man viele Kästchen ankreuzen, also kreuzte ich sie an.

Miss Davenport hatte die Tür hinter sich zugemacht, deswegen konnte ich ihre Unterhaltung nicht belauschen, aber ich schnappte ein paar Worte auf. Sie hatte eine sehr sorgfältige Aussprache, sicher war sie auf eine Privatschule gegangen. Dazu passte auch ihre Erscheinung. Sie trug ein graues zweiteiliges Kostüm aus Wolle, eine schneeweiße Bluse mit einer dünnen schwarzen Schleife um den Hals und eine Seidenstrumpfhose, vielleicht sogar Seidenstrümpfe. Abgesehen von ihren Schuhen sah sie aus wie ein richtiger Snob. Ihre Schuhe hatten zehn Zentimeter hohe Absätze und waren aus schwarzem glänzenden Lackleder. Seitlich prangte ein winziges violettes Logo, das wie ein brennendes H aussah.

Gerade als ich mit dem Ausfüllen der Formulare fertig war, verließ sie das Zimmer, warf mir einen meiner Meinung nach mitleidigen Blick zu und ging. Ich schaute ihr nach und beschimpfte sie insgeheim als hochnäsige Schnepfe. Dann rief mich Mrs Maryam Smith wieder zu sich. Als ich wieder in ihrem Büro saß, nahm sie mir die Formulare ab und schaute sie sich an. Als sie am Ende des Blattes mit den vielen kleinen Kästchen angekommen war, hatte sich ihr eisiger, formeller Gesichtsausdruck in so etwas wie Freundlichkeit verwandelt. Sie nickte und legte die Blätter hin.

»Miss Doyle, Sie sind ohne Zweifel sehr gut qualifiziert, außergewöhnlich gut für Ihr Alter.«

»Die Kirche war sehr anspruchsvoll.«

»Ich verstehe. Aber bei uns werden Sie in der Geschäftswelt arbeiten. Sie werden unter Druck und oft zu ungewöhnlichen Zeiten arbeiten und uns und unseren Klienten gegenüber werden Sie immer Eigeninitiative zeigen müssen.«

Ich nickte und lächelte. Ich hatte keinen blassen Schimmer, wovon sie redete, bis auf den Teil mit den ungewöhnlichen Arbeitszeiten.

»Im Gemeindezentrum musste ich um sieben Uhr dreißig beginnen.«

Sie zog ihre Augenbrauen ein Stück nach oben.

»Ich denke, das wird nicht nötig sein. Aber sagen wir, ein Kunde würde Sie zum Beispiel darum bitten, ihn auf eine Wochenendkonferenz zu begleiten.«

Ich zögerte. Meine Antwort wäre gewesen, dass es darauf ankäme, wie heiß der Kerl war, aber das war wohl nicht das, was sie gern hören wollte. Auf den Unterlagen von Miss Davenport lagen ein paar zusammengeheftete Blätter – Richtlinien für Angestellte.

»Da würde ich mich natürlich an die Richtlinien von Super Staff halten.«

Ihr Lächeln wurde immer breiter. Das war die richtige Antwort gewesen. Sie gab mir eine Kopie der Richtlinien – drei eng bedruckte Seiten. Ich verkniff mir eine Grimasse, als sie weiterredete.

»Ich habe noch eine letzte Frage, Miss Doyle. Was können Sie Super Staff bieten?«

Auf diese Frage war ich vorbereitet.

»In erster Linie Engagement und auch ein gutes persönliches Erscheinungsbild sowie die Bereitschaft, flexibel und effizient zu arbeiten.«

Wieder lächelte sie zufrieden.

»Natürlich müssen wir Ihre Referenzen noch überprüfen, Miss Doyle, aber ich denke, ich kann schon sagen, dass Sie gut zu Super Staff passen würden.«

»Da bin ich mir sicher. Danke.«

Ich stand auf, verließ das Zimmer und das war es dann. Ich hatte einen Job, oder besser gesagt, ich hatte einen Job, falls ich die Leute, die ich als Referenzen angegeben hatte, überreden konnte, mich zu decken. Das stellte aber nur ein klitzekleines Problem dar, um das ich mich schnellstens kümmern musste. Aber nicht zu schnell, denn ich brauchte erst mal einen Whiskey, um zu feiern und mich für die unumgängliche Auseinandersetzung zu wappnen, die mich zu Hause erwartete.

Auf der anderen Straßenseite gab es ein Pub – The Bull. Sie hatten keinen Powers, aber dafür Jameson. Ich bestellte mir einen doppelten Whiskey. Schließlich würde ich zum ersten Mal in meinem Leben etwas Geld übrig haben. Als ich mich umdrehte, sah ich, dass sich unter den wenigen Gästen, die so früh schon Alkohol tranken, auch Miss Davenport befand. Sie blickte finster drein, während sie die Unterlagen von Super Staff durchlas. Ich ging zu ihr und hoffte, dass ihre Schuhe mehr über sie aussagen würden als ihre Klamotten, ihr Aussehen und ihre Aussprache.

»Hi! Du warst doch auch gerade drüben bei Super Staff, oder?«

»Ja, du dumme Kuh.«

Sie zerknüllte das Blatt und warf es angeekelt in einen Aschenbecher.

»Scheiß drauf. Zum Teufel damit.«

Ich war ein wenig verblüfft. Wenn man sie sprechen hörte, könnte man meinen, sie wäre eine Adelige, aber sie fluchte wie meine Onkel.

»Was war das?«

»Die erste Abmahnung.«

»Oh. Wie sind die denn so bei Super Staff? Streng?«

»Der übliche Mist. Sie erwarten alles für rein gar nichts.«

»Zahlen sie nicht gut?«

»Kommt drauf an. Normalerweise zehn bis zwölf Pfund die Stunde.«

»Zehn bis zwölf Pfund die Stunde?«

»Ja, dieses geizige Miststück.«

Nein, das war sie meiner Meinung nach nicht. Bei zehn Pfund die Stunde würde ich zehnmal so viel Geld nach Hause bringen, wie man mir im Gemeindezentrum gezahlt hätte. Ich sagte nichts, denn ich wollte nicht völlig ahnungslos erscheinen, und sie redete weiter.

»Man bekommt einen bestimmten Satz für jeden Job. Es kommt darauf an, welche Fähigkeiten man anwenden muss. Die meiste Zeit muss man aber eh nur Akten archivieren und Tee oder Kaffee kochen. Das ist überall so. Es gibt immer irgendeinen Typen, der einen Höhenflug hat und einen zu seiner persönlichen Kellnerin machen will. Frauen sind noch schlimmer.«

»Damit kann ich umgehen. Ich bin übrigens Lucy.«

»Ich bin Bobbie. Willst du noch einen trinken?«

»Total gern, aber ich bin knapp bei Kasse.«

»Egal. Wenn ich gefeuert werde, kannst du dich revanchieren.«

»Okay. Ich nehme einen Jameson.«

Sie ging zur Bar und ließ mich ein bisschen erstaunt und ziemlich zufrieden zurück. Ich hatte nicht erwartet, dass sie so freundlich sein würde, aber dass wir beide bei Super Staff arbeiteten, machte uns sofort zu Freunden. Außerdem machte sie den Eindruck, als würde sie wissen, was sie tat. Gleich als sie zurück war, stellte ich ihr die Frage, die mir unter den Nägeln brannte.

»Kann ich dich mal was fragen?«

»Na klar.«

»Wie schnell überprüft Mrs Smith die Referenzen?«

Sie lachte.

»Hast du E-Mail-Adressen angegeben?«

»Nein.«

»Dann hast du vielleicht bis Donnerstag Zeit, deine Angelegenheiten zu regeln. Sie ruft nie an, aber ich würde an deiner Stelle keine Zeit verlieren.«

Ich nickte dankbar.

»Und wie funktioniert das mit den Aufträgen?«

»Das ist ganz einfach. Man bekommt morgens einen Anruf und die sagen einem dann, wo man hingehen und bei wem man sich melden soll. Am Ende der Woche oder wann auch immer muss dein Boss einen Stundenzettel unterschreiben.«

»Klingt gut. Was heißt ›Eigeninitiative zeigen‹?«

»Das bedeutet, dass du den männlichen Kunden einen blasen musst, wenn sie das verlangen.«

»Du verarschst mich!«

Sie verschluckte sich beinahe an ihrem Wein und presste sich die Hand auf den Mund, um nicht laut loszulachen. Dann bekam sie sich wieder in den Griff.

»Natürlich verarsche ich dich! Das heißt einfach nur, dass man freiwillig bis in die Nacht schuften soll, wenn es nötig ist – so was eben. Man soll im Grunde eine kleine Sklavin sein.«

»Machen dich die Männer manchmal an?«

Sie zuckte gleichgültig mit den Schultern.

»Sicher, das kommt vor. Manchmal lasse ich mich darauf ein, wenn sie süß sind. Man soll das eigentlich nicht, aber das geht SS nichts an.«

»SS steht für Super Staff, oder?«

»Ja. Passt zu denen. Mach dir keine Sorgen. Wenn du gut bist, brauchen sie dich mehr als du sie.«

Ich griff nach den Unterlagen mit den Richtlinien.

»Was ist damit?«

»Das ist reine Papierverschwendung. Schmeiß es weg.«

»Papierverschwendung?«

»Die schreiben das Zeug immer wieder um. Es hat keinen Zweck, es zu lesen. Das Einzige, worauf sie wirklich Wert legen, ist, dass man nicht schwarz arbeitet, also keine Privataufträge von ihren Kunden annimmt.«

»Hast du deswegen eine Abmahnung bekommen?«

»Nein, das war, weil ich einem Fensterputzer meine Brüste gezeigt habe.«

»Du hast einem Fensterputzer deine Brüste gezeigt?«

»Ja. Er war süß und er starrte mich an, als ich drinnen Akten wegsortierte. Ich dachte, wir könnten vielleicht nach der Arbeit ... Also hab ich ihm meine Titten gezeigt.«

»Hättest du ihn nicht einfach fragen können?«

»Red doch keinen Unsinn. Er war vor dem Fenster im 15. Stock. Er hat meine Nachricht verstanden, aber leider gab es im Büro eine Überwachungskamera. Diese neugierigen Schweine.«

Ich konnte nicht anders und musste lachen. Sie gefiel mir immer besser. Sie war genauso ein Luder wie ich. Sie machte die Männer an und trank schon nachmittags Alkohol. Aber ich musste auf ihre Geschichte noch einen draufsetzen.

»Ich weiß, wie du dich jetzt fühlst«, sagte ich beiläufig. »Ich wurde vorhin gefeuert, weil ich dem Gärtner einen geblasen habe.«

»Du Luder!«

Das war keine Kritik, ganz im Gegenteil. Sie lachte.

»Erzähl. Ich will Details hören.«

Mir war schon ein wenig schwummrig. Kein Wunder, ich hatte vier Whiskey auf leeren Magen getrunken.

»Okay. Ich werde im September auf die Uni in Edinburgh gehen und meine Familie hat es angeleiert, dass ich im Gemeindezentrum arbeiten kann. Das ist da, wo die Pfaffen wohnen. Es war total öde und ich sage dir lieber nicht, wie viel die mir zahlen wollten. Aber der Gärtner war toll. Er hatte Hände wie Schaufeln, war total männlich.«

»War er grob?«

»Grob, ja.«

Ihre Augen glänzten und ihre Hände umklammerten fest den Stiel ihres Weinglases. Ich musste mir ein Lächeln verkneifen, als sie sich die Lippen mit der Zunge befeuchtete.

»Wie grob war er?«

»Grob eben, aber kein Schwein. Du weißt doch, wie manche Männer sind. Die versuchen dir gleich ihr ganzes Ding in den Rachen zu rammen. Er war anders. Er strich mir übers Haar und streichelte meinen Nacken. Ich liebe es, wenn ich einen Schwanz im Mund habe und die Hände des Mannes meinen Kopf halten.«

Sie schüttelte den Kopf.

»Das ist ganz nett, aber ich mag es richtig grob. Die Sorte Mann, die keine Skrupel hat, es vor ihren Kumpels zu tun.«

Jetzt leckte ich mir die Lippen, als ich mich an Dalkey erinnerte, daran, wie ich hinter dem Haus meiner Oma im warmen Gras kniete und den Schwanz von Shaun Cullen im Mund hatte, während seine Freunde daneben standen und zusahen, wie ich ihm einen blies. Ich nickte.

»Ja, aber dort gab es nur die Priester. Pater Jessop hat mich erwischt und gefeuert. Darum war ich auch bei Super Staff.«

Jetzt nickte sie. Sie hatte etwas gerötete Wangen und auch ich konnte spüren, wie die Hitze in mir aufstieg. Ich spürte, dass meine Pussy etwas Aufmerksamkeit brauchte. Ich wollte weiterreden.

»Ich weiß nicht, warum ich dir das erzähle. Davon wissen noch nicht einmal meine Schwestern. Aber letzten Sommer in Irland hat mich der Typ, mit dem ich ausging, dazu überredet, ihm einen zu blasen – vor seinen drei Freunden.«

Ich kicherte. Bobbie hatte die Augen geschlossen und sah verträumt aus. Als sie sprach, war es mehr ein Seufzer.

»Ja, bitte. Waren sie grob zu dir? Hat dein Freund dich ausgezogen?«

»Er hat mein Oberteil nach oben geschoben und ich hatte keinen BH an.«

Sie schnurrte.

»Wie schön wär das denn!«

»Hast du's noch nie gemacht? Ich meine so?«

Ihre Stimme klang plötzlich ganz anders.

»Nein! Männer sind doch Feiglinge oder total eifersüchtig. Oder sie kriegen vor ihren Kumpels keinen hoch.«

»Shaun Cullen hatte damit keine Probleme. Er kannte sich bestens damit aus und er wollte vor den anderen angeben.«

»Er hat dich doch nicht ... dazu überredet, den anderen auch einen zu blasen, oder?«

»Nein!«

»Schade.«

»Du bist schrecklich, viel schlimmer als ich!«

»Ich würde so was gern tun, aber ich scheine ihnen Angst einzuflößen.«

»Vielleicht weil du so groß bist und du klingst ... du weißt schon.« Ich wollte hochnäsig sagen, entschied mich aber dagegen. Sie verzog das Gesicht.

»So bin ich nun mal«, sagte sie. Sie wusste, was ich sagen wollte. »Ich schätze, ich sollte mich nicht beschweren. Jack, der Fensterputzer, war gut. Er trug noch immer seinen Overall, als er mich in eine Seitenstraße hinter eine Kirche führte, mitten in der Stadt. Ich lehnte mich gegen die Wand und er hob mich einfach hoch. Er griff unter meinen Po, zog mein Höschen beiseite und setzte mich auf seinen Schwanz. Mir blieb nichts anderes übrig als mich festzuhalten, als er mich vögelte. Es war, als ob mich ein Bär ficken würde.«

»Woher weißt du, wie das ist? Hast du schon mal mit einem Bären gefickt?«

»Sehr lustig.«

»Wirst du dich noch mal mit ihm treffen?«

»Ich weiß nicht ... vielleicht. Ich will nicht, dass er denkt, ich würde ihm gehören. Willst du noch einen Whiskey? Oder wollen wir uns eine Flasche Wein teilen? Der Sancerre ist ganz gut hier.«

»Gern, das wär toll, ja.«

Ich schielte auf die Tafel, auf der die Namen der Weine mit weißer und roter Kreide geschrieben standen. Drumherum war eine Weinranke gemalt. Der Sancerre war ein Weißwein und er kostete 25 Pfund die Flasche. Das war Bobbie egal. Sie bestand darauf, dass der Barmann eine schöne kalte Flasche aus dem hinteren Teil des Kühlschrankes nahm. Er brachte uns die Flasche mit zwei Gläsern auf einem Tablett. Ich weiß, dass es dämlich war, Wein und Whiskey durcheinander zu trinken, aber ich konnte es Bobbie nicht abschlagen. Sie schenkte den Wein ein und wir stießen an.

»Auf große, grobe Kerle.«

Ich antwortete mit einem Kichern. Ich war glücklich, fühlte mich wohl und wollte nicht nach Hause gehen. Es war viel besser, mich mit meiner neuen Freundin zu betrinken und schmutzige Gespräche zu führen. Das Pub füllte sich langsam, denn es war

Feierabend. Eine Gruppe junger Männer setzte sich an den Tisch neben uns. Sie waren zu fünft und redeten lautstark über Geld, Autos und Frauen. Ich schnappte ein paar Worte ihrer Unterhaltung auf.

»... und die Mädchen kriechen unter den Tisch. Sie geben rundherum Blowjobs und dann gehen sie auf die Bühne und strippen, aber eine von ihnen ist eine Transe!«

Die anderen brachen in schallendes Gelächter aus und ich musste auch kichern, weil ich mir die Szene vorstellte. Wie die Typen sich freuten wie die Schneekönige, weil sie einen geblasen bekommen hatten, und wie sie dann herausfanden, dass eines der Mädchen in Wirklichkeit ein Mann war. Zwei von den Männern sahen ziemlich attraktiv aus, irgendwie geschniegelt. Ich blickte zu Bobbie und fragte mich, ob sie das Gleiche dachte wie ich. Plötzlich setzte die Musik aus und ich hörte ganz deutlich, was der größte der fünf Männer sagte.

»Auf wen stehst du, auf Rotbacke oder Nippel?«

Er war nicht schwer zu erraten, über wen er sprach oder warum. Als ich mit Bobbie über Sex geredet hatte, waren meine Nippel steif geworden. Sie zeichneten sich deutlich unter meinem Top ab, als ob sie unbedingt herauswollten. Ich konnte auch sehen, warum er Bobbie als Rotbacke bezeichnete. Sie war vom Hals aufwärts errötet. Und ich jetzt auch, denn ein Gefühl der Verlegenheit machte sich in mir breit. Ich drehte mich zu ihnen. Ich wollte ihnen eine bissige, schlagfertige Antwort geben – so eine, die einem immer erst zehn Minuten zu spät einfällt. Bobbie lachte einfach nur.

»Zeig ihnen, was sie nicht haben können, Lucy!«

Ich dachte überhaupt nicht nach. Meine Hände fassten den Saum meines Oberteils und hoben es an. Meine nackten Brüste zeigten in den Raum, die steifen Nippel mehr oder weniger zur Decke hin. Es war ein toller Moment, als der Kerl es bemerkte.

Die Kinnlade fiel ihm herunter und sein Blick flackerte nervös hin und her. Der Typ neben ihm hatte es auch gesehen und fluchte. Ihre Kumpels merkten, dass irgendwas los war und drehten sich mit einem Ruck um. Aber es war zu spät. Ich hatte meine Brüste schon wieder eingepackt und versuchte süß und unschuldig aus der Wäsche zu gucken, als ich mein Glas zum Mund hob. Bobbie lachte laut los und auch ich konnte mich nicht zurückhalten.

Einen Moment lang sahen die fünf Kerle total verdutzt aus, bevor sie alle gleichzeitig zu reden anfingen. Die drei, die nichts gesehen hatten, wollten wissen, was passiert war, und die anderen zwei erzählten es ihnen. Ich stand auf und ging langsam zu dem großen Typen, der mich Nippel genannt hatte. Ich stemmte die Hände in die Hüften und sah auf ihn runter. Ich wollte ihm einen Moment Zeit geben, damit er mich genau ansehen konnte, wollte vielleicht selbst darüber nachdenken, ob ich an ihm interessiert war, und ihm dann sagen, dass er auch in hundert Jahren keine Chance hatte, das zu bekommen, was er gerade gesehen hatte. Aber der Barmann war schneller.

»Raus mit euch beiden!«

Ich drehte mich zu ihm um.

»Was hat das mit dir zu tun, du Großmaul? Ich werde –«

Er lief um den Tisch. Bobbie war bereits aufgestanden, hielt die Flasche Sancerre fest in der Hand und schüttelte kichernd den Kopf.

Ich lief zum Ausgang und lachte dabei so sehr, dass ich stolperte und mich an einer Laterne festhalten musste, als ich auf die Straße stürmte. Bobbie wankte mir auf ihren hohen Schuhen hinterher. Wir fielen uns in die Arme, lachten uns kaputt und hatten Schwierigkeiten, das Gleichgewicht zu halten.

Der Barmann hatte die Schnauze voll von uns und kam nicht hinterher. Arm in Arm wankten wir die Straße entlang und tranken dabei Sancerre aus der Flasche. Wir waren noch keine zehn

Meter gelaufen, als der Typ aus dem Pub auftauchte. Er überholte uns und lief dann rückwärts vor uns her …

»Hey Mädels …«

… und direkt in einen großen, schwarzen Kerl hinein, der gerade aus einer Einfahrt kam. Die beiden Männer prallten zusammen. Bobbie und ich hielten uns gegenseitig fest, um nicht umzufallen. Der Typ aus dem Pub brabbelte sofort Entschuldigungen vor sich hin – denn der andere sah nicht gerade erfreut aus. Aber als er sich wieder gefangen hatte, ging er auf Bobbie und mich los.

»Was ist denn so verdammt komisch?«

Bobbie schnurrte ein wenig.

»Oh, du großer Mann!«

»Willst du mich verarschen? Dann …«

Ich stellte mich zwischen die beiden, sonst hätte der schwarze Typ ihr noch eine geknallt. Ich nahm seinen Geruch wahr. Er roch total männlich. Mein Gesicht war auf Höhe seiner muskulösen Brust, die sich deutlich unter seiner Weste abzeichnete.

»Sch! Ganz ruhig!«

Er wollte mich zur Seite schieben, da fasste ich ihm zwischen die Beine. Sein Schwanz und seine Eier lagen in meiner Hand, das heißt, eigentlich nicht, denn sein Gehänge war mächtiger als das eines Pferdes. Mir lief ein Schauer über den Rücken, als ich einen Schritt zurücktrat. Es kribbelte in meinem Bauch. Ich hatte ein bisschen Schiss, aber ich hoffte, dass er Gentleman genug war, um zu reagieren, wie ein Mann reagieren sollte. Er schüttelte den Kopf.

»Du solltest aufpassen, wen du anmachst, Kleine!«

»Wer sagt, dass ich dich anmache?«

Er hob mich einfach hoch, eine Hand unter meinem Hintern, die andere an meinem Rücken, und presste seine Lippen auf meine. Einen Augenblick lang wehrte ich mich überrascht, dann schmolz ich dahin. Mein Mund öffnete sich, unsere Zungen trafen sich und wir küssten uns. Seine Hand knetete meinen Hintern, als mein Körper in der Luft hing. Ich klammerte mich an ihm fest und schlang meine Beine um seine Hüften. Die Beule in seiner Hose wurde bereits hart und stieß gegen meine Muschi. Ich wollte, dass er mich auf der Stelle vögelte, auf dem Bürgersteig in der Edgware Road, dass er mir die Kleider vom Leib riss. Ich wollte meine Beine spreizen, seinen mächtigen Schwanz in meinem Mund und in meiner Pussy haben, ich wollte ihn ganz in mir spüren.

Ich war betrunken. Ich war geil. Ich hätte es getan, wenn er es gemacht hätte. Vielleicht. Na ja, nicht wirklich. Nein. Kein Mann ist so ein Tier. Schade eigentlich. Er setzte mich ab und ich ließ ihn los. Meine Beine zitterten, als ich wieder auf dem Boden stand. Bobbie starrte mich an. Sie war so errötet, wie ich mich fühlte. Auch der Typ aus dem Pub war ein Stück zurückgetreten. Er sah erwartungsvoll und gleichzeitig unsicher zwischen uns hin und her.

In meinem Inneren wollte ich dem schwarzen Typen irgendwie sagen, dass er sich verpissen sollte. Vielleicht meldete sich gerade mein Verstand zu Wort. Scheiß drauf. Ich nahm seinen Arm.

»Gehen wir jetzt, oder was?«

Er sah zu mir runter und nickte. Bobbie hakte sich an der anderen Seite unter und so liefen wir drei die Straße entlang. Der Typ aus dem Pub lief hinter uns her. Ich hatte keinen blassen Schimmer, wo wir hinwollten. Vielleicht in ein anderes Pub oder irgendwohin, wo unser neuer Freund uns den Verstand aus dem Leib vögeln konnte. Das Problem war nur, dass ich die anderen führte.

»Wo zum Teufel gehen wir hin?«, platzte es aus mir heraus.

Der schwarze Kerl antwortete mir.

»Wenn ihr das wollt, was ich denke, dann könnt ihr in meinen Sattelschlepper steigen. Ansonsten macht ihr euch jetzt besser aus dem Staub.«

Er zeigte auf einen riesigen Sattelzug, der die halbe Straße blockierte. Bobbie sah sich das Ding mit offenem Mund und großen Augen an und fragte erregt:

»Bist du ein Trucker?«

Er nickte und murmelte so was wie »reiche Schnalle« vor sich hin. Es kribbelte ganz gewaltig in meinem Bauch, als wir zur Fahrerkabine des Lasters gingen. Mums Warnungen klangen mir in den Ohren. Ich solle nicht mit fremden Männern mitgehen. Ich kämpfte dagegen an, aber die Lust war stärker. Einen Augenblick später schob er mir die Hand unter den Hintern und beförderte mich in die Kabine. Sie war geräumig, hinter den Sitzen gab es einen Schlafplatz. Ich hatte seinen Geruch – und den Dieselgeruch des Trucks – in der Nase, als ich hineinkletterte. Bobbie folgte mir und er setzte sich auf den Fahrersitz. Der Typ aus dem Pub stand noch auf dem Gehweg.

»Hey, kann ich auch mitkommen?«, fragte er.

Der Trucker wollte etwas sagen, ihm wahrscheinlich eine Abfuhr erteilen, aber Bobbie streckte ihm schon die Hand entgegen. Der Typ stieg ein und der Trucker ärgerte sich sichtlich, sagte aber nichts. Ich fühlte mich besser, denn sie würden ja wohl nicht beide Psychopathen sein.

Als der Motor ansprang, machte ich es mir bäuchlings auf dem Schlafplatz gemütlich und schaute zwischen den schäbigen orangefarbenen und braunen Vorhängen hindurch. Bobbie saß vor mir, zwischen den beiden Männern. Als wir uns in Bewegung setzten, fing sie an zu reden.

»Wo fahren wir hin?«, fragte ich erneut.

Der Fahrer konzentrierte sich, während er den Truck durch den Feierabendverkehr manövrierte und lachte anzüglich, als er mir antwortete.

»Mach dir darüber keine Gedanken. Haltet euch nur schön warm.«

Der Typ aus dem Pub drehte sich uns zu. Seine Stimme klang jetzt anders – eifrig und nervös.

»Wie heißt ihr eigentlich? Ich bin Luke.«

Ich antwortete:

»Lucy.«

Und aus einer Laune heraus fügte ich noch hinzu: »Aber du kannst Miss Doyle zu mir sagen.«

Das war das Richtige für ihn, nicht für den Fahrer, der grunzend antwortete:

»Frazer.«

Bobbie sagte überhaupt nichts, denn sie versuchte gerade, den Reißverschluss an Frazers Hose zu öffnen. Er gab ihr einen Klaps auf die Hand.

»Du kriegst schon noch, was du willst, aber nicht hier, okay?«

Sie ließ von ihm ab und streckte sich kichernd. Sie hatte immer noch die Weinflasche in der Hand, die ich ihr jetzt abnahm. Ich trank einen großen Schluck Wein. Es brannte, als er mir kalt die Kehle hinunterlief. Wir fuhren langsam nach Norden. So weit das Auge reichte, war eine bunte Blechschlange aus Autos vor uns. Bobbie seufzte, wimmerte fast.

»Das sieht doch keiner, lass mich ein bisschen mit dir spielen.«

Frazer knurrte und sah hinaus zu den Häusern am Straßenrand. Von den meisten Fenstern aus müsste man einen hervorragenden Blick in die Fahrerkabine haben, unter anderem auch aus den Fenstern von Super Staff. Aus dem Bus, den wir überholten, hatte man einen noch besseren Blick. Das war Bobbie egal. Sie versuchte, an Frazers Hosenschlitz zu kommen, während er versuchte, sich mit einer Hand gegen sie zu wehren. Er bekam einen Steifen, in einem Hosenbein zeichnete sich ganz klar eine Wölbung ab. Zu meiner Freude stellte ich fest, dass diese Wölbung ziemlich lang war. Ich musste schlucken. Ich stellte mir vor, wie es aussehen würde, wenn sein Schwanz draußen war, dick und dunkel in Bobbies Hand, in ihrem Mund, in meinem Mund ...

Ich musste Frazer einfach haben. Luke war anders. Er war vielleicht süß, aber mehr ein Bubi. So wie die Sache sich entwickelte, würden Bobbie und Frazer zusammenkommen, und ich würde mich mit der zweiten Wahl begnügen müssen oder leer ausgehen. Ich musste mich einmischen.

»Lass das, du gierige Kuh. Wegen dir werden wir noch verhaftet«, warnte ich sie. Mir war egal, wie sie darauf reagieren würde. Sie schien okay zu sein, aber ich kannte sie erst seit ein paar Stunden. Ich wusste nicht, wie sie mit Kritik umgehen würde.

Zu spät. Der Reißverschluss war offen. Sie steckte ihre Hand in den Schlitz und umfasste seinen Schwanz. Frazer brummte vor Vergnügen und sie schnurrte, als sie ihn ungeachtet meines Protestes rieb. Der andere Typ, Luke, starrte die beiden an. Sein Mund stand offen und er hatte eine Hand an seinem eigenen Schritt. Ich sog den moschusartigen Geruch von Frazers Schwanz ein. Ich wollte auch etwas abhaben und langte zu. Sein Hosenknopf sprang auf, als ich versuchte, meine Hand neben Bobbies in seine Hose zu schieben. Und plötzlich war er draußen: Ein dicker, dunkler Ständer und zwei dicke Eier kamen zum Vorschein, nachdem Bobbie die Unterhose beiseite geschoben hatte. Ich nahm seinen Schwanz in die Hand und rieb ihn genauso wie Bobbie. Wir kicherten beide unkontrolliert.

»Meine Damen, bitte! Die erwischen uns! Scheiße!«

Der Stau hatte sich aufgelöst und wir bewegten uns vorwärts. Frazer hatte Mühe zu schalten, weil wir seinen Schwanz bearbeiteten. Wir hatten seine harte Schale geknackt, ihn in Erregung versetzt und ich verlor meine letzten Zweifel. Ich wollte ihn in mir spüren, ihn reiten und von ihm geritten werden. Ich wollte hochgehoben und gefickt werden, so wie der Fensterputzer es mit Bobbie an der Wand gemacht hatte. Ich wollte, dass er es mir von hinten besorgte, dass er hart und tief in mich eindrang, während er sein Sixpack gegen meinen nackten Hintern presste. Ich wollte auf die Knie gehen und ihn über mir spüren.

Wenn ich nicht aufpasste, würde ich jedoch nur eine Anzeige wegen Erregung öffentlichen Ärgernisses bekommen oder wie auch immer man es nennt, wenn ein Mädchen dabei erwischt wird, wie sie ihrem Freund in der Öffentlichkeit einen runterholt. Ich hörte auf und schlug Bobbie auf die Hand.

»Lass ihn los, du böses Mädchen!«

In Frazers provisorischem Bett lag eine Decke. Ich nahm sie und legte sie auf seinen Schoß. Er schüttelte den Kopf und grinste, als er Gas gab. Luke atmete laut aus.

»Ihr Mädels seid heiß«, sagte er.

Ich antwortete ihm, während auch ich nach Luft schnappte. Ich wollte ihn heiß machen und ich wollte, dass er bettelte.

»Und du bist ein Schlaumeier. Rotbacke oder Nippel, hä?«

Bobbie lachte. »Das passt zu dir«, sagte sie.

»Hey«, rief ich, »du musst auf meiner Seite sein! Egal, Nippel ist jedenfalls besser als Rotbacke!«

Luke lachte ein wenig verlegen.

»Ich mag es.«

»Miss Doyle. Ich habe gesagt, du kannst mich …«

»Okay, Miss Doyle. Miss Nippel-Doyle!«

»Hey!«

Ich gab ihm eine kleine Ohrfeige, nicht fest, aber er sollte leiden. Frazer schwieg. Er trug die Verantwortung und lenkte seinen riesigen Sattelschlepper gekonnt durch die Straßen von Maida Vale. Wir anderen machten Witze, lachten und tranken. Die Flasche Wein war schnell leer und ich war entspannt und ungeduldig.

Wir waren fast raus aus Kilburn, als wir in eine Art Anliegerstraße bogen. Wir fuhren zwischen roten, mehrstöckigen Mietshäusern hindurch auf einen großen Lkw-Parkplatz. Ich hätte nie gedacht, dass es so etwas in der Nähe meines Zuhauses gab. Der Platz war perfekt. Es war kaum jemand zu sehen, nur ein gelangweilter Sicherheitsmann in einer Hütte am Eingang und ein paar Trucker, die sich um einen Hotdogstand versammelt hatten.

Mein Innerstes zog sich voller Erwartung und Spannung, was nun wohl kommen mochte, zusammen, als wir durch die Reihen geparkter Trucks zum hinteren Ende des Parkplatzes fuhren, wo nur ein paar Auflieger am Zaun standen. Frazer parkte ein und grinste, als der Truck zischte und die Hydraulik zum Erliegen kam. Luke schielte nervös zu mir rüber. Bobbie zog die Decke von Frazers Schoß und legte unser Spielzeug wieder frei.

Sein Schwanz war wieder schlaff, aber immer noch beeindruckend. Ich stehe auf große Schwänze und es ist mir egal, was man so sagt. Groß, vor allem dick, ist gut, schön anzusehen, anzufassen und zu blasen. Und wenn er nicht ganz reingeht, muss ich eben mein Bestes geben. Frazer war toll. Ich beeilte mich, sofort nach vorn zu kommen. Ungeduldig lehnte ich mich aus dem Klappbett nach vorne. Er wiederum lehnte sich lachend zurück, als Bobbie seinen Schwanz in die Hand nahm und zu meinem Mund führte.

Ich schmeckte seinen Schwanz und saugte daran. Ich beschäftigte mich zuerst mit der großen, dicken Eichel, bevor ich versuchte, so viel von ihm in den Mund zu nehmen, wie ich konnte. Bobbie bearbeitete ihn währenddessen mit der Hand. Er bekam einen Ständer – er wurde in meinem Mund größer, länger und dicker. Er war groß genug, um meinen Mund ganz auszufüllen. Bobbies Stimme drang in mein wachsendes Vergnügen.

»Wer ist jetzt die gierige Kuh, hä?«

Ich war fast raus aus dem Bett. Sie gab mir einen Klaps auf den Hintern, aber ich ignorierte sie, da ich das große Ding in meinem Mund genoss, das jetzt so hart wie Stein war. Bobbie schlug mich noch mal, diesmal härter, und Frazer packte mich an den Haaren und zog meinen Kopf weg, als er mit seiner tiefen, rauen Stimme sagte:

»Gehen wir nach hinten?«

Ich nickte, kroch schnell zurück und legte mich auf sein Bett. Bobbie kletterte nach mir hinein. Frazer folgte uns, Luke wartete zögernd. Ich hatte keine Zeit, mir um Luke Sorgen zu machen, denn ich zog mir schon mein Oberteil hoch, damit Frazer meine Brüste in die Hände nehmen konnte. Seine großen, rauen Daumen berührten meine bereits steifen Nippel. Bobbie hatte seinen Schwanz in der Hand, während er mit meinen Titten spielte. Sie führte ihn zwischen meine Brüste für einen Tittenfick. Ich griff zu, presste meine Brüste zusammen, um für ihn eine Furche zu formen und küsste seine Schwanzspitze, die sich rasch in meinem Dekolleté auf und ab bewegte.

Bobbie begann sich auszuziehen, während Frazer seinen Schwanz zwischen meinen Brüsten rieb. Sie ließ ihre elegante Jacke fallen, riss sich ihre Bluse auf und hob ihren BH über ihre kleinen, festen Brüste. Als sie ihren Rock auszog, sah ich, dass sie spitzenbesetzte halterlose Strümpfe trug und einen winzigen seidenen Slip anhatte, der eng über ihren Schamlippen lag und ganz nass war. Frazer hatte es auch gesehen und seufzte zufrieden, als er sie zu sich heranzog. Er war immer noch mit meinen Brüsten beschäftigt, als er eine Hand auf ihren Hintern legte. Sie schnappte nach Luft und ihr Gesicht entspannte sich vor Vergnügen, als sein Finger ihren Eingang fand.

Er lehnte sich zurück und streckte seine langen, kräftigen Beine aus. Sein Schwanz bäumte sich in der offenen Hose auf, winkte uns zu sich herüber. Wir folgten, krochen hin, um seinen Ständer zu lecken, zu lutschen und zu küssen. Bobbie öffnete ihren Mund, so weit es ging, um seine Eier zu lutschen. So hatte ich seinen Schwanz für mich allein. Ich nahm so viel von ihm in den Mund, wie ich konnte. Frazer machte es sich gemütlich, verschränkte die Arme hinter dem Kopf und war ganz cool, während wir beide uns an seinem Schwanz und seinen Eiern zu schaffen machten. Ich hörte Luke hinter mir, bettelnd wie ein ungeduldiges Hündchen.

»Und was ist mit mir?«, wimmerte er.

Bobbies Hintern war direkt vor seiner Nase, das seidene Höschen spannte sich straff über ihre schönen Pobacken. Ein richtiger Mann hätte es heruntergerissen und sie gevögelt. Ich löste mich von Frazer und antwortete ihm kühl und spöttisch:

»Wenn du ein guter Junge bist, kannst du zuschauen, aber du behältst deine Hände bei dir.«

Frazer lachte leise und zog Bobbies Slip runter. Luke starrte ihren nackten Hintern mit großen Augen an. Ich sah die Lust und den Neid in seinen Augen und mir kam eine herrlich verruchte Idee.

»Ich hab eine Idee«, verkündete ich. »Ich blas dir einen, aber nur wenn du Frazer einen bläst.«

Bobbie ließ Frazers Eier los und brach in schallendes Gelächter aus. Ich nahm Frazers Schwanz und wedelte Luke damit zu, der knallrot angelaufen war und irgendwas stammelte von wegen, er sei nicht schwul und ich könne ihm doch trotzdem einen blasen. Ich drohte ihm mit dem Finger.

»Nein, kein Blowjob von Lucy, bis du herausgefunden hast, wie es sich anfühlt, einen großen, mächtigen Schwanz im Mund zu haben!«

»Ja, aber du bist eine Frau. Du magst das! Komm schon!«

»Ich liebe es, aber es ist harte Arbeit. Na los, den Mund schön weit aufmachen, Lukey, Baby.«

Luke hätte es getan, aber Frazer funkte dazwischen.

»Hey! Wollt ihr verrückten Hühner wohl die Klappe halten und einfach nur lecken?«, sagte Frazer. »Ich werde keinen Kerl an meinen Schwanz lassen.«

Übermütig machte ich mich wieder an seinem Schwanz zu schaffen. Ich wünschte, er hätte Luke an sich rangelassen, nein besser noch er hätte Luke dazu gebracht, ihm einen zu blasen. Vielleicht nachdem er uns beide gevögelt hätte und dann in Lukes Mund gekommen wäre. Das war ein geiler Gedanke und ich hielt daran fest, als ich mich aufsetzte, um meine Jeans aufzumachen, denn ich wollte Frazer in mir spüren. Bobbie blieb unten und kümmerte sich um seinen Ständer. Sie leckte seinen Schwanz und die prallen, violetten Hoden. Ich sah ihr dabei zu und zog meine Jeans samt Slip aus. Jetzt hatte ich nur noch das hochgeschobene Top an. Ich kroch wieder zu den beiden.

Frazer schob Bobbie von seinem Schwanz weg, damit ich aufsteigen konnte. Seine großen Hände packten meine Taille und ich spürte, wie die feste, runde Schwanzspitze unter mir sich ihren Weg in die feuchte Spalte meiner Muschi bahnte. Ich stöhnte, als ich spürte, wie er in mich eindrang, mich ganz ausfüllte, als ob er bis zu meinem Kopf in mir steckte. Er zog meine Arschbacken auseinander, als ich anfing, mich auf seinem Schwanz auf und ab zu bewegen.

Luke starrte mich an. Ich wusste, dass er es tat und er konnte alles sehen: den dicken, schwarzen Schwanz, der den Eingang meiner Pussy dehnte, und mein kleines rotes Poloch zwischen meinen gespreizten Arschbacken. Das war mir egal. Ich wollte sogar, dass er es sah. Ich wollte, dass er uns zusah und sich wünschte, er wäre an Frazers Stelle. Ich wollte ihn auslachen, wenn er Frazers Schwanz lutschte und dann würde ich ihn trotzdem abblitzen lassen. Ich wollte kommen und das würde ich.

Ich hatte meine Arme um Frazers Hals geschlungen. Ich berührte die Muskeln seines Rückens und seiner Schultern. Er hielt mich wie eine Puppe, packte meine Hüften und meinen Hintern, als er mich auf seinem Schwanz wippen ließ. Er hatte die volle Kontrolle über meinen Körper. Mit den Fingern spreizte ich meine Schamlippen, um ihm – und Luke – zu zeigen, was ich tat. Ich war in Ekstase, weil ich gevögelt wurde, und dabei streichelte ich mich selbst. Bobbie juchzte erfreut, als sie sah, dass ich mich selbst befriedigte. Ich dachte daran, dass die beiden zusahen, wie ich gefickt wurde.

Es war so gut – lang, fest und schön –, nachdem sich die Spannung den ganzen Tag aufgebaut hatte. Ich war von seinem Schwanz erfüllt, der sich rhythmisch in mir bewegte, während ich mich selbst streichelte. Köstlich schmutzige Gedanken gingen mir durch den Kopf: Da war ich also, fast nackt, ritt auf einem Brocken von einem Mann, seine Hände berührten meinen Körper, sein Ständer war in mir, meine neue Freundin schaute uns zu, ein anderer Mann sah zu und wünschte sich, dass er mich auch haben könnte, beide gleichzeitig in mir, in meiner Pussy und meinem Mund, und Luke noch immer mit dem Geschmack von Frazers Schwanz in seinem eigenen Mund.

Bobbie zog mich weg, bevor ich die Sache beendet hatte. Ich versuchte, zu protestieren, aber ich war vom Alkohol und von meiner Lust benommen und verlor fast das Gleichgewicht. Ich ließ mich seitlich fallen, streckte meine Beine auf dem Boden der Kabine aus und lehnte den Kopf an die Wand. Als ich wieder zu ihnen rübersah, saß Bobbie auf ihm, so wie ich vorher, nur andersherum, ihr Hintern ihm zugewandt. Ihm war es offensichtlich egal, in wem er steckte. Er vögelte munter vor sich hin und knetete ihre Brüste mit seinen riesigen Händen.

Luke starrte immer noch hinüber. Er kniete auf dem mittleren Sitz. Bobbie musste irgendwann ihr Höschen ausgezogen haben, denn Luke hielt es jetzt in der Hand. Er schnüffelte daran, während er sich einen runterholte. Ich lachte los.

»Sieh sich einer den kleinen Perversen an! Unterhöschen machen dich also an, ja?«

Er sah mich flehend an und ich fühlte mich wie ein richtiges Miststück. Dann fing er an zu brabbeln:

»Bitte Lucy … Miss Doyle … bitte, nur mit der Hand. Irgendwas, bitte!«

Ich öffnete meinen Mund und wollte ihn einen Wichser nennen, aber ich brachte kein Wort heraus. Er zerfloss in Selbstmitleid. Ich sagte mir, dass ich bloß eine gute Tat vollbrachte, und kletterte auf den Sitz neben ihm. Ich wollte seinen Schwanz nicht anfassen, deshalb würde ich es so tun, wie Pater Slynn es von Siobhan verlangt hatte. Ich benutzte ein Höschen, nicht mein eigenes, sondern Bobbies.

Sie wollte etwas sagen, als ich ihren Slip nahm und ihn um Lukes steifen Schwanz legte, aber Frazer stieß hart und schnell zu, so dass sie nur ein Stöhnen herausbrachte. Ich fing an, Luke einen runterzuholen. Sein Schwanz bewegte sich in dem seidenen Höschen auf und ab. Darunter war er heiß und hart. Frazer stieß einen animalischen Laut aus. Bobbie schrie vor Vergnügen. Er kam in ihr. Bei den letzten wilden Stößen schnappte sie nach Luft und kreischte vor Freude.

Ihre Schenkel spreizten sich weit auseinander, als sie sich an ihn lehnte. Ihre Muschi war offen und sein dicker, dunkler Schwanz steckte in ihrem gedehnten Loch, seine Hände kneteten immer noch ihre Brüste. Sie fing an, sich selbst zu reiben, und wand sich auf ihm, während sie sich zum Höhepunkt brachte. Luke starrte sie hingerissen an, während ich ihm mit ihrem Höschen einen runterholte. Innerhalb weniger Sekunden kam sie und stöhnte ihre Lust heraus. Sie hatte ihre Augen fest geschlossen und ihr Hintern wackelte auf Frazers Schoß.

Aber sie war nicht die Einzige. Meine eigene Erregung war so groß, dass ich Luke nicht davon abhielt, meine Brüste zu begrapschen. Er stöhnte und dankte mir immer und immer wieder. Seine Hand fasste an meinen Hintern, aber ich ließ ihn gewähren, bis seine Finger zwischen meine Arschbacken glitten und mein Poloch streichelten.

»Lass mich in Ruhe, du gieriges Schwein!«, kläffte ich.

Aber es war zu spät. Er stöhnte und kam in meiner Hand.

Die weiße Seide, die um seinen Schwanz lag, wurde plötzlich dunkel. Er war in Bobbies Höschen gekommen. Gleichzeitig drang er in mein Poloch ein. Ich kreischte entrüstet, als ich seinen Finger plötzlich in mir spürte. Er hatte es ganz leicht gehabt, da ich von meinem eigenen Saft feucht war.

»Du Scheißkerl!«

Er antwortete mir mit einem langen Seufzer und stammelte etwas vor sich hin, vielleicht eine Entschuldigung. Er zog mich näher zu sich und ich konnte mich nicht dagegen wehren, denn sein Finger steckte tief in mir. Ich ließ seinen Schwanz los und schlug ihn. Ich schlug ihn fester, als ich es getan hätte, wenn sich sein Finger in meinem Hintern nicht so gut angefühlt hätte.

Kapitel 2

21. Juli – Lucy Doyle überredet ihren Onkel David, sich als Priester auszugeben.

22. Juli – Lucy Doyle kann Niall Flynn nicht dazu überreden, ihr eine Empfehlung zu schreiben.

23. Juli – Lucy Doyle überredet Niall Flynn dazu, ihr eine Empfehlung zu schreiben.

So ein Drecksack! Was für ein hinterhältiger, gemeiner Idiot! Er ist der beste Kumpel meines Bruders Ryan. Er kennt mich, seit ich sechs oder sieben war. Und was wollte er? Er wollte, dass ich ihm einen blase, nur damit er sagt, ich hätte für ihn in seiner abgefuckten Autowerkstatt ein wenig Sekretärin gespielt. Flynns Autoservice, von wegen. Wohl eher Flynns Bauernfängerei oder Flynns Halsabschneiderei. Ich hätte ihm in die Eier treten sollen. Wenn er nicht so spitz gewesen wäre, hätte ich ihm in die Eier getreten. Wenn er nicht so ein verdammter Charmeur wäre, hätte ich ihm in die Eier getreten. Aber er ist es nun mal und ich habe ihm nicht in die Eier getreten. Stattdessen habe ich sie geleckt. Genau das hatte er gewollt – in mein Gesicht abspritzen. Natürlich erst nachdem ich ihm einen Ständer verpasst hatte. Er hat auch in mein Auge gespritzt, was ein ziemlicher Schock war.

Nicht dass es das erste Mal gewesen wäre, aber trotzdem.

So kam ich also an meine Referenzen. Onkel David machte mit, weil er es witzig fand, und Niall Flynn, dieser Bastard, dachte auch, dass es witzig sei, aber auf eine andere Weise. Am darauffolgenden Montag rief mich Mrs Maryam Smith an und ich wurde offiziell in die Super-Staff-Familie aufgenommen, denn meine »früheren Arbeitgeber« hatten mich ausdrücklich empfohlen. Ich bekam auch gleich einen Auftrag für zwölf Pfund die Stunde. Bis zum Mittag würde ich bereits mehr verdient haben, als Pater Jessop mir für eine ganze Woche gezahlt hätte. Und das war gut so, bei all dem Gemeckere von Mum und Mary darüber, dass ich Schande über die Familie gebracht habe und dass ich eine undankbare Kuh sei.

Ich musste mich beeilen. Die Agentur hatte um kurz nach acht angerufen und mir gesagt, dass ich um zehn in den Docklands sein müsse. Die einzigen Klamotten in meinem Kleiderschrank, in denen ich annähernd so aussehen würde wie Bobbie letzte Woche – bevor sie sich für Frazer ausgezogen hatte –, waren ein schwarzer Rock und ein schwarzer Blazer, die ich vor zwei Jahren für die Beerdigung von Großonkel Stephen gekauft hatte. Ich schnappte mir eine von Marys Blusen, band meine Haare mit einem schwarzen Samtband zusammen, zog dunkle Strümpfe und schwarze Pumps an. Ich sah wirklich aus, als würde ich in einem Beerdigungsunternehmen arbeiten. Unterwegs trug ich noch etwas knallroten Lippenstift und Nagellack auf. Immer wenn der Zug hielt, lackierte ich weiter. Als ich endlich ankam, sah ich wenigstens einigermaßen aus wie eine Geschäftsfrau …

… nur um festzustellen, dass alle anderen leger gekleidet waren. Manche Frauen hatten sogar Hüfthosen an und man konnte sehen, dass sie knallbunte Tangas darunter trugen. Ich kam mir total overdressed vor. Es gab noch zwei andere Frauen, die wie ich angezogen waren: meine Chefin, Mrs Tench – ein feuerspeiender Drache um die sechzig –, und – wie ich mit Schrecken feststellte – meine neue Freundin Bobbie, Miss Roberta Davenport, wie man auf dem Schild auf ihrem Schreibtisch lesen konnte. Sie war Mrs Tenchs Assistentin. Sie sah so geschniegelt und gebügelt in ihrem eleganten grauen Kostüm aus, dass man denken könnte, sie könnte kein Wässerchen trüben. Aber ich wusste es besser. Ich hatte gesehen, wie sie sich befummelt hatte, während ein großer, schwarzer Schwanz in ihr steckte. Sie schien für mich verantwortlich zu sein.

»Was machst du denn hier?«, fragte ich sie und freute mich innerlich, dass wir zusammenarbeiten würden.

»Ich bin dein Boss, Miss Nippel. Und jetzt mach dich an die Arbeit, bevor ich dir den Arsch versohle!«

»Aber du bist doch auch nur eine Aushilfskraft!«

»Eine Aushilfskraft mit Erfahrung. Die Firma führt Massenentlassungen durch und wir sind hier, um die Personalkosten zu senken.«

»Was?«

»Sie versuchen ihre teuren Festangestellten loszuwerden. Immer wenn jemand die Firma verlässt, holen sie eine Zeitarbeiterin. Und wenn sie dann Personalkürzungen vornehmen, müssen sie keine Abfindungen zahlen.«

»Ach so«, antwortete ich. Mir dämmerte langsam, dass der Londoner Arbeitsmarkt nicht gerade arbeitnehmerfreundlich war. Man hatte die Gesetze zu Gunsten der Bosse geändert. Vorbei waren die Tage der Gewerkschaften und der Streiks, über die wir im Soziologieunterricht gesprochen hatten.

»Und was soll ich machen?«, fragte ich halbherzig und spielte dabei mit einem ihrer Schreibtischspielzeuge.

»Was willst du denn machen? Du kannst Zahlen in Tabellen eintragen, Akten ablegen, die Post machen oder an die Rezeption gehen. Lächeln.«

Ich lächelte.

»Du arbeitest also an der Rezeption.«

»Was muss ich dort tun?«

»Hübsch aussehen, süß lächeln und ›Guten Morgen, Sir‹ sagen, als ob du wirklich beeindruckt wärst. Und du darfst niemanden schlagen.«

»Schlagen?«

»So wie Luke.«

»Ja, aber er –«

»Das war ein Scherz, Lucy. Das einzig wirklich Wichtige ist, dass niemand zu Mrs Tench durchkommt, ohne vorher mit mir zu sprechen. Die Durchwahlen stehen auf der Telefonanlage. Du weißt doch, wie man eine Telefonanlage bedient, oder?«

»Ähm ... nein.«

Sie schüttelte den Kopf.

»Das lernst du schon. Geh jetzt und fang an, oder ich werde dir *wirklich* den Arsch mit einer Peitsche versohlen, oder zumindest mit einem Lineal. Es dauert hier einfach zu lange, bis man die angeforderte Peitsche bekommt.«

Ich streckte ihr die Zunge raus und verschwand. Ich war heilfroh, dass ich mit ihr zu tun hatte und nicht mit Mrs Tench, denn sonst würden die kleinen Übertreibungen auf meinen Super-Staff-Formularen in null Komma nichts auffliegen. Na gut, es waren keine leichten Übertreibungen, sondern blanke Lügen. Aber im Betriebswirtschaftsunterricht in der Schule war uns ständig gesagt worden, wie wichtig es sei, die Initiative zu ergreifen.

Die Arbeit an der Rezeption war keine große Sache. Fast alle, die reinkamen, hatten ein Namensschild, das sie mir zeigten. Und ich verteilte Besucherschilder an diejenigen, die keins hatten. Das waren aber nicht viele. Bis zur Mittagspause war ich zu Tode gelangweilt. Ich fragte mich gerade, ob ich wohl etwas essen gehen dürfte, als Bobbie mit einem Mädchen erschien. Sie war dunkel und gertenschlank, hatte einen olivefarbenen Teint. Sie war vielleicht Italienerin oder Griechin. Bobbie zeigte zwischen uns hin und her, als sie auf meinen Tisch zukam.

»Lucy, Talia. Talia, Lucy. Lust auf Mittag?«

»Sicher. Hi, Talia. Du vertrittst mich?«

»Ja, klar.«

Sie hatte einen amerikanischen Akzent, kam vielleicht aus New York. Sie gab sich ziemlich gelangweilt, als sie meinen Platz hinter dem Schreibtisch einnahm, als ob sie sich gerade so dazu aufraffen könnte. Bobbie rollte mit den Augen, als wir zum Fahrstuhl gingen. Als sich die Tür hinter uns schloss, sagte sie:

»Computerhocker.«

»Was?«

»Talia ist ein Computerhocker, wie ein Stubenhocker, aber mit Computern. Sie kennt sich toll mit Computern aus, wenn sie Bock hat. Aber sie hasst jegliche Art der körperlichen Anstrengung oder wenn sie sich mit anderen Leuten abgeben muss.«

»Das kann man ihr nicht zum Vorwurf machen. Sie sieht aber fit aus.«

»Ich glaube, sie isst nicht richtig.«

»Gehört sie auch zu Super Staff?«

»Klar. Sie ist fast so lange dabei wie ich. Sie ist nett, hat aber keinen Geschmack, was Männer angeht.«

»Nein?«

»Sie steht auf ältere Typen. Sie sagt, die sind reich und gewandt. Aber ich sage dir, das sind schmierige alte Säcke.«

»Ich mag sie lieber wie du: jung und stark ... und schmutzig.«

»Und rau.«

»Ich glaube, was für dich rau ist, ist für mich normal.«

Sie antwortete nicht darauf, denn die Fahrstuhltür öffnete sich wieder. Drei Geschäftsmänner traten ein – sie trugen Anzüge, der eine hatte graue Haare und war offensichtlich ein hohes Tier, die anderen waren jünger.

Der größte von ihnen warf uns einen bewundernden Blick zu, aber seine Kollegen ignorierten uns. Wir fuhren stillschweigend nach unten und starrten dabei auf unsere Schuhe. Wir fühlten uns unwohl und wussten nicht, ob wir eine Unterhaltung anfangen sollten. Bobbie sagte erst wieder etwas, als wir auf den großen Platz traten, an dessen Seiten die Gebäude sich in schwindelerregende Höhen erhoben.

»Du hast das mit deinen Referenzen also hinbekommen.«

»Ja, und wie!«

»Was ist denn passiert?«

»Bei meinem Onkel David war es kein Problem, aber Niall, der Kumpel von meinem Bruder, der eine Autowerkstatt hat, war ein totaler Mistkerl. Ich musste ihm einen blasen.«

»Nein!«

»Ja, und er hat sich wie ein richtiges Schwein benommen.«

Ich musste lachen, weil sie so gespannt aussah, wie eine Katze, die in ein Goldfischglas schaut. Ich wollte gerade zugeben, dass Niall und ich diese Art von Beziehung führten, seit er mir beigebracht hatte, wie man das mit dem Blowjob richtig macht, aber das wollte sie nicht hören. Sie wollte die schmutzigen Details hören, die ich ihr gern erzählte und dabei vielleicht auch ein wenig ausschmückte.

»Am ersten Tag habe ich es nicht gemacht, weil ich dachte, er würde nachgeben. Schließlich ist er ja ein Freund der Familie. Aber das tat er nicht. Er hatte einen Brief von Super Staff bekommen. Und der lag auf seinem Schreibtisch im Büro hinten in der Werkstatt. Er hatte auch schon eine Antwort geschrieben, in der stand, dass ich pünktlich und zuverlässig sei, schnell begriff und gut mit Computern und Zahlen umgehen könne – das war mehr, als ich eigentlich brauchte. Er musste es nur noch unterschreiben und wegschicken. Ich dachte, er hätte Mitleid mit mir bekommen, aber nein. Er setzte sich auf seinen Stuhl –«

»Wie sieht es dort aus?«

»Es ist ein kleines, schmutziges Büro, eine kleine Holzbaracke, die hinten in die Werkstatt gebaut wurde.«

»Waren noch andere Männer da?«

»Ja, sechs. Alle Kerle, die für ihn arbeiten.«

Sie schnurrte wieder, wie ich es schon von ihr kannte. Ich entschied mich, die Sache noch ein bisschen auszuschmücken.

»Ja, sechs also, und die Bürotür geht nicht mal richtig zu. Ich bin mir sicher, dass sie es wussten. Ich glaube, sie haben sogar ein bisschen gespannt.«

Sie seufzte.

»Während du bei der Sache warst?«

»Ja! Ich denke, er wollte, dass sie es mitbekommen. Er hat nicht einmal versucht, die Tür zu schließen, und er war auch nicht besonders leise. Wie gesagt, er setzte sich auf seinen Stuhl und sein Schwanz zeichnete sich unter seinem Overall ab, seinem dreckigen, ölverschmierten Overall. Und er sagte: ›Hier ist dein Brief, kleine Lucy. Das, was du brauchst, und ein bisschen mehr. Ist preisgünstig, aber wenn du willst, dass er abgeschickt wird, musst du bezahlen und zwar im Voraus.‹«

Bobbie seufzte leise. Ich versuchte, ein Kichern zu unterdrücken, und ich genoss es, weiterzuerzählen.

»Ich beschimpfte ihn als Mistkerl und sagte, er solle sich ins Knie ficken. Er grinste nur und zog den langen Reißverschluss seines Overalls runter, bis ganz unten. Es hatte nur ein Unterhemd und eine Unterhose drunter, die so knapp saß, dass sein Schwanz und seine Eier kaum reinpassten. Er bekam auch gerade einen Steifen. Ich wollte es nicht tun, wirklich nicht. Ich sagte, dass ich meinen Brüdern davon erzählen würde, aber er lachte nur darüber. Ich sagte, er solle sich was schämen, und ich erinnerte ihn daran, wie lange wir uns schon kannten, aber er gähnte nur, als ob ihn die Warterei ermüden würde. Dann holte er seinen Schwanz aus der Unterhose, so dass er emporragte. Ich konnte ihn ganz deutlich riechen, trotz des Öls, der Schmiere und der Abgase. Und er sagte: ›Halt die Klappe und nimm ihn in den Mund, du kleine Schlampe, oder du musst es uns allen sieben besorgen.‹«

»Oh, mein Gott!«

»Er meinte es ernst, also habe ich es getan. Ich kniete auf dem dreckigen Betonboden zwischen seinen Beinen, um ihn in den Mund zu nehmen. Ich konnte die Männer in der Werkstatt hinter mir hören und ich bin mir sicher, dass sie es wussten. Sie haben es sicher gesehen. Vielleicht hat er ihnen sogar davon erzählt, denn er hat mein Oberteil und meinen BH hochgeschoben, um meine Brüste rauszuholen, und er sagte, ich solle meinen Hintern rausstrecken. Ich habe mich echt geschämt, aber ich weiß nicht, ich konnte einfach nicht anders, es hat mich wirklich angemacht.«

Bobbie nickte verständnisvoll. Ihre Unterlippe zitterte und ihr Nacken war gerötet. Mich erregte es auch, als ich mich an den Geschmack und das Gefühl von Nialls Schwanz in meinem Mund erinnerte.

»Es dauerte eine Ewigkeit, bis er richtig steif war, und er ließ mich schmutzige Sachen machen.«

»Was für schmutzige Sachen? Sag schon!«

»Na ja ... er hat eine wirklich dicke Vorhaut und er mag es, wenn ich sie mit meinen Lippen zurückschiebe, so dass ich an seiner Eichel saugen kann und ... er wollte, dass ich ihn unter seinen Eiern lecke –«

»Seine Eier? Er wollte, dass du seine Eier leckst?«

»Nein! Ja, wollte er ... Er hat gesagt, ich soll es tun und ich wollte nicht, also hat er mich an den Haaren gepackt und mein Gesicht an sie gedrückt, bis ... bis ich es einfach tun musste. Und dann hat er gelacht und mich wieder Schlampe genannt und gesagt, dass meine Zunge in sein Arschloch gehört. Ich habe gedacht, dass er mich tatsächlich dazu zwingen würde, das dreckige Schwein. Meine Zunge reinzuschieben und ...«

»Eine Berührung und ich komme, ich meine es ernst«, sagte Bobbie. »Erzähl weiter.«

»Er ließ mich wieder seine Eier in den Mund nehmen und saugen, während er sich einen runterholte. Er spritze in mein Gesicht und meine Haare und ließ mich so zurück, auf dem Boden seines schmutzigen Büros kniend mit seinem Sperma im Gesicht und mit entblößten Brüsten. Ich bin mir sicher, dass die Männer zugesehen haben. Ganz sicher.«

Bobbie gab einen gedämpften Seufzer von sich. Ich dachte wirklich, dass sie gekommen war, ob nun mit oder ohne Anfassen, aber dann lachte sie und schüttelte den Kopf. Wahrscheinlich hatte sie gemerkt, dass ich übertrieben hatte, aber sie sagte nichts und ihre Augen leuchteten, als wir eine Sandwichbar betraten.

Ich arbeitete die ganze Woche an der Rezeption, dann gab ich Daten zu Auto- und Haushaltsunfällen in ein Computerprogramm ein. Wir sammelten und verarbeiteten die Informationen für unseren Mutterkonzern, Emblem Insurance, aber wie Bobbie gesagt hatte, wenn man eine Aushilfskraft ist, ist es egal, was die Firma macht, wer das Sagen hat oder was da passiert. Es kommt nur darauf an, bis zum Ende der Woche durchzuhalten, denn in der nächsten Woche arbeitet man wahrscheinlich ganz woanders und all das Zeug, das so wichtig war, ist dann egal.

Bis Freitag lernte ich die anderen Super-Staff-Mitarbeiter kennen, die in derselben Firma arbeiteten wie ich: vier Frauen und ein Mann oder besser gesagt ein Junge. Bobbie war die Ranghöchste, sie war nicht nur die Assistentin von Mrs Tench, sondern hatte auch die meiste Erfahrung. Sogar Talia ordnete sich ihr unter, obwohl die bereits in New York und Boston bei einer Zeitarbeitsfirma gearbeitet hatte, bevor sie als persönliche Assistentin nach England kam. Sie erzählte ihre Geschichte am Mittwoch nach der Arbeit bei einer Flasche Wein im Lascar's, einer Bar in dem Bürokomplex, in dem wir arbeiteten.

Ein leitender Angestellter einer großen Ölfirma hatte ein Auge auf Talia geworfen und nachdem er ihr lang und breit erklärt hatte, dass seine dreißigjährige Ehe in Scherben lag, und er ihr viele teure Geschenke gemacht hatte, war sie eine Affäre mit ihm eingegangen. Er war genau ihr Typ: in den Fünfzigern, reich und erfolgreich, und sie hätte sich gut vorstellen können, bei ihm zu bleiben, ihn vielleicht sogar zu heiraten. Leider waren es alles leere Versprechen gewesen und in London spitzten sich die Dinge zu. Sie hatten in einem der Hotels auf der Park Lane einen heftigen Streit gehabt. Talia war auf der Straße gelandet und in ein Pub auf der Edgware Road gegangen, um sich zu betrinken, bevor sie am nächsten Tag versuchen wollte, zurück in die Staaten zu fliegen. Dann hatte sie Bobbie kennengelernt und ein Jahr später war sie immer noch hier.

Kanthi war Inderin, schüchtern, auffallend schön, mit schimmernden schwarzen Haaren, die ihr bis zu den Kniekehlen reichten, wenn sie sie nicht hochsteckte. Sie sagte wenig, schien Bobbie aber zu bewundern, während sie selbst als diejenige galt, die alles verstand und doppelt so schnell arbeitete wie alle anderen. Ich hatte mir schnell angewöhnt, ihr einfach hinterherzulaufen, denn meistens hatte ich nicht die geringste Ahnung, was ich da eigentlich machte, und ich konnte mich immer darauf verlassen, dass sie mir half, ohne viel Wind zu machen.

Sophie war das genaue Gegenteil – klein, blond, sie trug einen Bob, war lebhaft und hatte nur Unfug im Kopf. Sie wusste, was sie tat, aber nur gerade so, und fand es unheimlich lustig, dass es mir anders ging. Arbeit versuchte sie weitestgehend zu vermeiden, und sie schien nichts ernst nehmen zu können. Sie kam damit durch, denn sie hatte etwas an sich, womit sie den Männern den Kopf verdrehte, obwohl sie bei Mrs Tench damit an die Falsche geraten war.

Der Junge hieß Keith, er sah gut aus, hatte ein Milchgesicht, strubbeliges blondes Haar und flehende Augen. Ich konnte mir denken, wonach er sich sehnte, denn sein Blick folgte uns immer durch das Büro, besonders Sophie sah er hinterher. Er bewunderte Bobbie, errötete, wenn sie mit ihm sprach, und brachte dann selbst kaum ein Wort heraus. Das war okay für mich, denn wenn Kanthi nicht da war, um mir zu helfen, tat er es.

Bis Freitag hatte ich den Dreh raus, zumindest verstand ich die Grundlagen. Ich konnte einen Unfallbericht in Zahlen ausdrücken und in eine Tabelle eintragen, so dass das, was am Ende dabei herauskam, keinen Wutanfall bei Mrs Tench auslöste. Und das reichte mir völlig. Um fünf Uhr wusste ich, dass ich es geschafft hatte: eine Woche, ohne dass ich aufgeflogen war, rausgeschmissen oder angeschnauzt wurde. Dafür hatte ich besonders Bobbie zu danken, aber auch den anderen. Außerdem würde ich dreihundert Pfund bekommen, sogar nachdem das Finanzamt sich seinen Anteil genommen hatte, und das war mehr Geld, als ich jemals zuvor besessen hatte. Wir wollten sowieso noch was trinken gehen, und ich wollte mich unbedingt bedanken oder zumindest die erste Flasche ausgeben. Bobbie war die Letzte, die Feierabend machte, und ich wartete im Foyer auf sie. Sobald Mrs Tench auch weg war, hakte ich mich bei Bobbie unter.

»Wie wär's mit Champagner? Ich geb eine Flasche aus.«

»Du wurdest doch noch gar nicht bezahlt!«

»Ich hab noch ein bisschen Geld, das reicht. Ich bestehe darauf.«

»Okay. Sind die anderen im Lascar's?«

Waren sie, und auch Keith, was mich nervte, denn ich hatte gehofft, wir Mädchen wären unter uns und könnten später vielleicht noch ein paar heiße Typen aufreißen. Ich sagte aber nichts, denn er gehörte irgendwie zu unserer Gruppe dazu und er hatte mir oft geholfen. Also bestellte ich sechs Gläser und eine Flasche Champagner. Ich spürte es kaum, als der Champagner meine Kehle hinunterfloss, er war angenehm kühl; eine schnelle Erfrischung nach einem Tag, an dem man einen Computer mit endlosen Zahlenreichen gefüttert hatte.

Wir unterhielten uns natürlich über die Arbeit, darüber, ob wir nächste Woche wieder hier arbeiten würden, wie nervig es war, für Mrs Tench zu arbeiten, über die Männer, die in den anderen Büros arbeiteten. Bei dem Thema wurde Keith rot und wir konnten nicht widerstehen, ihn zu ärgern – nicht direkt, sondern indem wir uns über die anderen Männer in der Bar unterhielten. Ich dachte wirklich, er würde verschwinden, aber er blieb da. Bobbie bestellte noch eine Flasche Weißwein und Keith trank auch von dem Champagner, den sechs Männer, die in der Ecke saßen, an unseren Tisch hatten bringen lassen.

Sie wollten offensichtlich unsere Aufmerksamkeit erregen, aber meine würden sie nicht bekommen, denn sie waren zu alt, zu glatt. Einer von ihnen war ein Typ mit silbergrauen Haaren, den ich in unserem Gebäude gesehen hatte. Ein anderer sah ganz gut aus, war dunkelhaarig und hatte ein markantes Gesicht. Die anderen vier kamen überhaupt nicht in Frage. Ich bemerkte, dass sie Talias Aufmerksamkeit erregt hatten und vielleicht auch Kanthis. Aber nicht meine und Bobbies auch nicht. Sophie interessierte das alles auch nicht, sie wollte lieber Keith ein bisschen quälen.

»Auf wen stehst du, Keith? Wie wäre es mit dem großen, fetten Kerl mit dem Kahlkopf?«

Er sah aus wie ein Fisch, als er nach Luft schnappte.

»Ich? Auf keinen Fall! Ich bin doch nicht schwul!«

»Du hast ihren Champagner angenommen.«

»Ja, aber der wurde zu unserem Tisch gebracht.«

»Genau, als Geschenk, was offensichtlich eine Anmache ist. Wenn du nicht interessiert bist, hättest du es nicht annehmen sollen, oder?«

»Nein, aber ... ja, aber ...«

»Sie sind schließlich zu sechst, und wir sind auch sechs und statistisch gesehen muss einer von ihnen schwul sein, also musst du wohl dein Bestes geben, um ihm zu gefallen, oder? Das ist nur fair.«

»Auf keinen Fall!«, fauchte er. Seine Unbeholfenheit war nicht zu übersehen, das war witzig. Man konnte ihn so leicht ärgern.

»Sei doch nicht so undankbar, Keith, er hat dir ein Geschenk gemacht, also hab dich nicht so.«

Ich konnte nicht anders und musste mitmachen.

»Ich wette, er würde es toll finden, in den Hintern!«

Bobbie schüttelte grinsend den Kopf. Kanthi kicherte verlegen. Talia hatte Blickkontakt mit dem silberhaarigen Mann aufgenommen und hörte gar nicht zu. Sophie sprach weiter, ihre Stimme war kühl und selbstsicher, als ob sie über ein ungeschriebenes Gesetz reden würden.

»Das weiß man doch. Wenn man einen Drink von einem Mann annimmt, muss man mit ihm ins Bett gehen.«

»Gar nicht! Ich wette, du musst das nicht!«

Ich beschloss, mich einzumischen.

»Natürlich muss sie das. Müssen wir alle, nicht wahr, Mädels?«

Bobbie stimmte mir zu.

»Das gehört sich so«, sagte sie mit ihrem vornehmen Akzent.

Keith sah zwischen uns hin und her, ihm war klar, dass wir ihn nur ärgerten, aber er suchte nach Bestätigung. Ich zuckte mit den Schultern.

»Es ist ganz einfach. Wenn man nicht interessiert ist, lehnt man den Drink ab. Wenn man interessiert ist, nimmt man ihn an, und wenn man ihn erst einmal angenommen hat, muss man es eben durchziehen, nicht wahr?«

Sophie nickte bekräftigend.

»Das stimmt. Bleibt nur die Frage, wer mit wem geht. Ich denke, Talia ist vergeben, und ich nehme Mister Mürrisch aus der Ecke. Kanthi, du bist klein, du nimmst den Zwerg, und Bobbie kann den Langen haben.«

Bobbie lachte.

»Damit bleibt für Miss Nippel der Typ mit der Säufernase!«

Es war ein Scherz, aber ich musste protestieren.

»Auf keinen Fall! Den kann Keith haben. Ich streite mich mit dir um Mister Mürrisch, Sophie!«

Beide wollten gerade protestieren, aber der Typ mit den silbergrauen Haaren war aufgestanden und kam auf uns zu. Er blickte freundlich drein, aber auch entschlossen. Ich merkte, dass Talia wie gelähmt war, und Sophie und Kanthi setzten sich aufrecht hin, warfen die Haare zurück und lächelten verführerisch. Ich goss mir aus der Flasche, die er geschickt hatte, ein. Ich amüsierte mich, mehr aber auch nicht. Er hatte bemerkt, wie die Dinge standen, denn er ging geradewegs auf Talia zu und sprach sie und Bobbie an.

»Vielleicht möchten die Damen sich zu uns an den Tisch setzen?«, fragte er. Anscheinend kümmerte es ihn nicht, dass wir ganz schnell keine »Damen« mehr sein würden, wenn er uns noch mehr spendieren würde.

Bobbie antwortete ihm.

»Wir sind mit Freunden hier.«

Talia nickte, wenn auch zögerlich. Er grinste schmierig.

»Natürlich Sie alle fünf.«

Es war offensichtlich, wen er ausschloss: Er schaute über Keith hinweg, als würde er nicht existieren. Der war irgendwie erbärmlich, aber er war trotzdem mit uns da. Ich spürte Wut in mir hochsteigen und machte den Mund auf, bevor ich mein Gehirn eingeschaltet hatte.

»Wir sind sechs und jetzt verzieh dich, du alter Perversling.«

Er drehte sich zu mir, schwieg einen Moment, als könne er seinen Ohren nicht trauen, bevor er etwas sagte.

»Wie bitte?«

»Bist du taub und blind? Wir sind zu sechst an diesem Tisch, nicht zu fünft, und überhaupt, bist du nicht ein bisschen zu alt, um junge Mädchen anzubaggern?«

Der Typ schnappte nach Luft. Talia warf mir einen vernichtenden Blick zu, genauso wie Kanthi. Bobbie versuchte, ihr Lachen hinter ihrem Glas zu verstecken. Sophie nicht, sie lachte so heftig, dass sie ihren Wein verschüttete, und brachte kaum ein Wort heraus.

»Zeig's ihm, Lucy! Na los, Mädchen!«

Er drehte sich um und ging schnurstracks zu seinem Tisch zurück. Talia bedachte mich mit einem bösen Blick und folgte ihm, stolperte fast in ihren High Heels bei dem Versuch, ihn einzuholen. Plötzlich schämte ich mich und wollte woanders sein, irgendwo anders. Mit meiner großen Klappe machte ich mir nicht gerade Freunde. Schon wieder. Würde ich es denn nie lernen?

»Gehen wir«, sagte ich kleinlaut.

Bobbie nickte und stand auf, die anderen folgten uns, als wir die Bar verließen. Es war noch hell, aber kühl, und als ich an die frische Luft kam, fühlte ich mich ein wenig wackelig auf den Beinen, vom Alkohol und dem plötzlichen Adrenalinstoß. Kanthi lief neben mir, als wir über den Platz gingen.

»Es war richtig, dass du es ihm gegeben hast. Was für ein unhöflicher Typ!«

Ich zuckte mit den Schultern und lächelte. Ich wusste nicht einmal, warum ich es getan hatte, außer vielleicht, weil ich mich durch die Art und Weise, wie er auf uns zugekommen war, klein gefühlt hatte. Ganz sicher hatte ich es nicht für Keith getan, denn noch vor einer halben Stunde hatte ich ihn für das fünfte Rad am Wagen gehalten. Es hatte aber wahrscheinlich so ausgesehen, denn er kam an meine andere Seite.

»Danke, Lucy. Das war ... das war echt nett von dir.«

Er sah aus, als ob er gleich anfangen würde zu heulen. Ich legte ihm den Arm um die Schultern.

»Ist schon gut. Der Kerl war ein Arschloch, das ist alles. Wo gehen wir jetzt hin?«

Ich drückte ihn kurz und ließ ihn dann los. Er brachte mich in Verlegenheit, aber ich wollte nicht gemein sein. Ich wollte auch nicht von ihm angebaggert werden, denn ich wusste, dass ich ihm dann einen Korb geben müsste. Zu meiner Erleichterung kam Bobbie und rettete mich. Sie gab mir einen Klaps auf den Hintern, als sie sich zwischen uns drängte.

»Böses Mädchen! Du wirst uns noch in Schwierigkeiten bringen. Wie wär's mit einem Pub oder mehreren?«

Wir zogen los, am Flussufer entlang. Wir lachten und machten Witze und wurden langsam immer betrunkener und lockerer. Bald hatte ich den Vorfall im Lascar's vergessen. Ich neckte Keith und auch andere Typen. Er bot einfach eine große Angriffsfläche und ich konnte mich nicht zurückhalten. Sophie ging es genauso und wir stachelten uns gegenseitig an, wurden immer schlimmer, während es ihm zu gefallen schien, zumindest die Aufmerksamkeit von weiblicher Seite.

Als es dunkel wurde, wusste ich nicht einmal mehr, wo wir waren, außer dass es irgendwo am Fluss war, in der Nähe der Thames Barrier. Wir hatten die ganze Zeit über Wein getrunken und ich musste langsam mal. Aber wir schienen durch ein altes Gewerbegebiet zu laufen, in dem sich große, schwarze Lagerhallen zu beiden Seiten der engen Straßen erhoben, die von den vereinzelten Straßenlampen spärlich beleuchtet wurden. Bis zum nächsten Pub würde ich es nicht mehr aushalten, also ging ich in eine noch engere Seitenstraße, die nicht mehr war als ein Zwischenraum zwischen zwei Gebäuden.

Rock hoch, Slip runter und ich ließ es laufen. Was für eine Erleichterung. Erst als ich fertig war, merkte ich, dass Keith sich so hingestellt hatte, dass er mich sehen konnte, ohne dass es zu offensichtlich gewesen wäre. Er konnte nicht viel gesehen haben, aber er hatte hingesehen und das konnte ich nicht durchgehen lassen.

»Du hast mich doch nicht beobachtet, oder, Keith?«

»Nein, ich …«

»Oh doch, hast du, du schlimmer Junge! Er hat mir zugesehen, nicht wahr, Mädels?«

Sie waren weitergelaufen und konnten es gar nicht wissen, aber Sophie antwortete sofort.

»Ja, das hast du, du versauter Junge!«

Er war hochrot angelaufen und stammelte verzweifelt herum, aber es kamen keine Worte aus seinem Mund. Bobbie kam näher, die Hände in die Hüften gestemmt und mit ernstem Gesichtsausdruck.

»Also Keith, siehst du Frauen gern dabei zu, wie sie private Dinge tun?«, fragte ich.

Er stand nur da, sein Unterkiefer bewegte sich mechanisch auf und ab, sein Gesicht hatte die Farbe von Roter Bete, und damit brachte er sich in Schwierigkeiten. Wir drei machten ihn fertig, und sogar Kanthi schaffte es, etwas Missbilligendes zu äußern.

»Ich wette, das tut er. Ich wette, er ist ein Spanner.«

»Er ist ein Spanner! Er hat mir doch gerade beim Pinkeln zugesehen, oder?«

»Unanständiger Junge!«

»Dreckiger, schmutziger Junge! Macht es dich an, wenn du Frauen dabei beobachtest, wie sie auf die Toilette gehen?«

»Oh ja, man kann es in seinen Augen sehen!«

»Würdest du mir auch gern dabei zusehen, Keith?«

»Sophie!«

»Ja, würde er. Ich wette, das würde er zu gerne!«

Ich wusste nicht, ob sie es ernst meinte oder nicht, und Keith auch nicht. Der plötzliche Hoffnungsschimmer in seinen Augen verriet ihn und sie lachte einfach los. Genau wie Bobbie und ich. Kanthi stand etwas abseits und sah geschockt, aber auch erregt aus. Bobbie fing sich zuerst wieder und konnte etwas sagen.

»Mach den armen Jungen nicht so an, Sophie, sonst geht ihm noch einer ab.«

Sophie drehte sich zu ihr, dann zu Keith.

»Wer sagt, dass ich ihn nur anmache? Ich pinkle für dich, Keith, aber nur wenn ... wenn ... was soll er machen? Kommt schon, Mädels, helft mir mal!«

Ich wollte, dass er strippt, aber Bobbie antwortete zuerst.

»Versohl ihm den Hintern! Das haben dreckige kleine Jungs verdient!«

Sophie strahlte sofort vor Freude und er fand endlich seine Stimme wieder.

»Nein, das ist nicht fair.«

Er meinte es nicht ernst. Ich hörte die Freude in seiner Stimme und in diesem Moment war die Sache schon geritzt. Er brabbelte immer noch irgendetwas, als Sophie schnell in der Seitenstraße verschwand. Sie redete, während sie sich hinhockte.

»Wie hättest du es gern, Keith, die Vorder- oder die Hinteransicht? Ich wette, du magst es von hinten. Dreckige kleine Jungs wie du stehen doch auf die Ärsche von Mädchen.«

Er antwortete nicht, rang nach Luft, als sie uns ihren Rücken zukehrte und ihren Rock hochhob, so dass wir ihren Hintern sehen konnten.

Sie hatte genau über dem Hintern ein keltisches Symbol tätowiert und trug einen leuchtend grünen Tanga, den sie nun runterzog. Keith keuchte leise, als sie ihre Pussy entblößte. Er schaute ihr mit offenem Mund zu, wie sie sich erleichterte, ihr Urin spritzte auf den Gehweg und floss dann in die Gosse.

Ich hätte das nicht gebracht, aber ihr machte es nichts aus. Sie wackelte sogar mit dem Arsch, um die letzten Tropfen abzuschütteln. Ihre Augen leuchteten und sie lachte, als sie sich wieder anzog. Grinsend kam sie auf uns zu.

»Jetzt bist du dran!«

Keith hatte sich keinen Zentimeter bewegt, seit sie ihn gefragt hatte, ob er ihren Hintern sehen wolle. Sie trat näher auf ihn zu, aber er starrte immer noch, als sie ihren Kopf zur Seite neigte und spöttisch mit ihm sprach.

»Also? War das schön? Hast du einen Ständer? Ich wette, du hast einen!«

Sie machte einen Schritt nach vorn und er trat zurück, direkt in Bobbies Arme. Bobbie hielt ihn fest und er quietschte, als Sophie ihm in den Schritt fasste. Sie sprang sofort zurück und kicherte erfreut.

»Oh, er hat einen Steifen! Du dreckiger Bengel! Du hast recht, Bobbie. Er hat es verdient, verhauen zu werden, aber zuerst ...«

Er fing an, sich zu winden, als sie wieder auf ihn zukam. Ich schnappte mir seinen anderen Arm, hielt ihn fest, während sie sich bückte, um seinen Hosenstall zu öffnen und seine Hose ein Stück hinunterzuziehen. Ein kleiner, rosa Schwanz kam zum Vorschein, steinhart. Kanthi schnappte schockiert nach Luft und wir anderen fingen an zu kichern, Sophie triumphierte.

»Wie klein er doch ist!«

Er tat mir ein bisschen leid, aber ich musste auch lachen. Es war einfach zu lustig. Er hatte sich nicht einmal gewehrt, jedenfalls nicht viel, sondern ein erregtes Stöhnen von sich gegeben, halb verzweifelt, halb begierig, als wir seinen Schwanz rausgeholt hatten. Ich fragte mich, wer es tun würde und wo. Bobbie gab die Anweisung.

»Da drüben, wo wir sehen können, was wir tun.«

Keith wehrte sich nicht, als sie und ich ihn die Gasse entlang schleiften, bis zu einer Straßenlaterne, die einen gelben Lichtkegel zwischen all die Schatten warf. Sophie folgte uns, Kanthi hielt etwas Abstand. Erst als wir die Laterne erreichten, fing Keith an zu protestieren.

»Hey, nicht hier, hier kann man uns doch sehen!«

»Pech gehabt. Lucy, fessle seine Hände.«

»Womit?«

»Weiß ich nicht. Mit seinem Gürtel, irgendwas.«

»Okay. Du, bleib, wo du bist.«

Er gehorchte zu meiner Freude, lehnte widerstandslos an der Laterne, als ich ihm den Gürtel abnahm. Der war dünn und ließ sich leicht um seine Hände schlingen. Sein Schwanz war immer noch steinhart, vielleicht noch härter, ragte in einem kecken Winkel aus seiner Hose. Sophie nahm ihn in die Hand, rieb ihn ein paar Mal, bevor sie lachend davontänzelte und sich auf die Oberschenkel klopfte. Keith reagierte darauf mit einem tiefen Seufzer und ließ den Kopf hängen. Er war deutlich erregt, bis er sah, was Bobbie aus einem in der Nähe stehenden Container gezogen hatte – ein ein Meter langes biegsames Hartfaserbrett.

»Hey, nein, nicht damit!«

Sie lachte nur.

»Oh doch, Keith, damit. Genau das Richtige für kleine Perverse, nicht wahr, Mädels?«

Sophie johlte ermutigend und zog Keith Hose und Unterhose ganz runter, so dass man seinen knochigen Arsch sah. Er sah Bobbie an, ängstlich und gleichzeitig begierig. Ihr saß der Schalk im Nacken. Das Brett klatschte laut auf seinen Hintern. Er quiekte wie ein Schwein, sein Schwanz zuckte und Sophie und ich klatschten und lachten. Wir lachten uns kaputt, als Bobbie weitermachte, ihn mit dem Brett schlug, so dass er herumzappelte und sich an der Laterne krümmte.

Sein Schwanz war immer noch hart, schwang hin und her, als ihm der Hintern versohlt wurde. Keith fing an, etwas zu brabbeln, bettelte darum, dass wir ihn gehen ließen. Als das Brett auf den

Hintern klatschte, schrie er. Bobbie schlug ihn einfach weiter und plötzlich hörte er auf, sich zu beschweren, seine Worte wurden zu einem Keuchen. Ich sah, wie das Sperma aus seinem Schwanz spritzte, und Bobbie quiekte freudig, als er kam. Er spritzte ab, während sie ihn schlug, was das Zeug hielt. Er schluchzte und wir lachten hysterisch. Sogar Kanthi kicherte mit den Händen vor dem Mund und weit aufgerissenen Augen. Sie war entsetzt, amüsierte sich aber gleichzeitig. Ich roch sein Sperma und es fuhr mir direkt in meine Pussy, aber ich schlug mich auf Sophies Seite, die ihn für sein Verhalten bestrafen wollte.

»Du dreckiger Schlingel, Keith. Böser Junge! Böser Junge!«

»Stellt euch das mal vor, er kommt, während man ihm den Hintern versohlt, was für ein kleines Dreckschwein!«

»Was für ein Schlappschwanz!«

»Was für ein kleiner Wichser!«

Bobbie hatte das Brett fallen lassen. Keith' Knie gaben nach und er sank zusammen, kniete mit hängendem Kopf an der Laterne. Er zitterte am ganzen Körper, kein Wunder, sein Hintern war knallrot. Ich dachte, er würde anfangen zu weinen, aber als er endlich aufsah, spiegelte sich grenzenlose Verehrung in seinen Augen wider. Sophie war hocherfreut.

»Oooooh, er steht drauf. Jetzt kennen wir also sein schmutziges kleines Geheimnis, Mädels. Oh Mann, werde ich einen Spaß mit ihm haben!«

Sie trat näher an ihn heran und ich sah erstaunt, wie sie ganz lässig ihren Rock hochhob, ihren Slip zur Seite zog und seinen Kopf in ihren Schritt zog.

»Leck mich, du kleiner Perversling!«

Er tat es, mit geschlossenen Augen leckte er ihre Pussy. Ich sah einfach zu, machte den Mund wieder zu, als ich bemerkte, dass er offenstand. Ich war wirklich perplex, aber auch total geil. Sie zog es durch, hielt ihn fest, bis die Muskeln ihres Hinterns und ihrer Oberschenkel begannen, sich zusammenzuziehen, und sie mit einem langen, glücklichen Seufzer direkt in seinem Gesicht kam. Bobbie klatschte, als sie fertig war, und ich machte mit. Sophie verbeugte sich scherzhaft vor uns, bevor sie sich wieder richtig anzog. Dann drehte sie sich zu mir.

»Versuch's mal. Er gehört doch uns allen.«

Ich schüttelte den Kopf. Ich wollte es tun, konnte mich aber nicht überwinden. Sie zuckte mit den Schultern.

»Bobbie?«

Die lachte nur.

»Nicht mit ihm, nein, aber ich brauche wirklich jemand zum Bumsen!«

Ich auch, aber zuerst brauchte ich einen Drink. Ich hatte weiche Knie und mir war schwindelig, wegen dem, was wir mit Keith angestellt hatten, und wie er darauf reagiert hatte. Mir gingen tausend Gedanken durch den Kopf und ich wusste nicht, was ich machen sollte, außer einen Whiskey zu trinken. Ich wollte Keith losbinden, aber Sophie lachte gemein.

»Lass ihn, Lucy. Vielleicht kommt ein großer, böser Bär vorbei und fickt ihn in den Arsch. Ich wette, das würde dir gefallen, nicht wahr, Keith?«

»Nein! Bitte bindet mich los, bitte!«

Bobbie sah ihn verschmitzt an und ging weg. Sophie formte mit den Fingern der einen Hand ein Loch und schob den Zeigefinger der anderen Hand anzüglich hindurch. Keith bekam Panik, flehte, dass wir ihn losmachen sollen, und versuchte, seine Handgelenke zu befreien. Ich musste lachen.

»Beruhige dich, okay? Niemand wird's dir von hinten besorgen. Sie werden dich höchstens auslachen, bevor sie dich losbinden.«

»Bitte, bind mich los, Lucy, bitte!«

»Na gut, du großes Baby.«

Ich hätte es sowieso getan, es wäre wirklich nicht fair gewesen, ihn so zurückzulassen. Die Dankbarkeit, die ihm ins Gesicht geschrieben stand, als ich mich an der Gürtelschnalle zu schaffen machte, war einfach erbärmlich. Während er sich anzog, ging ich zu Bobbie. Sie legte einen Arm um meine Hüften und den anderen um Kanthis. Sophie gesellte sich zu uns und wir gingen wieder die Straße entlang. Wir liefen im Gleichschritt und sangen dabei *Summer Holiday*. Keith kam hinter uns her.

Gleich um die Ecke gab es ein Pub – ein seltsamer Ort, fast menschenleer, nur ein mürrisch dreinblickender Barmann, der auf einen kleinen Fernseher starrte und eine Fernbedienung in der Hand hielt. Bobbie brachte Keith dazu, die Drinks zu holen, zum Ärger des Barkeepers. Ich trank meinen Whiskey in einem Zug, als Keith sich setzte. Er lächelte und lief rot an. Sophie sagte etwas zu ihm.

»Ich schätze, du möchtest, dass wir dein kleines dreckiges Geheimnis für uns behalten?«

Er nickte nervös.

»Das werden wir, aber nur, wenn du tust, was wir sagen. Und jetzt hol Lucy noch was zu trinken, komm schon, mach schnell!«

Einen Augenblick lang zögerte er, dann ging er. Sophie grinste, sie amüsierte sich prächtig. Genauso wie Bobbie, aber die war cooler. Kanthi schien nervös zu sein und sobald sie ihr Glas Wein ausgetrunken hatte, sagte sie:

»Ich breche besser auf.«

Sie wühlte in ihrer Tasche, holte ihr Handy und eine Packung Pfefferminzbonbons heraus. Sie steckte sich ein Bonbon in den Mund, während sie aus dem Gedächtnis eine Nummer wählte. Als sie aufgelegt hatte, sah Keith Sophie ängstlich an, bevor er sprach.

»Können wir uns ein Taxi teilen, Kanthi? Ich muss auch los.«

Sophie protestierte sofort.

»Hey, du darfst nicht gehen! Du musst für uns bezahlen.«

Er sah langsam ziemlich verwirrt aus, deshalb mischte Bobbie sich ein.

»Lass ihn in Ruhe, Sophie.«

Sophie verzog das Gesicht.

»Meinetwegen. Hier ist eh nichts los, lasst uns zurückfahren. Rufst du uns auch ein Taxi, Kanthi?«

Ich spürte, wie der Abend verflog, meine Erregung würde sich in Luft auflösen oder mit einem Quickie in irgendeinem Eingang im West End enden. Ich wollte mehr. Etwas Unanständiges, etwas Anrüchiges.

Ich trank mein zweites Glas und ein drittes, bevor das erste Taxi kam, um Kanthi und Keith nach West London zu bringen. Sophie fing sofort an zu reden, als die beiden draußen waren.

»Männer! Wenn sie ihr Sperma losgeworden sind, sind sie zu nichts mehr zu gebrauchen!«

Bobbie nickte mürrisch, aber ich fand das unfair.

»Wir waren ziemlich fies zu ihm.«

»Nee, er fand das toll.«

Er war ja tatsächlich gekommen, also sagte ich nichts weiter dazu. Ich hatte nicht gewusst, dass es tatsächlich möglich war, das Sperma aus einem Mann herauszuprügeln, aber jetzt hatte ich es gesehen. So schmerzhaft es auch aussah, es war auf jeden Fall effektiv. Ich dachte an Niall Flynn und wie er mit einem knallroten Hintern aussehen würde, wie Sperma aus seinem steifen Schwanz spritzte, während ich ihn mit einem Brett schlug, am besten, während seine Kumpels zusahen und lachten. Bobbie bemerkte meinen Gesichtsausdruck.

»Was ist so lustig, Miss Nippel?«

»Ich dachte gerade an Niall Flynn. Ich habe dir doch von ihm erzählt. Ich habe ihn mir an Keith' Stelle vorgestellt.«

»Oh nein, nicht mit so einem Typen, nie!«

»Warum nicht?«

Sophie horchte auf und mischte sich ein, bevor ich herausfinden konnte, warum Bobbie dachte, Niall sollte nicht für das geeignet sein, was sie Keith gerade mit Begeisterung angetan hatte. Meiner Meinung nach hatte er es sogar noch mehr verdient.

»Was? Wer ist Niall Flynn?«

Ich spürte, wie ich rot anlief, als ich nach einer guten Antwort suchte, aber Bobbie war schneller.

»Ein Typ, den Lucy kennt, ein richtiger Scheißkerl. Er wollte, dass sie ihm einen bläst, damit er ihr eine Referenz für SS schreibt, und ... jetzt kommt's ... dass sie seine Eier und seinen Arsch leckt!«

Ihre Stimme klang lüstern und ich wurde knallrot, während Sophie anfing zu kichern. Ich wollte gerade zugeben, dass ich etwas übertrieben hatte, aber Bobbie war offensichtlich neidisch auf mich und Sophie vielleicht auch, ihren Reaktionen nach zu urteilen.

»Welch Schande, Miss Nippel. Bestechung und Korruption, Schwanzlutschen, Arschlecken ...«

»Aber er hat es von mir verlangt, wie Bobbie gesagt hat.«

Ihr Gesichtsausdruck verriet, wie viel sie mir glaubte. Ich streckte ihr die Zunge raus, als ein untersetzter, glatzköpfiger Mann in der Tür erschien und sich im Pub umsah.

»Taxi für Chakravathi?«

Sophie antwortete ihm.

»Das sind wir.«

Er sah sie komisch an, als wir schnell unsere Gläser leerten. Bobbie fragte mich etwas, als wir hinausgingen.

»Wo hängt er normalerweise rum? Niall Flynn meine ich.«

»Es gibt da diese Bar über einer Dönerbude ... nein, Bobbie, da fahren wir nicht hin!«

»Warum nicht?«

»Zuerst einmal wird mein Bruder dort sein.«

»Na und?«

»Nicht na und. Ryan weiß nichts davon und er würde Niall umbringen.«

»Wir werden ihrem Bruder nichts davon erzählen, nicht, Sophie? Ruf Niall an, sag ihm, er soll sich mit uns treffen.«

»Nein! Warum überhaupt?«

»Ich möchte ihn kennenlernen.«

»Ich möchte zuschauen, wie du ihm einen bläst.«

»Sophie!«

Der Taxifahrer hatte alles gehört und warf uns einen anzüglichen Blick zu, als er ins Auto stieg. Wir zwängten uns auf den Rücksitz, Bobbie saß in der Mitte. Bevor ich merkte, was los war, hatte sich Sophie meine Tasche geschnappt und wühlte darin herum.

»Was machst du da?«

Das war eine dumme Frage. Ich kannte die Antwort. Sie würde Niall anrufen. Was auch passieren würde, es bedeutete Ärger, und ich versuchte sie zu packen, als sie mein Handy gefunden hatte.

»Niall Flynn ... Niall Flynn ... hab ihn! Halt sie fest, Bobbie!«

Bobbie hielt meine Arme fest, als ich versuchte, an das Handy zu kommen. Sophie hielt es gegen das Fenster, so dass ich nicht rankam. Ich erwischte ihr Handgelenk, zog daran, als sie wählte. Das Handy fiel auf den Boden, Bobbie ließ mich los und ich lag über ihrem Schoß, als das Taxi losfuhr. Im nächsten Augenblick langte mir jemand an die Hüfte und Bobbie lachte und schlug mir auf den Hintern. Doch das war mir egal, ich versuchte, an das Handy zwischen Sophies Füßen zu kommen. Sie stieß es weg, aber ich bekam es unter dem Sitz zu fassen und unterbrach die Verbindung. In dem Moment verlor der Taxifahrer die Geduld.

»Hört auf damit oder ihr könnt laufen!«

Sophie antwortete ihm. Sie sagte ihm, er solle den Mund halten und fahren, dann hielt sie den Mund und Bobbie half mir auf. Ich lachte, als ich mich richtig hinsetzte und mit dem Handy in Sophies Richtung wedelte. Dann musste ich mich plötzlich am Sitz vor mir festhalten, um nicht wieder auf Bobbies Schoß zu landen, als das Taxi in eine Kurve fuhr.

»Hey, das ist hier keine Rennstrecke!«, schrie ich.

Der Taxifahrer ignorierte uns, reihte sich in die Autoschlange auf irgendeiner Straße ein. Dann klingelte mein Telefon. Die vernünftige Lucy hätte sich denken können, wer dran war, und hätte es ignoriert, oder zumindest auf die Nummer geguckt. Die betrunkene, aufgedrehte Lucy ging ran – und sprach natürlich mit Niall Flynn.

»Hi Niall … ja, ich bin's … nein, mir geht's gut …«

»Nein, stimmt nicht. Sie will deinen Schwanz.«

»Halt die Klappe, Sophie. Nein, es ist nichts, Niall, nur meine betrunkene Freundin … beachte sie nicht.«

»Meine Titten sind groß und rund, Niall! Willste mal anfassen?«

»Sophie! Entschuldige, Niall … nein, das hat sie nicht gesagt. Okay, hat sie doch, aber sie ist betrunken.«

»Wo bist du, Niall? Wir kommen alle hin.«

»Bobbie!«

Sie hatte es genau ins Telefon gesagt. Ich beeilte mich, das klarzustellen.

»Nein, sie macht nur Blödsinn. Wir sind sowieso am anderen Ende der Stadt, irgendwo in Greenwich, glaube ich. Nein, sind sie nicht! Sie sind nur betrunken, das ist alles. Nein, du Perverser, ist mir egal, dass du noch nie einen flotten Dreier hattest.«

»Oh, ja bitte! Ich bin dabei, Niall. Ich will sehen, wie sie an deinen Eiern saugt und dein Arschloch leckt.«

»Sophie!«

Ich versuchte, sie zu schlagen, während ich auflegte. Wir schlugen uns gegenseitig und lachten. Bobbie auch, aber plötzlich hörte sie auf, fasste mir um die Hüfte und zog mich wieder über ihren Schoß.

Sophie zog mir an den Haaren und bevor ich mich wehren konnte, zerrten sie meinen Rock hoch, schoben mir den Slip in die Poritze und versohlten mir den nackten Hintern. Die beiden lachten sich kaputt und wurden noch lauter, als ich begann, mich zu winden und zu quietschen, denn es tat höllisch weh. Sie würden nicht so bald aufhören, doch dann hielt das Taxi plötzlich mit quietschenden Reifen an.

»Raus!«, brüllte der Taxifahrer.

»Hey, aber …«

»Ich habe gesagt, raus, ihr verrückten Schlampen! Verschwindet!«

»Ja, aber …«

»Raus!«

»Okay, okay, regen Sie sich doch nicht so auf.«

Sekunden später standen wir auf dem Gehweg. Sophie kicherte, Bobbie sah genervt aus und mein Slip klemmte immer noch zwischen meinen Arschbacken.

»Wichser!«

»Ja, man hätte meinen sollen, der Anblick würde ihm gefallen. Schöner Arsch, Miss Nippel.«

»Ja, schön, und er tut noch wahnsinnig weh. Nehmen wir ein anderes Taxi.«

Leichter gesagt als getan. Die Pubs schlossen gerade und wir mussten uns an einem Taxistand anstellen. Es dauerte eine halbe Stunde, bis wir endlich in Richtung Westen fuhren, dieses Mal etwas gesitteter. Als wir den Blackwall Tunnel erreichten, merkte ich, dass Sophie eingeschlafen war, oder sie war bewusstlos. Bobbie sah auch nicht viel besser aus.

»Sollen wir vielleicht lieber nach Hause fahren?«

»Wir bringen Sophie besser nach Hause. Vergessen Sie das West End, fahren Sie nach Archway.«

»Okay.«

Wir fuhren nach Archway, wo Bobbie Sophie aus dem Taxi half und in ihren Wohnblock begleitete. Sie würde dort bleiben, aber ich musste nach Hause. Kurz nach Mitternacht ließ ich mich am Ende meiner Straße absetzen. Es war wie immer sehr ruhig und ein bisschen unheimlich, die Schatten der Häuser und Ligusterhecken erschienen bedrohlich. Als eine dunkle Figur auftauchte, flippte ich fast aus vor Angst, bis ich erkannte, um wen es sich handelte. Sein starker Dialekt und seine feste Stimme waren unheimlich beruhigend.

»Schon zurück, Lucy?«

»Du hast mich erschreckt, Niall!«

Ich zitterte leicht und hielt mich instinktiv an ihm fest. Seine Hand fuhr sofort runter zu meinem Arsch, er knetete eine Pobacke, während er fortfuhr.

»Ich habe mir gedacht, dass du dich nicht bis vor die Tür fahren lassen würdest.«

»Aha.«

Er begrapschte meinen Hintern, das machte ihn offensichtlich an. Ich überlegte, was er am Telefon wohl mitbekommen hatte. Auch er dachte daran.

»Was haben deine Freundinnen vorhin noch mal gesagt?«

»Na ja, du weißt schon.«

»Ja, und Ryan und deine Mum denken, dass ich dich gerade aus Greenwich abhole.«

»Ehrlich?«

»Ja, wie wäre es also, wenn du und ich einen kleinen Umweg über meine Wohnung machen? Dann kannst du mir zeigen, was sie gemeint haben.«

Oh Gott. Ich konnte mich kaum bremsen. Ich war zu betrunken, zu scharf, zu anfällig für seinen männlichen Charme und die Selbstsicherheit, mit der er wusste, dass er seinen Willen bekommen würde. Er dirigierte mich zu seinem Haus, nur ein paar Häuser von meinem Zuhause entfernt, seine Hand ruhte immer noch auf meinem Hintern, seine langen, starken Finger streichelten und kneteten meine Arschbacken. Im Treppenhaus küsste er mich, er zog mich hoch, so dass ich auf Zehenspitzen stand, damit ich an seinen Mund reichte, und befummelte mich weiter. Er hatte meinen Rock hochgeschoben und tätschelte meinen nackten Hintern. Ich betete, dass uns niemand von den Nachbarn sehen würde.

Wir gingen sofort nach oben. Mein Slip wurde runter- und dann ausgezogen. Ein Finger wurde in meine Pussy gesteckt, als ich Nialls Reißverschluss öffnete und sein Schwanz zum Vorschein kam. Ich ging wie schon einmal vor ihm auf die Knie, um an ihm zu saugen, seinen Schwanz zu lutschen und seine Eier und, wenn ich so weit wäre, meine Zunge in sein Arschloch zu stecken.

Kapitel 3

31. Juli, 11:45 Uhr – Lucy Doyle wacht neben Niall Flynn auf.

1. August, den ganzen Tag – Lucy Doyles Mutter, ihre beiden Schwestern und ihr Bruder bearbeiten sie, bis sie schließlich zugibt, wo sie die Nacht verbracht hat. Reaktion der Familie – Freude. Oh Scheiße!

2. August, 7:45 Uhr – Lucy Doyle erfährt, dass sie nicht mehr für Emblem Insurance arbeitet. Stattdessen klebt sie jetzt Aufkleber auf Kisten, und zwar in Tilbury.

Nicht gut. Gar nicht gut. Okay, der Sex war gut, aber alles andere war Mist. Niall war toll im Bett, keine Frage. Meine Erregung hatte sich den ganzen Abend über immer weiter gesteigert und ich habe es einfach an ihm ausgelassen. Fakt ist, er hat mich nicht gezwungen, seine intimsten Stellen zu lecken, aber er ließ es zu, denn nach dem, was ich mit Bobbie und Sophie erlebt hatte und was wir mit Keith gemacht hatten, war ich so geil gewesen wie noch nie in meinem Leben. Ich ließ ihn auch in mein Gesicht kommen, dieses Mal ganz bewusst, holte ihm einen runter, während ich an seinen Eiern saugte und mit der anderen Hand meine Klit bearbeitete.

Die meisten Männer hätten sich danach ins Bett verkrochen und wären eingeschlafen. Aber nicht Niall. Er bat mich um einen Striptease und er bekam einen. Als ich nackt war, war er wieder bereit und ich bestieg seinen Schwanz für einen langen, gemächlichen Ritt. Er brachte mich wieder zum Höhepunkt und das war noch nicht das Ende. Sogar als ich mich waschen wollte, kam er hinter mir her. Er drückte mich gegen das Waschbecken und rieb seinen Schwanz zwischen meinen Arschbacken hart, bevor er mich noch einmal fickte. Das letzte Mal passierte irgendwann mitten in der Nacht im Bett, er lag auf mir und ich spreizte meine Beine weit auseinander.

Es war gut. Es war großartig. Ich wollte mehr. Ich wollte keine schnelle Verlobung, keine Ehe und zwanzig Kinder, wie meine Mutter das von mir erwartete. Und auch Mary. Die beiden nahmen an, dass Niall und ich jetzt ein Paar wären und heiraten würden. Sie dachten auch, dass ich jetzt nicht mehr studieren würde. Ich stritt mich nicht einmal mit ihnen, sondern tat Sonntagabend so, als sei ich todmüde und müsste zeitig ins Bett gehen.

Dazu kam noch, dass ich jetzt woanders arbeiten sollte, in Tilbury. Wir hatten gedacht, dass wir mindestens noch eine Woche bei Emblem arbeiten würden, denn dort hatte es noch viel zu tun gegeben. Gab es immer noch, wie ich herausfand, als ich Bobbie auf dem Weg nach Tilbury anrief. Sie, Sophie, Kanthi und Keith waren immer noch dort, zusammen mit zwei neuen Aushilfen. Ich war versetzt worden und das hatte nichts mit meiner Arbeit zu tun. Der Typ mit den silbergrauen Haaren, den ich als Perversling beschimpft hatte, war Lucas Sherringham gewesen, der Geschäftsführer von Emblem Insurance.

Die andere Person, die nicht mehr dort arbeitete, war Talia, aber das lag nicht daran, dass sie gefeuert worden war. Sie war jetzt mit Lucas Sherringham zusammen, angeblich befand sie sich in einem Penthouse in den Docklands, wo sie nichts weiter tat als Champagner schlürfen und Schokolade knabbern. Sie hatte wohl das ganze Wochenende dort verbracht und er war in ihren Worten »ein wunderbar sensibler und reifer Liebhaber«.

Ich dachte den ganzen Weg bis nach Tilbury darüber nach. Es ist so einfach: Flirten, schmeicheln, ficken, und in null Komma nichts hat man sich einen reichen Mann geangelt und muss sich keine

Sorgen mehr machen. Viele Frauen machten das und noch mehr versuchten es. Es ergab ja auch einen Sinn, rein logisch gesehen, aber ich wusste, dass ich so was nie fertigbringen würde, ich nicht, nicht Lucy Doyle. Ich muss einen Mann wollen und ich hätte eher mit Keith geschlafen als mit Lucas Sherringham mit seinem Penthouse und dem Champagner und den Autos. Ich wusste, ich könnte es nicht. Ich war zu stolz oder zu eigensinnig oder zu dumm.

Der Tilbury-Job war wohl der langweiligste Job, der je erfunden worden war. Ich arbeitete in einem riesigen Lager, und wenn ich sage riesig, dann meine ich riesig. Von außen sah es aus wie ein Flugzeughangar. Im Inneren standen Reihe um Reihe riesige Metallregale und alle waren voller Kisten, Kästen, Boxen und Pakete. Lucys Job? Den blöden Dingern Aufkleber verpassen.

Bei jedem Lkw, der ankam – und das waren viele –, musste ich genau überprüfen, was er geladen hatte, diese Informationen in ein Computerprogramm einspeisen, Aufkleber ausdrucken und auf die richtigen Kisten kleben. Das war nicht schwer, aber es nahm kein Ende. Obendrein hätte meine Chefin, Mrs Henshaw, Mrs Tench noch etwas beibringen können. Sie ließ mich nicht einmal Luft holen zwischendurch und ranzte mich sogar an, weil ich mich ein paar Minuten mit einem Gabelstaplerfahrer unterhalten hatte.

Die ganze Woche das Gleiche – um sieben aufstehen, über eine Stunde, um zur Arbeit zu kommen, den ganzen Tag wie ein aufgescheuchtes Huhn herumrennen, eine Stunde, um wieder nach Hause zu fahren, und dann ausgelaugt ins Bett fallen. Mit acht Pfund die Stunde wurde der Job noch nicht einmal gut bezahlt. Neben den endlosen Telefonaten und den Nachrichten, die ich mir mit Bobbie und Sophie schrieb, gab es drei Menschen, die die Monotonie durchbrachen: Niall, Todd und Keith.

Dass Niall sich melden würde, hatte ich erwartet. Schließlich hielt ihn meine Mum für meinen Verlobten und sogar Ryan war mit ihm einverstanden. Er kam am Dienstag vorbei, und ich war mehr als froh über seine Gesellschaft. Mir gefiel es, in seinen Armen zu liegen, während er mich auf der Rückbank seines Autos langsam vögelte, nachdem er mich mit Powers und Beamish abgefüllt hatte. Ich hatte zwar am nächsten Tag einen Kater, aber das war es wert gewesen.

Todd war eine größere Überraschung. Ich hatte keine Ahnung, was mit ihm passiert war, nachdem ich aus dem Gemeindezentrum geflogen war, und ich fragte mich, ob er auch gefeuert worden war. War er nicht, denn Pater Jessop war ein heuchlerischer alter Drecksack. Aber Todd hatte den Blowjob genossen und wollte mehr. Ich gab nach kurzem Zögern nach und nahm ihn mit auf den Friedhof in der Willesden Lane, um dort an seinem Schwanz zu lutschen und mich von ihm befingern zu lassen.

Dass Keith von sich hören lassen würde, hatte ich irgendwie auch erwartet, aber ich hatte gehofft, dass er kapiert hätte, dass ich nicht an ihm interessiert war, auch wenn ich mich nicht ganz so gemein verhalten hatte wie Bobbie und Sophie. Leider hatte er es nicht kapiert und schickte mir ständig Nachrichten. Zuerst um mir zu danken, weil ich ihn angeblich nicht den Bären überlassen hatte. Dann bat er mich um ein Date. Die Einladung erreichte mich, als ich gerade im Schatten einer großen Eibe kniete und Todd Byrnes Hose öffnete. Ich ließ Keith abblitzen, sobald ich fertig war.

Todd war am Donnerstag zu mir gekommen. Am Freitagabend traf ich mich nach der Arbeit mit den Mädels im Charlie's im West End. Es war toll, wir betranken uns und stolperten Arm in Arm am Ufer entlang, Bobbie, Sophie und ich mit den beiden Neuen, die jetzt bei Emblem arbeiteten, Tina und Leanne. Vor der U-Bahn-Station Temple machten uns ein paar Kerle an. Sie machten uns unanständige Komplimente und boten uns einen Schluck aus ihren Bierdosen an. Ich nahm eine und leerte sie in einem Zug, was den Typen gar nicht gefiel.

»Hey, du gierige Kuh«, beschwerte sich der eine. »Sie hat einfach die ganze verdammte Dose ausgetrunken.«

Seine Kumpels lachten aber nur und er machte sich eine neue auf. Ich griff nach ihr, aber er zog sie schnell weg.

»Auf keinen Fall«, jammerte er.

»Komm schon, sei doch kein Arsch«, sagte ich.

Er ging rückwärts auf dem Gehweg entlang.

»Du willst was trinken, Schätzchen, dann hol zuerst deine Titten raus!«

»Vergiss es!«

Sophie und Bobbie stärkten mir den Rücken und beschimpften ihn als Scheißkerl. Ihre Stimmen gingen in dem Lärm, den die Typen veranstalteten, unter, denn jetzt fingen sie alle an, lautstark zu rufen.

»Ja, mach schon. Hol deine Titten raus, Karotte! Hol deine Titten raus! Tu's für die Jungs!«

Sie brüllten richtig laut, so dass Dutzende Passanten uns anstarrten. Ich hätte es getan, aber Bobbie war schneller.

»Nur, wenn ihr es zuerst tut.«

»Wir haben keine, Schätzchen!«

»Oh, ist die vornehm!«

»Hier, guck mal!«

Einer von ihnen, der dickste, zog sein Fußballtrikot hoch, bis sein schwabbeliger, weißer Bierbauch zum Vorschein kam. Zwei andere machten es ihm nach. Bobbie lachte nur.

»Ich meinte eure Schwänze, ihr Idioten!«

»Nix da!«

Jetzt mischten sich Sophie und ich auch ein.

»Dann werdet ihr unsere Titten auch nicht zu sehen bekommen, ihr Idioten!«

»Genau. Runter mit den Hosen oder es gibt nichts zu sehen!«

»Im Ernst?«

Das kam von einem großen, schlaksigen Typen, der bisher nichts gesagt hatte. Ich nickte, war aber plötzlich angespannt, weil er sich an seinem Hosenstall zu schaffen machte. Wir standen mitten auf der Straße, überall waren Leute und nur eine große Platane bot etwas Schutz. Ihm war das egal. Er holte seinen dicken, weißen Schwanz raus, dessen Vorhaut halb über der Eichel zurückgezogen war. Wir platzten los. Ich wollte gerade mein Oberteil hochziehen, um ihm zu zeigen, dass ich ihm Paroli bieten konnte, aber da zog Leanne an meinem Arm.

Ich rannte los, wusste nicht einmal, warum oder wohin, aber ich lachte mich schief, als die Kerle uns wütend hinterherliefen. Wir hatten keine Chance in unseren Röcken und High Heels, aber das war egal. Der schlaksige Typ holte mich ein und zog mich zu einem Pier. Dort war es menschenleer und bevor ich mich versah, schob er mein Oberteil und meinen BH nach oben. Er begrapschte meine Titten, während ich versuchte, seine Hose zu öffnen. Er küsste und leckte meine Brüste, als er meinen Rock hochzog.

Er zog meinen Slip runter, vergrub sein Gesicht in meinem Schoß und leckte mich begierig, während er sich einen runterholte. Ich schmolz dahin, hielt mich fest, als er mich gegen die kalten Steine der Kaimauer drückte. Seine Hände wanderten unter meinen Hintern. Ich spürte, wie sein Schwanz meine Pussy berührte, und plötzlich war er drin, tief drin, er füllte mich aus. Wir knutschten, als er anfing, in mich zu stoßen, schnell und hart. Wir waren ineinander verschlungen, unsere Klamotten waren total durcheinander. Er bewegte sich immer schneller und flüsterte mir schmutzige Sachen ins Ohr.

»Ich werd's dir zeigen, du kleine Schlampe«, sagte er. »Und denk nicht, dass du mir entkommen kannst – nicht bis ich meine Ladung in deine kleine enge Möse gespritzt habe.« Das schien ihn anzumachen. Er kam mit einem Stöhnen und presste mich gegen den kalten Stein. Ich fragte mich, ob er auch mit früheren

Eroberungen so gesprochen hatte oder ob ich das Tier in ihm geweckt hatte.

Er seufzte lang und ekstatisch, als er mich auf den hölzernen Boden des Piers runterließ. Meine Beine zitterten, ich atmete schnell und ich wollte zum Höhepunkt kommen. Er stand daneben und grinste, als ich anfing, mich selbst zu streicheln.

»Deine Titten wackeln ganz schön, Schätzchen«, war alles, was ihm dazu einfiel. Ich bat ihn, wieder so schmutzig zu reden – das zu sagen, was er eben gesagt hatte, damit ich auch kommen würde.

Der Typ verschwendete keine Zeit und nahm die Chance wahr, so vulgär zu sein, wie er konnte. Ich kam zum Höhepunkt, stärker denn je. Ich dachte, wie gut es sich doch anfühlte, gefangen, ausgezogen und gefickt zu werden, so schnell und so hart. Er sah mir mit großen Augen zu, selbstzufrieden, sein Schwanz hing immer noch aus der Hose. Ich hatte meine Augen geschlossen, mir war ganz schwindelig von der Ekstase und dem Alkohol. Ich war glücklich, bis ein Licht mir sagte, dass etwas nicht stimmte. Als ich meine Augen öffnete, merkte ich, was es war. Ein Schiff legte am nächsten Pier an und ich stand in dem Lichtkegel seiner Scheinwerfer, mit nackten Brüsten, eine Hand zwischen meinen Beinen, und vielleicht hundert respektabel aussehende Menschen in Anzügen und Abendkleidern starrten mich an. Der Typ war schon längst verschwunden.

Die ganze Sache war lustig, besonders weil ich damit durchgekommen war und hart und gut gefickt wurde, während die anderen leer ausgingen. Das fand ich aber erst heraus, als ich Bobbie am nächsten Tag anrief, denn ich hatte die anderen an dem Abend verloren und musste allein nach Hause fahren. Ich kannte nicht einmal den Namen des Typen, mit dem ich gevögelt hatte, genauso wenig wie er meinen kannte.

Die anderen waren nur ein paar Meter weiter am Ufer gewesen, als ein Polizeiboot angehalten hatte und die Polizisten sie zur Ordnung gerufen hatten, wahrscheinlich genau in dem Moment, in dem ein Schwanz in mir steckte. Damit war die Stimmung gekippt. Und da sie keine Ahnung hatten, was aus mir geworden war, waren sie mit den Typen in eine Bar gegangen. Das hatte aber zu nichts weiter geführt, weshalb Bobbie ziemlich neidisch war, als ich ihr erzählte, was ich erlebt hatte.

Sie war noch neidischer, als ich ihr sagte, dass ich am nächsten Abend nicht mit ihr ausgehen könne, weil ich mit Niall verabredet sei. Die Mädels wollten in Camden in einen Club namens Phatz gehen, wo es eine Lady's Night gab, bei der Frauen freien Eintritt hatten und nur die Hälfte für Drinks bezahlen mussten. Ich fand es schade, dass ich es verpassen würde, und es ärgerte mich ein bisschen, dass ich in eine feste Beziehung mit Niall gezogen wurde, ob es mir nun gefiel oder nicht.

Ich würde das nicht zulassen, aber ich wollte ihn; wegen seiner Direktheit, seiner Ausdauer und weil er dafür sorgte, dass ich schmutzige Dinge tun wollte. Mum schien zu glauben, dass es sich um ein erstes Date handelte, und obwohl sie wusste, dass ich keine Jungfrau mehr war, warnte sie mich davor, mich zu zieren, als ich mich am Samstagabend schminkte. Ich antwortete ihr nicht und tat so, als würde ich mich auf meine Wimpern konzentrieren.

Bobbie hatte mir die Adresse des Ladens gegeben, in dem sie ihre High Heels gekauft hatte, und ich leistete mir welche von meinem ersten Lohn. Sie waren schwarz und glänzten und das Logo und die zehn Zentimeter hohen Absätze waren violett. Mein knappstes kleines Schwarzes, halterlose Strümpfe und eine schwarze Schleife, um meine Haare zurückzubinden, machten meinen Look komplett. Er war ungewöhnlich und ein wenig exotisch, wie ich hoffte. Siobhan meinte, ich sähe aus wie eine Nutte.

Im Garten von Mr Phibbs, der zwei Häuser weiter wohnte, wuchsen wunderschöne lila Rosen, und als Niall mich abholten, klaute ich mir eine für meine Haare. Er hatte eine kindliche Freude daran, Niall, nicht Mr Phibbs, und er fasste mir gleich an den Hintern, als ich ins Auto stieg. Ich fühlte mich gut, sexy und ein bisschen unanständig, war bereit für Unsinn und Sex, nachdem ich gegessen und Wein getrunken haben würde. Niall sah sehr zufrieden mit sich aus und ich fragte mich, ob er mich wohl überraschen wollte, mit einem Besuch in einem schicken Restaurant vielleicht.

»Wohin führst du mich aus?«, fragte ich und klimperte dabei mit den Wimpern.

»Gogarty's.«

»Das ist ein Scherz.«

»Nein.«

Das war wirklich eine Überraschung, aber nicht von der Art, wie ich sie mir vorgestellt hatte. Gogarty's war wohl die irischste aller irischen Kneipen östlich von Dublin. Die Hälfte der Leute dort wäre auf meiner Schule gewesen und neun von zehn Leuten würden entweder mich oder meine Geschwister kennen. Es wäre, als ob ich vorgeführt werden würde, und ich wusste nicht, ob mir der Gedanke gefiel. Eigentlich tat er das überhaupt nicht.

»Warum ins Gogarty's?«

»Was ist falsch am Gogarty's?«

»Nichts, aber es ist ... na ja, es ist nicht gerade für einen romantischen Abend geeignet. Ich bin auch nicht fürs Gogarty's angezogen.«

Er warf mir einen desinteressierten Blick zu, als wüsste er nicht, wovon ich sprach.

»Wie war das, ›romantischer Abend‹? Ein paar Bier und dann zu mir, wo ich deinen kleinen Arsch windelweich ficken werde. Was hältst du von so einem Abend?«

»Das wäre bezaubernd, da bin ich mir sicher.«

Er lachte nur, weil er nur zu genau wusste, dass ich genauso begeistert sein würde wie er, wenn es so weit war. Wir fuhren schweigend weiter, bis er wieder etwas sagte.

»Was ist eigentlich mit deinen Freundinnen?«

»Was meinst du?«

»Die, mit denen du in dem Taxi warst. Die eine hat gesagt, ich könnte ihre Titten anfassen, das hat sie wirklich. Ich habe es gehört. Denkst du, sie meinte es ernst?«

Ich lachte einfach, weil ich die gierige Lust in seiner Stimme wahrnahm.

»Komm schon, Lucy. Ich meine es ernst.«

»Das glaube ich, du Schwein!«

»Das musst du gerade sagen!«

»Was willst du, Niall?«, fragte ich.

»Was ich will? Musst du da fragen? Ich will euch beide im Bett haben. Vielleicht euch alle drei. Da war noch eine dritte, oder? Bobbie. Drei Mädchen in meinem Bett, das wäre was!«

»Warum denkst du, dass ich für so was zu haben wäre, Niall Flynn?«

»Wärst du nicht? Du bist ein dreckiges Luder, Lucy Doyle. Ich dachte, du wärst für alles zu haben.«

Ich schlug ihn, aber nur spielerisch. Wir kamen am Gogarty's an, der Eingang war grün beleuchtet, die Türen standen offen, um die warme Abendluft reinzulassen, Musik schallte nach draußen. Wir konnten nirgends in der Nähe parken und landeten schließlich am Ende einer Seitenstraße, wo wir endlich fündig wurden. Als Niall das Auto abstellte, dachte ich über seine Worte nach, darüber, wie es wäre, ihn uns zu teilen, so wie Bobbie und ich uns Frazer geteilt hatten. Das turnte mich an, aber es war unmöglich. Er würde allen davon erzählen und wenn so ein Gerücht erst einmal die Runde machen würde, dann wäre ich in der ganzen Stadt als Nutte bekannt.

Ryan würde es wahrscheinlich zuerst herausfinden, und sein Beschützerinstinkt war sehr stark ausgeprägt. Siobhan würde davon erfahren und Mary und somit auch Mum und dann wäre der Teufel los. Als wir uns auf den Weg zum Gogarty's machten, hoffte ich, dass er nicht mehr davon reden würde. Aber da kannte ich Niall Flynn schlecht.

»Die Mädchen. Mach ein Date mit der mit den großen Titten klar, warum denn nicht, und …«

»Das läuft bei mir nicht, Niall.«

»Warum nicht? Sag nicht, dass du eifersüchtig bist.«

»Ich bin nicht eifersüchtig, Niall. Ich mache nicht mit, weil du dann damit angeben würdest.«

»Nein, würde ich nicht!«

»Sicher, das glaube ich dir aufs Wort.«

»Hey, komm schon, wie kannst du so was sagen? Hab ich es irgendjemandem erzählt, als du wissen wolltest, wie es ist, einen Schwanz im Mund zu haben, und wie man es macht? Hab ich das?«

»Na ja, nein, aber …«

»Kein Aber! Jetzt mach schon, sag, dass du ein Date klarmachst. Wir können uns wenigstens mal treffen.«

»Nein!«

»Komm schon, oder soll ich dich dazu zwingen?«

»Wie denn?«

»Soll ich dich dazu bringen, sie anzurufen?«

»Und wie willst du mich dazu bringen, sie anzurufen, Niall Flynn?«

»Vielleicht indem ich dich mit nacktem Hintern auf die Straße schicke, wenn du es nicht tust.«

Ich streckte ihm die Zunge raus, drehte mich um, streckte ihm meinen Arsch entgegen, hob mein Kleid an und zeigte ihm meinen fast nackten Hintern, denn ich trug nur einen schwarzen Tanga.

Die Augen fielen ihm fast raus und ich musste lachen, als ich mich seinen gierigen Händen entzog. Und er musste auch lachen.

»Deine Schwester hat recht, du bist eine Schlampe und noch Schlimmeres, Lucy Doyle. Und jetzt hol dein Handy raus.«

»Zwing mich doch.«

»Das werde ich. Ich denke, in der Kneipe bist du nicht mehr so frech, wenn du kein Höschen mehr unter dem hübschen Kleid anhast.«

»Denkst du, hä?«

»Ja, und jetzt hol dein Handy raus.«

»Davon träumst du, Niall Flynn.«

»Komm schon, Lucy, oder ich werde mir hier und jetzt dieses Höschen holen.«

»Das traust du dich nicht!«

»Meinst du?«

»Ja, meine ich. Du bist doch nichts weiter als ein Großmaul, Niall Flynn, große Klappe und nichts dahinter.«

»Wirklich, mein Gott.«

Er lief auf mich zu. Ich schrie und rannte davon, stolperte in meinen hohen Schuhen und musste mich an einer Laterne festhalten, um nicht auf dem Gehweg zu landen. Im nächsten Augenblick spürte ich seine Hände, die mein Kleid hochzogen und nach meinem Höschen fassten.

»Nicht hier, Niall, nein! Ich habe doch nur Spaß gemacht!«

Ich versuchte, ihn wegzustoßen, aber ich musste zu sehr lachen, um mich wehren zu können, während seine Daumen schon in meinem Tangabund steckten und mir den Slip bis zu den Knien herunterzogen. Ich bekam Niall zu fassen, ich trat um mich und verfluchte ihn, versuchte verzweifelt nicht zu lachen, aber das gelang mir nicht. Mein Kleid war oben geblieben, um meine Hüften geschlungen, mein Hintern und meine Pussy waren für alle Welt sichtbar. Instinktiv bedeckte ich mich und Niall zog meinen

Slip sofort runter bis zu den Fußknöcheln. Einen Fuß nach dem anderen zog er heraus, während ich ihn heftig beschimpfte.

»Du perverses Großmaul«, jaulte ich. »Gib mir das sofort zurück!«

Er gab mir keine Antwort, sondern lachte, während er rückwärts tänzelte und mein Höschen triumphierend über dem Kopf schwenkte, dann roch er daran.

»Das ist toll, das wird dir jeder Mann sagen – der Geruch einer Möse im Abendwind.«

»Gib ihn zurück, oder du bist ein toter Mann, Niall Flynn!«

»Ich gebe ihn dir zurück, sobald du diesen Anruf gemacht hast.«

»Nein!«

Ich versuchte, mir den Slip zu schnappen, aber Niall sprang zurück und hielt ihn so hoch er konnte, so dass ich nicht rankam. Ein älteres Pärchen war im Eingang eines der Häuser erschienen und warf zuerst mir und dann Niall ein paar böse Blicke zu, als hätten wir auf der Straße Sex gehabt. Niall ließ sich überhaupt nicht stören, er schaute schelmisch, als er meinen Slip zwischen Zeigefinger und Daumen baumeln ließ.

»Mach schon, Lucy Doyle, ruf an.«

Ich ging wild entschlossen auf ihn los, aber er sprang flink zur Seite. Selbst ohne meine Schuhe hätte ich keine Chance gegen ihn, und das wusste er. Er drohte mir missbilligend mit dem Finger.

»Na na, nicht doch«, sagte er. »Und pass auf, was du sagst. So sollte eine junge Dame nicht reden. Du rufst jetzt besser an, denn in dem kurzen Kleid würdest du den Leuten im Gogarty's jedes Mal, wenn du dich bückst, deinen Arsch zeigen. Und du müsstest die Knie fest zusammenpressen. Du bist ein schlimmes Mädchen, aber selbst du würdest deinen alten Schulkameraden nicht deine Möse zeigen wollen, oder?«

»Du verdammter Scheißkerl!«

»Ruf an, Lucy Doyle!«

Ich kramte in meiner Tasche, suchte mein Handy, während ich ihn wütend anstarrte. Er lachte nur, denn vielleicht wusste er genau wie ich, was er in mir auslöste. Tief in meinem Inneren sehnte ich mich danach, auf die Motorhaube des nächsten Autos gelegt und gefickt zu werden, bis ich schrie. Nicht einmal Niall Flynn würde sich das trauen, besonders nicht nüchtern, aber er hielt mein Höschen weiterhin in die Höhe, so dass jeder, der vorbeikam, wissen würde, dass ich unter meinem Kleid nichts anhatte. Ich blickte ihm starr in die Augen, versuchte, vorwurfsvoll zu gucken, als ich Bobbies Nummer wählte. Sie ging sofort ran, im Hintergrund war es laut.

»Bobbie?«, fragte ich. »Ich bin's, Lucy. Ich kann dich nicht hören, aber ich bin in Kilburn, mit Niall Flynn. Er belästigt mich wieder. Er hat mir meinen Slip weggenommen und er will ihn mir erst zurückgeben, wenn ich ein Date mit dir und Sophie klarmache. Er möchte einen flotten Dreier. Das ist mein Ernst. Ich habe gesagt, das würdest du nicht tun, stimmt doch, oder? Ha ha, toll, das werde ich ihm sagen! Amüsier dich noch gut und tu nichts, was ich nicht auch tun würde.«

Niall spitzte die Ohren.

»Was hat sie gesagt? Ist sie dabei?«

»Sie sagt, dass du dich schon etwas mehr anstrengen musst, um drei Frauen auf einmal ins Bett zu bekommen.«

Das war eine tolle Antwort, die perfekte Antwort, er glaubte, er könne seinen Willen bekommen, aber es wurde ihm nichts versprochen und er wusste nicht, wie er es bekommen konnte. Bobbie hatte den Spieß komplett umgedreht. Ihm hing die Zunge aus dem Hals, als er mir meinen Slip zurückgab. Ich zog ihn an, hatte wieder das Heft in der Hand und nur Unsinn im Kopf, als wir die Straße entlanggingen.

Niall war jetzt ganz aufgeregt und als ich ihm hinter einem großen Van in den Schritt fasste, merkte ich, dass er halb steif war. Ich zeigte ihm schnell noch einmal meinen Hintern, denn wir waren fast an der Ecke zur High Road. Der Klaps auf den Arsch hinterließ ein Kribbeln, als wir das Gogarty's betraten. Es war sauvoll, an der Bar herrschte großer Andrang und alle Tische waren besetzt. Einige meiner alten Freunde saßen an einem der großen runden Tische neben der offenen Tür und sie winkten, als sie uns sahen. Ich wollte mich zu ihnen gesellen, aber Niall zog mich weiter mit sich, seine große Hand umklammerte fest meinen Arm.

»Hey, Niall!«

Was er auch antwortete, es ging in der Musik unter und einen Augenblick später kapierte ich, wo er mich hinzog und warum. Vor Verlegenheit lief ich rot an, aber das war nichts im Vergleich zu der Erregung, die ich spürte, als Niall, der seine Lust auf mich nicht im Zaum halten konnte, mich zur Toilette zog. Er wählte das Männerklo. Drei Männer sahen sich um, als er die Tür aufstieß, sie sahen überrascht aus, geradezu neidisch, als Niall mich in eine Kabine schubste und die Tür zuschlug.

»Runter mit dir und nimm ihn in den Mund, du kleines Luder.«

Er setzte sich hin, seine Schenkel weit gespreizt, nachdem er Hose und Unterhose bis zu seinen Knöcheln runtergezogen hatte. Der Geruch seines Schwanzes gemischt mit dem penetranten Geruch der Kabine stieg mir in die Nase, abscheulich und zugleich unwiderstehlich. Sein Schwanz und seine Eier lagen frei, blass und fett und geschwollen, bereit für meinen Mund und bald auch bereit für meine Pussy. Ich kniete mich in meinem hübschen Kleid hin, um an ihm zu saugen. Ich dachte dabei nicht nur an den Mann, mit dem ich gerade zusammen war, sondern auch an die anderen drei, die wussten, was ich gerade tat. Ich kannte keinen von ihnen, aber Niall schon, und sie schienen mich zu kennen.

»Das ist die kleine Lucy Doyle, die er da drin hat.«

»Niemals!«

»Doch.«

»Meine Fresse! Hey, Niall, gib sie weiter, wenn du fertig bist, ja?«

»Verpisst euch!«

Die Tür war verschlossen und würde nicht so schnell wieder aufgehen, aber ich fühlte mich trotzdem verwundbar, während Nialls Schwanz in meinem Mund hart wurde. Sie mussten sich doch nur hinter mir hineinquetschen. Mein Kleid würde hochrutschen, mein Slip nach unten und sie könnten es mit mir treiben, während ich an Nialls großer, wunderschöner Erektion leckte. Der Gedanke war so schmutzig, so gut, ich musste damit zum Höhepunkt kommen. Meine Hände wanderten in meinen Slip und ich rieb an meiner Klit, als der große Schwanz in meinem Mund steinhart wurde.

Niall stöhnte bereits und nahm seinen Schwanz in die Hand, wichste in meinen Mund, während ich an seiner Eichel saugte. Ich würde kommen, vielleicht sogar vor ihm, mein Körper war ungeduldig und angespannt, ich stellte mir vor, wie es wäre, mit mehreren Männern gleichzeitig Sex zu haben. Sie würden mich einfach nehmen, vier auf einmal, unfähig, ihre Lust im Zaum zu halten, ihre Schwänze irgendwo reinstecken, in meinen Mund, meine Pussy, vielleicht sogar in meinen Arsch, alles in einer Woge unkontrollierbarer männlicher Lust.

»Meine Fresse«, sagte jemand.

»Schaut euch das mal an! Sie befummelt sich selbst, das versaute Luder.«

Ich begriff, dass sie über die Trennwände sahen, aber es war zu spät. Niall kam mit einem Stöhnen in meinem Mund und ich war auch an diesem Punkt. Ich schluckte, so gut ich konnte, während mein Körper zuckte, als ich einen Orgasmus hatte und die drei mich von oben anstarrten und sich zweifellos wünschten, sie würden mich nehmen. Mein Höhepunkt war so intensiv, so lang, einer der besten, aber schon als ich Nialls letztes Sperma hinunterschluckte, dachte ich an die Kehrseite der Medaille.

Was ist bloß los mit den Männern? Sie können sich nicht mit einer Frau amüsieren und sie für das schätzen, was sie ihnen gegeben hat. Nein, sie müssen damit angeben oder sie enttäuschen. Okay, ich hatte eigentlich nichts mit den Typen gemacht, die mir und Niall zugesehen hatten, und wenn sie es als Peepshow sahen, dann waren sie die Versauten. Leider würden sie das anders sehen. Es ist doch immer das Gleiche – wenn ein Kerl etwas Schmutziges tut, ist er cool, aber wenn eine Frau etwas Schmutziges tut, bekommt sie eins auf die Nase.

Ich würde nicht im Gogarty's bleiben, um keinen Preis. Niall hielt es für einen großen Spaß und wollte dort herumhängen, um sich im Neid seiner Kumpels zu sonnen. Das kam nicht in Frage. Gogarty's, alle Gäste und alles, was mit meinem alten Leben zu tun hatte, fingen an, mich zu ersticken. Leider fiel mir nur ein Weg ein, wie ich Niall dazu bringen konnte, zu gehen. Ich musste ihn davon überzeugen, dass wir im Phatz mehr Spaß haben würden. Er war einverstanden.

Wir fuhren nach Camden Town und gingen ins Phatz. Niall beschwerte sich, weil er Eintritt zahlen musste und ich nicht, aber seine Laune besserte sich wieder, sobald er Bobbie sah. Sie saß an einem Tisch auf der Galerie und trug ein rotes Minikleid, das jeden Zentimeter ihrer langen, eleganten Beine zur Schau stellte. Außerdem trug sie Strümpfe und sehr hohe Schuhe. Sophie war bei ihr und auch Leanne. Sie unterhielten sich mit zwei Männern und ein dritter lehnte sich über seinen Stuhl von einem benachbarten Tisch herüber. Ich rief und winkte, aber wegen der lauten Musik konnten sie mich nicht hören.

Die Typen bei meinen Freundinnen waren aalglatte Geschäftsmänner und ich bemerkte Nialls unsicheren und aggressiven Blick, als ich ihn zur Treppe zog. Ich überlegte, ob ich ein wenig flirten sollte, meine Gefühle etwas abkühlen, nach dem, was im Gogarty's passiert war. Ich zog mich an Nialls Schulter hoch und schrie ihm ins Ohr.

»Hol uns was zu trinken. Wir treffen uns dann da oben. Ich nehm einen Powers.«

Er nickte und drängelte sich zur Bar durch. Ich stieg die Treppe hinauf, kämpfte mich zu ihrem Tisch durch, küsste und umarmte die Mädels zur Begrüßung und klaute mir einen Stuhl von einem Kerl, der gerade zur Bar gegangen war. Vier Frauen, sieben Männer, zwei auf Sophie und Leanne fixiert – fünf waren noch im Spiel. Einem wurde gesagt, er solle was zu trinken holen, als ich mich setzte und mich zu Bobbie rüberbeugte.

»Niall ist mit mir hier.«

»Ach ja?«

»Ja, mach ihn ein bisschen an, okay?«

Sie lächelte und nickte, sah sich suchend nach ihm um.

»Sag, dass er das ist, Lucy.«

Ich drehte mich um. Er war es und ich verstand, was sie meinte. Er war groß und tough und gab sich vor uns und den anderen Typen besonders männlich. Ich war ein bisschen stolz, als er sich zu uns durchkämpfte. Er stellte die Drinks ab und lehnte sich an das Geländer über der Tanzfläche, während ich ihn schreiend vorstellte. Bobbie beugte sich sofort nach vorn und für einen Moment dachte ich, sie würde ihm in den Schritt fassen, aber sie drückte nur seinen Oberschenkel. Als er überrascht runtersah, fuhr sie sich mit der Zunge über die Lippen.

»Ein erstklassiges Steak, du glückliches Mädchen!«, sagte sie in meine Richtung.

»Schmeichle ihm nicht, denn dann kommt er nur auf dumme Gedanken«, sagte ich lachend. Niall sah zu mir runter.

»Noch so ein Spruch und du bekommst mehr als dumme Gedanken. Und deine Freundin auch.«

Ich streckte ihm die Zunge raus und Bobbie schnurrte. Ich schüttelte den Kopf. Es war hoffnungslos. Er sonnte sich bereits in ihrer Bewunderung, plusterte sich auf und sie war auch nicht besser. Okay, er war nicht wie Keith oder Luke, niemand, den man zum Spaß anmacht, aber sie hätte es versuchen können. Ich trank meinen Whiskey, ging mir einen neuen holen und ließ die beiden allein.

Es war mein erster Drink gewesen, aber ich fühlte mich bereits ein wenig benommen. Ich wusste, dass es geschehen konnte. Niall mit Bobbie und mir, und vielleicht auch mit Sophie, in dieser Nacht. Vielleicht musste ich mich nur treiben lassen und es würde passieren. Der Gedanke daran verwirrte mich. Eifersucht, Unsicherheit und Widerwille spielten eine Rolle. Und dann war da noch die freudige Erwartung, etwas so Unanständiges zu tun, etwas, das ich noch nie getan hatte, und die pure Lust auf Niall und darauf, ihn zusammen mit ihr zu sehen.

Sie verstanden sich prächtig, als ich wieder zu ihnen stieß. Bobbies Augen leuchteten, die anderen waren vergessen. Niall hatte sich meinen Stuhl geschnappt und einen schrecklichen Moment lang fürchtete ich, abgemeldet zu sein, aber er begrüßte mich mit einem warmen Lächeln und zog mich sofort auf seinen Schoß, womit er mir zeigte, dass ich seine Nummer eins war.

Ich entspannte mich, genoss den Abend; der Ärger über die Folgen, die es haben könnte, dass ich ihm im Gogarty's einen geblasen hatte, verflog schnell in einem Nebel aus Whiskey und Vergnügen. Es tat gut, mit Niall zusammen zu sein und Bobbies unverhüllte Begierde zu spüren und auch die unterdrückte Sehnsucht der anderen Männer. Sie hatten sich Sophie und Leanne zugewandt, aber sie schauten immer wieder neidisch zu uns dreien rüber, die wir uns offensichtlich immer besser verstanden.

Als Sophie mit zweien der Männer verschwand, hatte ich das Gefühl, dass es mit Bobbie, Niall und mir wirklich passieren könnte. Sophie hatte ihre Arme um beide Männer gelegt und so wie ich sie kannte, würden die Männer sie sich teilen dürfen. Ob sie damit umgehen konnten, wusste ich nicht, aber die Vorstellung, wie Sophie auf allen vieren zwischen den beiden knien würde, einen Schwanz im Mund und einen in der Pussy, machte mich unheimlich an.

Als wir den Club verließen, war Niall sich sicher, dass sich sein Wunsch erfüllen würde. Er legte uns die Arme um die Schultern, als wir die Straße entlangliefen, und seine Hände glitten tiefer, als wir in die dunkle Seitenstraße einbogen, in der sein Auto stand. Mit einer Hand fasste er mir an den Hintern, mit der anderen Bobbie. Sie beschwerte sich nicht, genauso wenig wie ich. Ich ließ ihn kneten und streicheln, nur als er versuchte, mein Kleid nach oben zu ziehen, um an meinen nackten Hintern zu kommen, stoppte ich ihn. Er ließ von mir ab, gab mir aber einen ermahnenden Klaps, als Bobbie sagte:

»Ich habe gehört, du hast Lucy das Höschen mitten auf der Straße weggenommen, Niall?«

»Das habe ich gemacht.«

»Um an ein Date mit uns zweien und Sophie zu kommen?«

»So ungefähr, ja.«

Er lachte cool und selbstbewusst. Sie machte ihn an.

»Also, Sophie hast du nicht bekommen, aber du hast uns beide, kommst du damit klar?«

»Oh ja, das tue ich.«

»Was wirst du jetzt tun, großer Mann?«

»Euch beide mit nach Hause nehmen und ficken.«

»Oh Gott!«

»Du Schwein, Niall! Denkst du wirklich, wir würden da mitmachen?«

Ich konnte nicht anders, er war so arrogant. Aber mein Körper sendete andere Signale aus. Ich wollte ihn, zusammen mit Bobbie, wegen des Sex und weil es so köstlich versaut war, ihn mir mit meiner Freundin zu teilen. Er antwortete mir nicht, sondern gab mir einen festeren Klaps auf den Hintern, als wir an seinem Auto ankamen. Ich stieg ein, seine Arroganz ärgerte mich, aber meine Erregung erreichte ihren Siedepunkt.

Wir hatten uns Frazer geteilt, warum also nicht auch Niall? Zum einen war Frazer nicht mein Freund gewesen und Niall war … das irgendwie schon. Und Luke war auch da gewesen, hatte einen Ausgleich geschaffen. Jetzt waren wir zu dritt – zwei Frauen, ein Mann. Keine Ausflüchte. Wir würden ihn uns teilen, ihm erlauben, uns beide zusammen zu haben, zu seinem Vergnügen.

Er fragte nicht einmal, ob er uns irgendwo absetzen sollte, sondern fuhr geradewegs zu seiner Wohnung. Wir mussten am Ende der Straße parken und ich hatte Angst, dass uns jemand – meine Familie, Freunde, irgendjemand, der mich kannte – sehen würde, als ich schnell zur Tür trippelte. Bobbie kicherte angeheitert und voller Vorfreude auf den Sex, während Niall ihren Hintern durch ihr Kleid streichelte. Als wir drinnen waren, zögerte ich. Ich wusste, dass dies meine letzte Chance war, zu verschwinden. Niall schloss die Haustür hinter uns.

»Nach oben mit euch!«

Er schlug uns beiden auf den Hintern und schickte uns Richtung Treppe. Ich spürte, wie mein letzter Widerstand gebrochen war, und ich stolperte kichernd hinter Bobbie die Treppe hoch in Nialls Schlafzimmer. Er folgte uns, grinste, als wir beide aufs Bett fielen, und fing an, sich auszuziehen. Es würde also wirklich geschehen. Mein Herz schlug mir bis zum Hals, mein Puls hämmerte, als wir dabei zusahen, wie er sich auszog, so lässig, als ob er jeden Tag vor dem Sex mit zwei Frauen einen Strip hinlegen würde. Bobbie starrte ihn einfach nur an, bewunderte seinen entblößten Körper: den schlanken, festen Oberkörper und die muskulösen Arme, die langen, kräftigen Beine und zum

Schluss seinen Schwanz und die Eier. Niall grinste, als er zu uns aufs Bett kam, seinen bereits halb steifen Schwanz in der Hand, bereit für uns.

»Wer will zuerst, Mädels?«

Wir krabbelten beide nach vorn, so eilig, dass unsere Köpfe zusammenstießen, weil wir es nicht erwarten konnten, zu ihm zu kommen. Wir kicherten, als wir begannen, ihn zu küssen und an ihm zu lecken. Er legte sich zurück, seine Schenkel geöffnet, seine Hände wühlten in unseren Haaren und streichelten unsere Nacken. Ich nahm seinen Schwanz in den Mund, Bobbie machte sich über seine Eier her und wir saugten beide kräftig, so dass er stöhnte. Es dauerte nur Sekunden, bis Nialls Schwanz in meinem Mund steinhart wurde, und als Bobbie den Kopf hob, schob ich ihn ihr in den Mund.

Es war so geil, ihr dabei zuzusehen, wie sie an ihm saugte, ihr Gesicht verzückt vor Freude, als sie seine große Erektion im Mund hatte. Ich wollte nackt sein und begann meine Klamotten auszuziehen, streifte mir das Kleid ab, schob meinen Slip runter und schleuderte ihn weg. Nur in Strümpfen und Schuhen wandte ich mich wieder Niall zu und nahm seine prallen Eier in den Mund, während Bobbie ihm einen blies. Sie umarmte mich, während wir Nialls Körper verwöhnten, dann drückte sie meinen Kopf sanft runter.

Ich wusste, was sie wollte, und ich tat es, ließ seine Eier aus meinem Mund gleiten, spitzte meine Lippen und küsste Nialls Arschloch, während Bobbie erfreut kicherte. Ich kicherte auch, fühlte mich wunderbar unanständig und war für alles bereit.

»Fick uns, Niall, nebeneinander.«

Das ließ er sich nicht zweimal sagen. Noch während ich mich hinlegte und meine Schenkel spreizte, legte er sich schwer auf mich. Ich seufzte, als er in mich eindrang und tief in mich stieß. Wir taten es, während Bobbie ihr Kleid auszog und sich neben uns legte. Mit den Händen zwischen ihren Schenkeln sah sie uns zu. Unsere Blicke trafen sich, ihre Augen strahlten freudig und lüstern, dann fand Nialls Mund meinen und wir küssten uns, als er mich vögelte, in dem Wissen, dass er gleich meine Freundin besteigen würde – wozu ich ihn eingeladen hatte.

»Jetzt die andere ... bleib, wo du bist, Lucy.«

Das brauchte er mir nicht zu sagen. Schon als er aus mir herausglitt, streichelte ich mich selbst, den Kopf zur Seite gelegt, um zuzusehen, wie er Bobbie bestieg, in ihre Arme sank, als sein Schwanz tief in sie eindrang. Es sah so gut aus, ihr Gesicht in Ekstase, als er sich in ihr bewegte, sein Hintern bewegte sich auf und nieder, die Muskeln seiner Schultern, seines Rückens und seiner Beine spannten sich an, während sich seine Lust steigerte. Ich wäre auf der Stelle gekommen, während ich ihnen zusah, mit der Erinnerung im Kopf, wie es war, ihn in mir zu haben. Aber plötzlich hörte er auf und kniete sich hin, seine Erektion glänzte feucht von unseren Säften, als er etwas sagte.

»Und jetzt von hinten. Dreht euch um und zeigt mir eure schönen Ärsche.«

Ich kicherte hysterisch, aber ich zögerte keinen Moment, Bobbie genauso wenig. Wir drehten uns um, umarmten uns, als wir auf alle viere gingen, die nackten Hintern ihm entgegengestreckt, um ihm unsere Pussys anzubieten, ein geiler Anblick, den wir ihm gern bescherten. Wir hatten alle Hemmungen abgelegt, um unsere Lust zu befriedigen. Er seufzte zufrieden bei dem Anblick, seinen Schwanz hatte er in der Hand, sein Blick glitt zwischen Bobbies und meinem Hintern hin und her, unsicher, welche Pussy er zuerst stopfen wollte.

Sie war als Erste dran, er drang in sie ein, seine Hände an ihren Hüften, als er anfing, sie zu vögeln. Sie stöhnte sofort und ich konnte die Schauer fühlen, die durch ihren Körper gingen, jedes Mal, wenn er in sie stieß. Mindestens sieben oder acht Mal dachte ich, dass er kommen würde, aber seine Ausdauer war bewundernswert. Er zog seinen Schwanz auf einmal raus, rückte schnell hinter mich, um mir die gleiche Behandlung zuteil werden zu lassen: Ich war auf meinen Knien und wurde gefickt, während meine Freundin sich neben mich kuschelte.

Niall stieß hart in mich, bis ich stöhnte und mich in das Bettzeug krallte, mich meiner Lust hingab. Als er aus mir herausglitt, entfuhr mir ein Seufzer der Enttäuschung, aber als ich spürte, wie Bobbie sich anspannte, als er wieder in ihr war, steckte er mir einen Finger in die Pussy. Ich spreizte meine Beine, wollte kommen, während er sie fickte und ich sie festhielt. Meine Finger wanderten nach unten, ich streichelte mich selbst, während er immer wieder mit dem Finger in mich eindrang.

Bobbie schnappte nach Luft, sie war schweißgebadet, ihr Geruch vermischte sich mit seinem und ergab eine wunderbare Kombination sexueller Aromen. Wir knieten beide vor ihm, Seite an Seite ihm ergeben, nackt bis auf die Strümpfe und High Heels – er konnte uns nehmen, ganz wie er wollte. Wir hatten alles getan. Wir hatten seinen Schwanz und seine Eier geleckt, ich hatte seinen Anus geküsst und wir waren Seite an Seite gefickt worden, auf dem Rücken und auf allen vieren.

Ich kam und genau in dem Augenblick, in dem meine Muskeln anfingen, sich zusammenzuziehen, tat er es, er drang wieder in mich ein, seine Hände legten sich um meine Hüften und sein Schwanz glitt mit einem einzigen, tiefen Stoß in mich. Ich stieß einen langen, ekstatischen Seufzer aus und ich war im Himmel, hatte einen Höhepunkt, während er mich vögelte. Ich hielt Bobbie immer noch fest, als ich kam. Niall stöhnte und ich wusste, dass auch er gekommen war, tief in mir, was mir den letzten Kick gab.

Er blieb in mir, so tief er konnte, während sich mein Orgasmus dem Ende näherte, ich mich selbst rieb und meinen Körper an seinen presste, bis es vorbei war. Als ich mich schließlich aufs

Bett fallen ließ, glitt er aus mir heraus, sein Schwanz war immer noch steinhart. Bobbie drehte sich um, um ihn anzusehen, diesen sexy Typen mit seinem immer noch geschwollenen, aber erschöpften Glied.

Wir ließen uns beide nebeneinander aufs Bett fallen, zufrieden, aber nicht halb so zufrieden wie Niall. Er grinste über beide Ohren und sah überaus selbstzufrieden aus. Nicht dass es schon vorbei wäre, denn ich wusste, wie schnell er wieder bereit sein würde, und mit zwei nackten Frauen in seinem Bett würde es sogar schneller gehen als sonst. Zur gegebenen Zeit.

»Hol uns was zu trinken, Niall«, forderten wir ihn auf.

Er ging, spielte gern den Gastgeber, nachdem er gekommen war und uns dort hatte, wo er uns haben wollte. Ich lehnte mich gemütlich zurück, arrangierte die Kissen so, dass es angenehm für mich war. Nackt und zufrieden lag ich mit Bobbie auf Nialls Bett, bereit für eine Nacht voller Sex. Sie streckte sich, ihre Hände streichelten ihre kleinen, straffen Brüste. Ich wusste, dass sie nicht gekommen war, und sie sah so aus, als ob sie es brauchte. Als sie anfing, an sich herumzuspielen, war mir das ein wenig peinlich, aber ich konnte auch nicht anders, als sie fasziniert zu beobachten, wie sie mit ihren Nippeln spielte und sich zärtlich den Bauch und die Innenseiten ihrer Schenkel streichelte.

Niall war bald zurück und Bobbie hörte auf, sich zu streicheln, als sie ihn kommen hörte. Er hatte eine Flasche Jameson und drei Gläser mit Eiswürfeln in der Hand. Jeder nahm eins und wir stießen an. Niall setzte sich ans Ende des Bettes, sein Schwanz lag schwer und schlaff auf einem seiner Schenkel. Er betrachtete unsere nackten Körper, nahm einen Schluck Whiskey und nickte.

»Das war einfach toll und ich habe Lust auf mehr davon oder vielleicht auf etwas anderes.«

»Ach ja, worauf denn?«

»Wie wär's, wenn ihr beide zusammen kommt?«

Ich lachte nur.

»Das hättest du wohl gern, Niall Flynn!«

»Warum nicht? Ihr habt euch doch gerade auch festgehalten, oder?«

»Das war was anderes. Vergiss es, Niall. Ich weiß, es ist der Traum jedes Mannes, zwei Frauen zusammen zu sehen, aber … hey, Bobbie!«

Sie war auf dem Bett ein wenig nach oben gerutscht und hatte plötzlich eine Hand auf meinen Schenkel gelegt und ließ sie nach oben gleiten.

»Komm schon, Miss Nippel, bieten wir ihm was«, flüsterte sie.

Niall fielen fast die Augen aus dem Kopf und sein Schwanz schwoll bereits wieder an. Ich zögerte, ich wollte Bobbie nicht aufhalten, ich sagte mir, dass ich keine Lesbe sei, aber es war auch nicht möglich, nicht auf die sanften Liebkosungen ihrer Finger zu reagieren, ich wusste nicht, was ich wollte und was nicht.

Niall nahm seinen Schwanz in die Hand und rieb ihn sanft, sein Blick klebte an der Stelle, wo Bobbies Hand meine fest geschlossenen Schenkel streichelte.

»Bitte öffnen, meine Schöne.«

Sie war total ungeduldig, sogar ein wenig gekränkt. Ich zögerte immer noch, ich wollte mir nicht eingestehen, dass es sich gut anfühlte, ich war mir nicht sicher, ob ich mit den Folgen umgehen können würde. Bobbie sagte wieder etwas.

»Komm schon, Lucy, für ihn.«

Niall nickte zustimmend.

»Genau, Lucy. Es schadet nichts, nicht wenn es für deinen Mann ist.«

Bobbies Hand war jetzt auf meinem Bauch, sie streichelte meinen Bauchnabel und glitt weiter runter.

»Sei fair, Lucy, du wolltest auch sehen, wie ein Mann einem anderen einen bläst.«

Niall zuckte, sagte aber nichts, vielleicht spürte er, dass ich kurz davor war, nachzugeben, denn das Verlangen, meine Beine zu öffnen, wurde stärker. Sie hatten recht, es war eine Show, ich wurde dadurch nicht zu einer Lesbe. Nur dass ich wusste, dass es bei Bobbie nicht einfach nur Show wäre, dass sie wahrscheinlich von Anfang an auf mich stand. Ich stand nicht auf sie, aber sie war eine Freundin und ich konnte nicht leugnen, wie steif meine Nippel waren und wie gern ich meine Schenkel spreizen wollte, besonders nachdem ich gesehen hatte, wie steif Nialls Schwanz schon wieder war.

Ich hörte mich seufzen, als ich meine Beine öffnete. Niall fluchte leise und Bobbie fing an, mich mit der Hand zu befriedigen. Sie hätte mich zum Höhepunkt gebracht, ich wusste es genau, und ich wollte nicht, dass es so weit ging, so viel wollte ich nicht von mir preisgeben. Aber ich sagte mir, dass es nur eine Show war, Ärsche und Titten für die Jungs, es war auch nichts anderes, als die Brüste einer Freundin zum Spaß zu entblößen, nicht wirklich …

»Okay, du Drecksack«, sagte ich. »Was möchtest du sehen?«

»Geht in die 69er-Stellung.«

Niall klang, als würde ihm seine Lust die Kehle zuschnüren, und trotz all meiner Bedenken musste ich kichern. Ich war mir immer noch unsicher und hätte vielleicht etwas weniger Intimes gefordert, aber Bobbie hatte sich schon umgedreht und stieg auf mich, bevor ich protestieren konnte. Plötzlich sah ich nur noch ihre gespreizten Schenkel, ihren Hintern und ihre offene, bereite Pussy. Ich hörte Nialls Stimme.

»Meine Fresse, ist das gut. Jetzt leckt euch. Macht schon, seid unanständig.«

Bobbie brauchte keine Anweisung, sie hatte ihre Arme bereits um meine Schenkel geschlungen, um sie auseinanderzuziehen und ihr Gesicht zwischen ihnen zu vergraben. Ihre Zunge fand meine Klit und mir entfuhr ein Stöhnen. Trotzdem hielt ich mich zurück, der Geruch ihrer Pussy hing mir in der Nase. Ich war mir nicht sicher, ob ich das tun konnte.

Ich hatte nicht einmal bemerkt, dass Niall sich bewegt hatte, bis er mich an den Fußgelenken packte. Einen Augenblick später war sein Schwanz tief in mir. Bobbie leckte einen Moment unbeholfen weiter, dann setzte sie sich auf. Niall bewegte sich schon in mir, stieß tief in mich, so dass ich hecheln musste, selbst als Bobbie sich auf mein Gesicht setzte, ihre Pussy direkt über meinem Mund. Ich konnte nicht sprechen. Ich konnte kaum atmen. Niall war in mir, hielt jetzt meine Schenkel fest, er fickte mich hart und tief. Seine Stimme klang leidenschaftlich und fest, als er befahl:

»Leck sie, Lucy. Ich will es sehen.«

Bobbie kicherte, drückte ihren Hintern in mein Gesicht, und ich tat es, ich leckte sie und liebkoste mit meiner Zunge ihre Klit. Niall stöhnte in Ekstase, sie seufzte glücklich und ich gab einfach nach. Ich leckte sie, um ihm die schmutzige Lesbenshow zu bieten, die er haben wollte, sogar als er mich fickte.

Sie vögelten mich, bis zum Ende, beide kamen durch meinen Körper zum Höhepunkt. Zuerst Bobbie, ihre Schenkel und Pobacken zogen sich in meinem Gesicht zusammen, dann kam Niall auf meinem Bauch, als er seinen Schwanz in letzter Sekunde aus mir gezogen hatte. Zu diesem Zeitpunkt war mir alles egal und als Bobbies Finger meine Pussy und ihr Mund meine Brüste fanden, ließ ich sie einfach machen, verlor mich in der körperlichen Ekstase, als sie mich zum Höhepunkt brachte.

Kapitel 4

8. August, 11:45 Uhr – Lucy Doyle wacht neben Niall Flynn *und* Bobbie Davenport auf.

Was hatte ich getan? Ein flotter Dreier und Sex mit einer anderen Frau, und das in ein und derselben Nacht!

Ich hatte mich amüsiert, das konnte ich nicht leugnen. Es war gut gewesen, großartig, brillant. Ich war immer noch dort, an Nialls Brust gekuschelt, Bobbie lag auf der anderen Seite, wir waren alle drei zufrieden. Der Uhr auf Nialls Nachttisch zufolge war es später Vormittag und die Sonne schien ins Zimmer, denn wir hatten nicht einmal die Vorhänge zugezogen, bevor wir eingeschlafen waren. Als ich aus dem Bett kletterte, kam mir der Gedanke, dass Mrs Peabody und die Familie Simms einen ausgezeichneten Blick auf unseren flotten Dreier gehabt haben müssten, falls sie uns zugesehen hätten. Wenn sie etwas gesehen hatten, würde es sich in null Komma nichts in der Nachbarschaft rumsprechen, aber darüber konnte ich mir jetzt keine Gedanken machen.

So wie es aussah, würde jeder, den ich kannte, sowieso bald wissen, dass ich Niall auf dem Klo im Gogarty's einen geblasen hatte. Dass ich einen Dreier gehabt und mit einer Freundin geschlafen hatte, würde dann auch nicht mehr viel ausmachen. Wenn überhaupt, wäre das gut für mich. Es wäre ein Vorwand, um zu verschwinden, mich selbst zu finden und mein eigenes Leben zu leben, in dem ich nicht so zu sein brauchte, wie andere Leute es wollten.

Schön und gut, aber im Moment gab es da noch einige Hindernisse. Ich hatte nicht genug Geld, um die Kaution für eine eigene Wohnung zu bezahlen, und ich wollte nicht auf irgendeinen Gefallen angewiesen sein. Es wäre nicht gut, wenn ich bei Niall einziehen würde, und falls es darauf hinauslief, sollte ich mich zurückhalten. Herumzumachen war eine Sache, aber ich war noch nicht bereit, sesshaft zu werden.

Ich war jedoch bereit für mehr Sex und den bekam ich am Sonntag. Zuerst auf dem Bett, wo Bobbie uns zusah, dann kam Niall zu mir in die Dusche und ein drittes Mal taten wir es, nachdem sie gegangen war und ihn mit hungrigem Schwanz zurückgelassen hatte, der ihm aus der Hose ragte. Er wollte, dass ich blieb, aber ich war zu nervös wegen des Empfangs, der mich zu Hause erwartete. Also verließ ich ihn am frühen Nachmittag. Zum Glück war es nicht so schlimm, wie ich erwartet hatte. Siobhan und Tara wussten, was im Gogarty's passiert war, behielten es aber für sich. Und falls Mrs Peabody und die Simms mich mit Niall und Bobbie gesehen hatten, hatten sie vermutlich einen Schock erlitten und waren auf der Stelle tot umgefallen. Kurz vor acht fiel ich dankbar ins Bett.

Die Aussicht, wieder nach Tilbury zu müssen, war alles andere als prickelnd, aber ich wusste, dass sie mich noch mindestens eine Woche dort brauchten und ich nichts dagegen tun konnte. Zumindest dachte ich das bis kurz vor acht am Dienstagmorgen, als Mrs Maryam Smith mich anrief und fragte, ob ich einen anderen Auftrag übernehmen wolle, in der Nähe von Watford. Ich sagte wie aus der Pistole geschossen zu, denn es konnte auf keinen Fall öder sein als der Job in Tilbury.

Zuerst dachte ich, dass jemand, wahrscheinlich Bobbie, ein gutes Wort für mich eingelegt hatte und dass ich wieder mit den Mädels zusammenarbeiten würde. Aber so war es nicht, wie ich herausfand, als ich an einer langgestreckten, pastellgrünen Fabrik aus den dreißiger Jahren ankam. Dort wurden Motorräder gebaut, und zwar Spezialanfertigungen nach den Wünschen der Kunden. Draußen standen die glänzenden Maschinen, die auf ihre Auslieferung warteten, und die riesige Eingangshalle war ein Symbol für den Erfolg der Firma über die Jahre. Der Empfangstresen schien winzig zu sein, und das Mädchen dahinter war noch winziger, aber gepflegt und kühl wie ihre Umgebung. Etwas eingeschüchtert ging ich auf sie zu.

»Hi. Ich bin Lucy Doyle von Super Staff.«

Sie sah mich über ihre Brille hinweg an und gab mir das Gefühl, als würde ich die ganze Halle durcheinanderbringen. Sie schnalzte mit der Zunge und sah irgendwie verwirrt und gereizt auf ihren Computerbildschirm.

»Für Mr Drake?«

»Ja, genau.«

»Er erwartet Miss Cherwell.«

Ich zuckte mit den Schultern.

»Er bekommt mich.«

»Aha.«

Sie seufzte und schüttelte den Kopf, dann nahm sie den Telefonhörer in die Hand und wählte eine Nummer, offensichtlich eine Durchwahl.

»Mr Drake? Hier ist eine Miss Doyle von Super Staff für Sie ... Anscheinend an ihrer Stelle. Ich schicke sie rauf.«

Sie legte auf und sah zu mir hoch.

»Sie können nach oben gehen. Erster Stock, rechts.«

»Danke.«

Sie antwortete nicht und ich ging zur Treppe, einem riesigen Ding, das zu der imposanten Architektur des Gebäudes passte. Oben kam ich in einen breiten, leeren Flur, von dem in großen Abständen Türen abgingen. Die Türen geradeaus waren hoch und aus furniertem Holz, und dahinter lag so was wie ein Konferenzraum mit einem großen Tisch, um den gut zwei Dutzend elegante Stühle standen. Die nächste Tür rechts, wahrscheinlich die Tür, die sie gemeint hatte, war geschlossen. Ich klopfte an.

Ein Mann antwortete, seine Stimme klang kontrolliert und ein bisschen streng. Ich öffnete die Tür und sah ihn hinter einem riesigen schlüssellochförmigen Schreibtisch aus poliertem Holz sitzen. Er war jung, vielleicht dreißig oder fünfunddreißig, hatte klare Gesichtszüge und war gut gekleidet. Und er war anscheinend nicht besonders erfreut, mich zu sehen.

»Sie wurden als Ersatz für Miss Cherwell geschickt?«

»Ja.«

»Gibt es dafür einen Grund? Ich hatte speziell Miss Cherwell angefordert.«

»Es tut mir leid. Ich bin sicher, dass ich ihre Aufgaben erledigen kann, aber wenn Sie lieber wollen, dass ich …«

»Sie haben also mit ihr gesprochen?«

Seine Stimme klang jetzt viel sanfter. Ich beschloss zu lügen oder zumindest die Wahrheit etwas zurechtzubiegen.

»Ja, kurz, am Samstagabend.«

»Sie ist doch nicht krank?«

Sie war bei bester Gesundheit gewesen, hatte die Arme um zwei Männer gelegt, aber die genauen Details taten nichts zur Sache.

»Ähm … nein, nein, das nicht.«

»Hmm. Ich frage mich, was dann los ist.«

Ich hatte keine Ahnung, aber ich konnte mir denken, was passiert war. Er wollte Sophie und aus irgendeinem Grund hatte sie Mrs Maryam Smith überzeugt, dass ich an ihrer Stelle gehen sollte. Möglicherweise war sie wirklich krank und ich war zufällig ausgewählt worden, aber das war unwahrscheinlich, da ich eigentlich an einer anderen Stelle eingesetzt worden war. Mr Drake sah mich nachdenklich an. Ich schenkte ihm ein süßes Lächeln, während ich Sophie innerlich verfluchte, weil sie mir nicht gesagt hatte, was los war. Seine nächste Bemerkung war ein Hinweis.

»Sie werden mich dann also zur Messe begleiten?«

Ich zögerte, war mir nicht sicher, was ich sagen sollte. Es sah so aus, als ob Sophie mir einen »Spezialauftrag« verschafft hatte, bei dem die Frauen nicht wegen ihrer Fähigkeiten bestellt wurden, sondern wegen ihres guten Aussehens und vielleicht noch mehr. Ich hatte davon gehört und die Ergebnisse gesehen. Talia war jetzt mit Lucas Sherringham zusammen und lebte wie die Made im Speck. Bobbie hatte es getan und Sophie offenbar auch. Mr Drake war ein gut aussehender, junger, aufstrebender Mann …

»Ja, natürlich.«

Ich redete, bevor ich richtig darüber nachgedacht hatte, um die angespannte Atmosphäre aufzulockern. Er lächelte. Ich dachte an Niall, aber ich war absolut entschlossen, dass er mich nicht besitzen würde, und auch kein anderer Mann. Wenn ich Mr Drakes Angebot annehmen wollte, würde ich das tun, und es wäre meine Entscheidung, nicht die von jemand anderem, egal wie das Angebot aussähe. Er zeigte auf einen Stuhl, jetzt ganz entspannt.

»Dann nennen Sie mich Richard. Und Sie sind?«

»Lucy.«

»Lucy, süßer Name. Sie sind also eine Freundin von Sophie … natürlich.«

»Sicher, ja, wir ähm … gehen oft gemeinsam weg.«

»Schön. Sie hat Ihnen also alles erklärt?«

»Ähm nein, nicht wirklich. Nur dass … dass sie nicht zu dem Messedingens kommen kann und ich stattdessen gehen soll.«

Ich lächelte und betete, dass Sophie nicht abgesprungen war, weil Mr Drake auf so seltsame Dinge abfuhr wie das, was sie nachts im Kabelfernsehen zeigten. Wenn er sich als Frau verkleiden oder an einer Hundeleine herumgeführt werden wollte, oder von mir verlangen würde, ihm Windeln anzuziehen, würde ich Reißaus nehmen, und wenn ich Sophie dann begegnen würde, könnte ich für nichts garantieren. Aber vielleicht wollte er vor seinen Kollegen nur mit mir angeben, ohne Hintergedanken.

Nicht sehr wahrscheinlich, aber ich konnte immer noch kündigen.

»Sie sind früh dran. Spielen Sie Golf?«

»Golf? Nein.«

»Das sollten Sie aber. Es gibt keine nützlichere Fähigkeit, um in der Geschäftswelt voranzukommen, außer vielleicht trinkfest zu sein.«

»Das bin ich.«

Er lachte und ich entspannte mich langsam ein bisschen.

»Ich bringe es Ihnen bei, kommen Sie.«

»Was, jetzt?«

»Natürlich.«

Ich machte eine vage Handbewegung, mit der ich auf sein Büro, die Firma insgesamt hinwies.

»Müssen Sie nicht arbeiten? Und haben Sie keine Arbeit für mich?«

»Arbeit? Heute nicht, nein. Meine Position ist quasi eine Sinekure, ich stelle meinen Namen zur Verfügung.«

Ich hatte keine Ahnung, wovon er sprach, aber ich nickte brav. Wenn er vorgeschlagen hätte, mich auf seinem Schreibtisch flachzulegen, wäre ich wahrscheinlich ausgeflippt, oder auch nicht. Wenn er mir das Golfspielen beibringen wollte, dann bitte sehr. Ich bekam mein Geld trotzdem und es war viel besser, als in Tilbury zu arbeiten. Er ging zu einem Schrank und holte eine große schwarz-rote Ledertasche heraus, in der Golfschläger in allen möglichen Größen und Formen steckten. Einen Moment lang dachte ich, er würde erwarten, dass ich das verdammte Ding trage, aber er warf es sich locker über die Schulter. Als er auf mich zukam, zeigte er freundlich zur Tür. Ich ging hinaus, er folgte mir und schloss die Tür hinter sich.

Wir nahmen den Weg, den ich gekommen war, die Treppe hinunter und durch die Halle. Die Empfangsdame sagte unterwürfig: »Guten Morgen, Mr Drake.« Mir warf sie einen vielsagenden und arroganten Blick zu. Da ich einen Schritt hinter Mr Drake ging, streckte ich der eingebildeten kleinen Schlampe die Zunge raus.

Draußen führte er mich an den glänzenden Motorrädern vorbei und endlich kapierte ich es. Jedes Motorrad hatte ein fettes, geschwungenes »Drake« auf dem Tank. Ich hatte es bereits gesehen, aber die Verbindung nicht hergestellt. Die Firma gehörte ihm oder zumindest war er ein hohes Tier und bekleidete einen Posten, der es ihm erlaubte, den ganzen Tag Golf zu spielen oder zu machen, was er wollte.

Die wenigen Leute, denen wir auf dem Weg zum Parkplatz begegneten, waren so freundlich wie die Empfangsdame. Mir warfen die meisten nur einen flüchtigen Blick zu und es war mir egal, was sie wussten oder dachten. Ich fuhr ja sowieso nur zum Golfspielen. Richard hatte ein tolles Auto, einen brandneuen Mercedes, und ich setzte mich auf den schwarzen Ledersitz und dachte, dass ich mich an so ein Leben gewöhnen könnte. Wäre ich ein gutes Mädchen, würde ich Unterlagen abheften, tippen, sortieren, Kaffee kochen und mich anschreien lassen, wenn ich einen kleinen Fehler gemacht hatte. Aber wäre ich ein böses Mädchen, gäbe es unendlich viele Möglichkeiten.

Wir fuhren aufs Land. Zwanzig Minuten dauerte die Fahrt zu einer Villa, die jetzt ein Golfclub war. Ich versuchte, die vielen teuren Autos nicht anzustarren, genauso wie die vielen reichen Männer und Frauen. Sie wollten vielleicht nur Golf spielen, trugen aber trotzdem teure Designerkleidung, so dass ich mir in meinem blauen Businesskostüm schäbig vorkam. Während ich nervös im Empfangsbereich herumstand, fragte ich mich, was ein Mann wie Richard Drake von mir wollte, wenn er sich doch eine dieser vielen eleganten, schönen Frauen aussuchen konnte. Mehr als eine kannte ich aus dem Fernsehen und selbst die Kellnerinnen sahen klüger aus als ich. Ich musste Richard fragen und tat es, sobald er mich angemeldet hatte und wir außer Hörweite waren.

»Warum ich?«

»Wie bitte?«

»Warum bin ich hier?«

»Die Agentur hat Sie geschickt.«

»Ja, aber Sie hatten nach Sophie verlangt, und sie und ich sind nicht so verschieden. Ich bin mir sicher, dass viele der Frauen hier gern mit Ihnen spielen würden, und ich spreche nicht nur von Golf.«

Er lachte.

»Die sind unecht, falsch. Alles an ihnen ist gekünstelt. Sie dagegen sind frisch wie ein Gänseblümchen, frei und unkompliziert.«

Ich musste lächeln, obwohl ich nicht ganz mit dem, was er gesagt hatte, einverstanden war. Trotzdem konnte ich frei sein, und unkompliziert auch, wenn er das wollte.

Er besorgte mir ein Paar Golfschuhe und wir gingen nach draußen auf eine große, ebene Wiese hinter dem Clubhaus. Dieser Übungsplatz war wahrscheinlich einst der Garten der Villa gewesen. Man ging kein Risiko ein, hinter uns war ein fünf Meter hohes Netz befestigt und rechts und links standen Bäume und Sträucher, wodurch eine lange Grasschneise entstand. Ganz am Ende stand eine Reihe Flaggen. Richard ließ ein paar Bälle fallen und suchte einen Schläger aus.

»Das Ziel ist es eigentlich, den Ball ins Loch zu bekommen«, begann er.

»Das weiß ich. Lassen Sie es mich versuchen«, sagte ich ungeduldig.

»Ganz so einfach ist es nicht«, sagte Drake lächelnd, »aber okay.«

Wie schwer konnte das schon sein? Ich hatte im Fernsehen gesehen, wie Leute Golf spielen, und es musste zumindest viel einfacher sein als Fußball oder Tennis, wo ein anderer versucht, dich an deinem Vorhaben zu hindern. Ich nahm den Schläger von Richard und wartete, bis er den Ball auf das kleine Plastikding gelegt hatte. Es waren noch andere Leute da und ich stellte mich so hin wie sie, die Beine auseinander, den Oberkörper leicht nach vorne geneigt. In dieser Haltung war mein Hintern rausgestreckt und ich wackelte damit in Richards Richtung, um ihn anzumachen. Dann hob ich den Schläger an und schlug den Ball damit, so hart ich konnte. Als ich vorbeischlug und dabei den Schläger losließ, so dass er durch die Luft flog, versuchte sich Richard das Lachen zu verkneifen.

»Lassen Sie mich es Ihnen zeigen«, sagte er sanft, aber nachdrücklich.

Ich nickte. Er holte den Schläger wieder, stellte sich hinter mich und schlang seine Arme um mich, seine Hände lagen auf meinen, als er mich führte. Mein Hintern war jetzt an seine Schenkel gepresst und ich spürte die Beule in seiner Hose, fest und drängend. Offensichtlich steckte hinter einer Golfübungsstunde mehr. Ich bewegte meinen Hintern wieder, aber dieses Mal drückte ich ihn gegen seinen Schwanz. Zur Belohnung atmete Richard laut ein. Er behielt aber die Fassung und half mir den Schläger anzuheben und den Ball zu treffen. Der Ball flog vielleicht zehn Meter, aber immerhin geradeaus.

»Schön, gut gemacht. Sehen Sie, es kommt auf den Stand an.«

»Sicher, aber so braucht man ewig, um bis zum Loch zu kommen.«

»Das Grün. Zuerst auf das Grün, dann ins Loch. Diese Dinge müssen schrittweise gemacht werden.«

Ich hob eine Augenbraue und fragte mich, wie viele Schritte er plante. Dem Zustand seines Schritts nach zu urteilen, nicht allzu viele. Die Beule in seiner Hose war ziemlich groß. Ich beugte mich extra nach vorn, als ich dieses Plasteding ausrichtete und den zweiten Ball darauf platzierte, sicher ruhte sein Blick auf meinem prallen Hintern. Er kam wieder näher und ich stellte mir vor, wie ich mich nach vorn beugte, der Rock oben, der Slip unten, und sein Schwanz in mich eindrang. Aber vermutlich würde das nicht vor den Fenstern eines exklusiven Golfclubs passieren. Ich denke, die haben Regeln für so etwas.

»Lassen Sie es mich noch mal probieren«, sagte ich und versuchte dabei so süß wie möglich auszusehen.

»Okay.«

Er trat zurück, schaute mir zu und zeigte dabei ein etwas selbstgefälliges Lächeln. Ich stellte mich in Position, entschlossen, ihm zu zeigen, dass ich es konnte. Ich setzte mit dem Schläger am Ball an, trippelte ein wenig, um den richtigen Stand zu finden, und schlug zu. Der Ball flog davon, hoch in die Luft und zu schnell, als dass man ihm hätte folgen können.

Er flog fast im Neunzig-Grad-Winkel zwischen die Bäume, prallte in hohem Bogen an einem Baum ab, und ich sah mit offenem Mund zu, wie er über das Netz hinweg in ein Restaurantfenster flog. Ich schloss die Augen und wartete darauf, runtergeputzt zu werden. Aber Richard lachte nur. Und damit hatte er mich in der Tasche. Ich hatte einfach mit ihm geflirtet, mit der Möglichkeit gespielt, vielleicht mit ihm ins Bett zu gehen. Wenn er mich gedrängt hätte, fordernd gewesen wäre, mich behandelt hätte, als hätte er mich gekauft, wäre nichts daraus geworden. Aber er war das Gegenteil, ein bisschen herablassend vielleicht, aber er alberte herum, sogar als ich seinen Golfclub in Schutt und Asche legte. Er unterdrückte immer noch ein Lachen, als er in Richtung Clubhaus ging.

»Ich kläre das besser mit jemandem vom Komitee. Übe ein bisschen weiter, aber sei vorsichtig.«

Er verschwand um die Ecke und ich war mit seinen Schlägern allein. Ich versuchte mein Bestes, bis zu den Fahnen zu kommen, scheiterte aber kläglich. Mit wem er auch gesprochen hatte, es muss nicht einfach gewesen sein, denn er kam ewig nicht wieder. Als er endlich wieder auftauchte, war ich schon total gelangweilt und erwartete fast, dass er verärgert sein würde, aber er war immer noch gut gelaunt. Er gab mir einen Klaps auf den Hintern, als er hinter mich trat.

»Ich denke, das reicht für heute. Wie wäre es mit Mittag?«

»Gern. Was passiert eigentlich später? Entschuldigen Sie, dass ich fragen muss, aber Sophie hat mir nicht viel erzählt.«

»Wir fahren zu der Messe.«

»Ja, aber wie lange wird die gehen, wo findet sie statt, was soll ich …«

Ich wollte fragen, was ich tun sollte, aber das war ja offensichtlich, und ich wollte nicht total naiv erscheinen. Er sah ein wenig verwirrt aus.

»Die Messe, heute Nachmittag, in Ealing.«

»Ealing? Ach so … und nur heute Nachmittag?«

»Natürlich. Hat man Ihnen denn gar keine Details mitgeteilt?«

»Nein, nicht wirklich.«

Ich ging einen Schritt hinter ihm, weil ich nicht wollte, dass er sah, wie ich rot geworden war. Ich hatte mir also vorgestellt, an einen abgelegenen Ort zu fahren und verführt zu werden, während er die ganze Zeit nur wollte, dass ich den Nachmittag an seiner Seite verbringe. Ich hatte den Sex akzeptiert, ihn sogar gewollt, und jetzt würde es gar nicht dazu kommen. Das war nie seine Absicht gewesen. Das war irgendwie lustig, aber es war mir trotzdem peinlich, als er mich in das Restaurant führte.

Es war wunderschön, obwohl man in der Betrachtung ein wenig von einem Mann in der Ecke abgelenkt wurde, der Scherben zusammenfegte. Das Restaurant war ein großer Raum mit einer hohen Decke, Holzvertäfelungen und vielen Gemälden. Alle Tische waren mit funkelndem Kristall, Geschirr und Besteck eingedeckt, außerdem gab es Blumen und weiße Stoffservietten in silbernen Ringen. Ich fühlte mich sofort fehl am Platz, war mir sicher, dass mich alle anstarrten und wussten, dass ich das Fenster kaputt gemacht hatte.

Richard bemerkte nichts, ließ sich vom Kellner den Stuhl an den Tisch schieben und brütete über der Speisekarte und einer Weinkarte, die bestimmt fünf Zentimeter dick war. Ich fühlte mich etwas unwohl und war immer noch peinlich berührt, aber ich fand es auch witzig, dass ich den Gedanken daran, wie sich sein Schwanz an meinem Hintern angefühlt und was ich deswegen erwartet hatte, nicht loswurde. Er schien nichts zu bemerken, fragte mich, was ich essen wolle, und suchte uns Getränke aus. Champagner, danach Rotwein.

Der Champagner wurde bald gebracht, in einem mit Eis gefüllten Kübel, eine Serviette um den Flaschenhals geschlagen. Der Kellner machte viel Wind darum, den Champagner zu öffnen und einen kleinen Schluck in Richards Glas zu gießen, damit er ihn abnicken konnte. Er tat es und unsere Gläser wurden gefüllt. Ich trank meins gleich aus, dankbar für die Erfrischung und den Alkohol. Richard nahm einen kleinen Schluck, dann goss er mir nach.

»Der ist exzellent, schade, dass ich noch fahren muss.«

Ich nickte und dachte mir, dass ich die zwei Flaschen wohl zum größten Teil allein trinken würde. Irgendwann wurde unser Essen serviert, er aß Riesengarnelen, ich irgendein Fischgericht. Wir unterhielten uns, ganz locker. Richard fragte mich aus und ich antwortete, so gut ich konnte. Er schien wirklich interessiert zu sein – an Irland, an meiner Arbeit in der Zeitarbeitsfirma, an meinem Studium – und er hatte es überhaupt nicht eilig.

Danach gab es Steaks und Salat, dazu einen starken Rotwein, und schließlich Schokokuchen. Richard bestand darauf, dass ich zu dem Kuchen noch ein Glas Wein trank, dieses Mal einen süßeren, der vielleicht noch stärker war als der erste. Als wir fertig waren, konnte ich kaum aufstehen. Ich war satt und in meinem Kopf drehte sich alles vom Alkohol. Aber daran war ich gewöhnt, und so schaffte ich es aus dem Club, ohne etwas Dummes zu tun, wie etwa hinzufallen oder Richard einen Blowjob auf dem Klo anzubieten.

Ich war aber scharf darauf; sobald ich mich wieder bewegen konnte, wollte ich hingelegt und nackt ausgezogen werden, dann wollte ich gestreichelt und gevögelt werden. Falls Richard ahnte, in was für einen Zustand er mich versetzt hatte, ließ er es sich nicht anmerken. Er bot mir lediglich seinen Arm an und half mir ins Auto, wobei er die ganze Zeit lächelte. Er hatte fast nichts getrunken und fuhr sicher zurück nach London. Ich dagegen hatte annähernd zwei Flaschen getrunken und starrte die ganze Fahrt lang aus dem Fenster. Meine Gedanken sprangen zwischen der Vorstellung, Sex mit ihm zu haben, und dem wachsenden Druck auf meiner Blase hin und her.

Der Sex konnte warten. Das Aufsuchen einer Toilette nicht. Als wir am Ziel ankamen und drin waren, machte ich mich sofort auf den Weg zum Frauenklo. Die Messe fand in einem riesigen, brandneuen Center statt. Der Hauptbereich war ein großer, offener Platz unter einer Kuppel, die nicht viel kleiner war als der Millennium Dome in Greenwich. Überall gab es Stände, die etwas mit Technik zu tun hatten, mit Maschinenbau, Computern und so weiter.

Ich bahnte mir einen Weg durch das Gedränge, folgte den kleinen grünen Hinweisschildern an der Decke. Es war ganz und gar nicht klar, wo ich hingehen sollte, und es war noch weniger klar, als ich hinter den Ständen war. Hinter der ersten Tür, die ich öffnete, verbarg sich so was wie ein Abstellraum voller Präsentationsständer und Plakatwände, die alles Mögliche von

Timesharing bis Walzstahl bewarben. Ich öffnete eine zweite Tür und hatte Glück.

Erleichtert machte ich mich auf die Suche nach Richard, ich wollte bei ihm sein und mir war bewusst, dass ich tun sollte, wofür er mich bezahlte. Wenn ich nicht in ein Hotel gebracht, verführt und gebumst werden sollte, bestand meine Aufgabe wahrscheinlich darin, zu lächeln und ein paar Komplimente zu verteilen, vielleicht ein bisschen zu flirten. Ich war zu betrunken, um mir um irgendwas Gedanken zu machen, und ich hatte nur Unsinn und Sex im Kopf.

Richard war an einem Stand in eine höchst technische Diskussion über Federungssysteme verwickelt. Ich ging zu ihm, hakte mich bei ihm unter, wurde vorgestellt, erhielt ein Kompliment für meine Frisur und dann redeten sie wieder über Federungssysteme. Das Gleiche passierte am nächsten Stand, nur dass es da um Feldspulen ging, und dann um Farben und danach um Kautschuktechnologie. Als das Gespräch über Kautschuktechnologie endlich beendet war, war ich bereits zu Tode gelangweilt und hatte den Eindruck, dass ich hier für mein Geld wirklich hart arbeiten musste. Meine Füße taten mir weh, ich bereute langsam, dass ich so viel getrunken hatte, und meine unanständigen erotischen Absichten waren in öde Frustration und leichte Kopfschmerzen umgeschlagen.

Richard blätterte in einem Katalog, während wir uns vom letzten Stand entfernten und hinter den Ständen langgingen, um eine Abkürzung zu nehmen. Noch ein Stand über Motorräder und Technik und mein Hirn würde explodieren, also packte ich ihn einfach an seiner Krawatte. Er sah mich überrascht an. Ich lächelte und schaute ihm in seine blaugrauen Augen.

»Du kommst besser mal mit.«

»Was? Möchtest du dir irgendetwas Bestimmtes ansehen?«

»Ja, genau.«

»Was denn?«

»Deinen Schwanz.«

Er ließ sich nicht aus der Fassung bringen und folgte mir lächelnd. Ich führte ihn in den Abstellraum, den ich vorhin gefunden hatte. Ich schloss schnell die Tür hinter uns und klemmte ein rot-gelbes Stück Spanplatte unter die Klinke. Mein Verlangen meldete sich zurück, heiß und heftig, und ich ging auf ihn zu, um ihn zu küssen. Mein Mund öffnete sich auf seinem, als er mich in die Arme schloss. Er verschwendete keine Zeit, mit einer Hand berührte er meine Brust, die andere ließ er tiefer zu meinem Hintern wandern. Ich hielt ihn fest, ließ ihn auf Entdeckungsreise gehen, während wir uns küssten. Ich genoss es, ihn zu schmecken und seine starken Hände auf meinem Körper zu spüren.

Sein Schwanz schwoll an, als ich mich dicht an ihn presste, der Schwanz, der in Kürze mir gehören würde, den ich anfassen, lecken und in mir spüren würde. Meine Hand tastete sich nach unten, ich öffnete den Reißverschluss von Richards Hose und holte seinen Schwanz heraus, dick und schwer lag er in meiner Hand. Ich streichelte ihn langsam, während ich Richard noch leidenschaftlicher küsste als zuvor. Mein Körper bebte vor Verlangen, als sein Schwanz in meiner Hand größer wurde. Er war fast steif, als ich mich hinkniete, um ihn in den Mund zu nehmen, seinen männlichen Geschmack wahrzunehmen, was mich zum Zittern brachte. Als ich seine Schwanzspitze in meinen Rachen schob, seufzte er.

»Ja ... genau so ... das ist schön. Lass mich kommen, Lucy.«

»Hm-hm, ich will alles, in mir«, sagte ich.

Ich lehnte mich zurück, sah zu ihm auf, sein Penis erhob sich über meinem Gesicht. Er nickte und schaute sich um.

»Dann beugst du dich besser nach vorn, junge Dame.«

Jetzt nickte ich, fügte mich überglücklich, stellte ihn mir zwischen meinen Arschbacken vor. In einer Ecke stand ein Stuhl, über den man sich bequem beugen konnte, um sich vögeln zu lassen. Ich streckte ihm meinen Hintern entgegen, zog an meinem Rock, während ich in Position ging. Richard sah mir zu, seinen Schwanz in der Hand, er starrte auf mein Hinterteil, als ich ihm zuerst mein Höschen zeigte und dann meinen nackten Arsch.

Er trat hinter mich und als er seine steinharte Erektion zwischen meine Pobacken schob, fummelte ich an den Knöpfen meiner Bluse herum. Sie gingen auf und ich schob meinen BH eilig nach oben, um meine Brüste herauszuholen. Sein Schwanz fand meinen Eingang und mit zwei langen, harten Stößen war er in mir und füllte mich ganz aus. Er hielt sich an meinen Hüften fest, fickte mich hart und drückte mich gegen den Stuhl, so dass ich mich festhalten musste, keuchend, während er immer wieder in mich stieß. Ich wusste nicht, wie mir geschah, seine Stöße lösten wohlige Schauer in meinem bebenden Körper aus.

Für ein paar Momente konnte ich nichts anderes tun, als mich festzuklammern und es geschehen zu lassen. Er nahm mich so hart wie Niall oder Todd. Es war egal. Erst als er für einen Moment langsamer wurde, konnte ich meine Hand dorthin schieben, wo sie gebraucht wurde, an meine Klit. Ich berührte den harten Schaft seiner Erektion, wo diese in meinen Körper eindrang. Ich streichelte die Lippen meiner Muschi, während er wieder intensiver in mich stieß. Ich war kurz davor zu kommen, nach vorn gebeugt, im Abstellraum einer Messe mit Hunderten von Leuten, die nur ein paar Meter entfernt von uns durch die Gänge liefen. Und dann auch noch von hinten, so wie ich es mir vorgestellt hatte. Richards Stöße wurden noch schneller und drängender. Ich dachte daran, wie er sich das erste Mal an meine Arschbacken gedrückt hatte und wie unangemessen die ganze Situation gewesen war.

Er hätte mich an Ort und Stelle nehmen sollen, auf dem Grün, scheiß auf das Golfkomitee. Sie hätten uns durch die Fenster zuschauen können, wie er seine Selbstbeherrschung verloren hätte. Ich mit hochgeschobenem Rock, er, wie er meine Bluse aufreißt, mein Höschen runterzieht und seinen schönen langen Schwanz von hinten in mich reinsteckt, während ein paar Hundert Leute uns dabei zuschauen, schockiert oder begeistert, lustvoll oder neidisch, erschrocken oder begierig darauf, es auch mit mir zu tun.

Ich stöhnte, als ich kam, ich konnte nicht anders. Richard hielt mir sofort den Mund zu. Ich wand mich auf seinem Schwanz, hilflos in meinem Höhepunkt, ich konnte kaum atmen, ich zitterte und biss auf seine Finger. Er hielt mir den Mund zu, bis ich endlich fertig war, und er wieder in mich stieß, härter als zuvor. Ich klammerte mich an den Stuhl, entschlossen, es durchzuhalten bis zum Schluss. Ich keuchte, als sein fester Bauch an meinen Hintern klatschte und sein Schwanz in mich fuhr, härter und tiefer. Ich fand die Vorstellung geil, dass er die kleine, freche Aushilfe benutzte, die ihm zufällig über den Weg gelaufen war und vor ihm mit dem Hintern gewackelt hatte.

Plötzlich hörte Richard auf. Er zog seinen Schwanz raus und stöhnte meinen Namen, als er sich über meinem Hintern den Rest gab. Ich ließ ihn machen, zu erschöpft, um dagegen zu protestieren. Er entschuldigte sich sogar, als er fertig war, und gab mir ein Taschentuch – natürlich mit Monogramm –, damit ich mich saubermachen konnte. Ich beeilte mich, denn ich war mir sicher, dass uns jeden Moment jemand entdecken würde, obwohl die Tür verkeilt war. Und ich wollte nicht mit heruntergelassenem Höschen erwischt werden.

Und damit ging der Tag zu Ende und auch mein erstes Mal mit einem Schlipsträger. Ich war ziemlich zufrieden mit mir. Ich hatte die Situation gut gemeistert. Mehr als das. Eigentlich war ich so zufrieden mit mir, weil ich getan hatte, was ich tun wollte, mich amüsiert hatte, mich durch nichts hatte durcheinanderbringen lassen, auch nicht durch Gefühle. Und nicht nur das, ich hatte es getan, ohne zu wissen, was eigentlich los war. Aber egal wie zufrieden ich mit mir war, Sophie musste mir trotzdem ein paar Fragen beantworten.

Ich versuchte sie auf dem Rückweg von Watford anzurufen, aber ihr Handy war ausgeschaltet. Am nächsten Tag würde ich wohl wieder in Tilbury arbeiten, was großer Mist war. Pommes mit Spiegelei zum Abendbrot hob meine Stimmung auch nicht gerade. Während des Essens dachte ich an mein Drei-Gänge-Mittagsmenü und daran, was für ein schönes Leben Richard Drake doch führte. Vielleicht hatte Talia recht und es war das Beste, sich einen reichen Liebhaber zuzulegen und das Leben ruhig anzugehen. Das ergab durchaus Sinn, aber allein die Vorstellung verletzte meinen Stolz.

Als das Telefon am Mittwochmorgen klingelte, drückte ich die Daumen, dass es Mrs Maryam Smith war und dass sie mich nicht wieder nach Tilbury schicken würde. Sie war es und sie schickte mich nicht zurück. Ich bekam einen Auftrag im West End in einem Theater. Ich war ganz erwartungsvoll, stellte mir vor, etwas Aufregendes zu tun, etwas Glamouröses, im Backstagebereich, vielleicht etwas mit Kostümen und Make-up, vielleicht würde ich sogar Stars begegnen …

Bei dem Job musste ich an einem Tisch sitzen, in einem staubigen Raum in einer Baracke, die man in den hinteren Teil des Theaters gebaut hatte. Ich musste 10.000 Tickets mit Perforationen versehen, die ohne diese angeliefert worden waren. Sophie sollte mit mir zusammenarbeiten und erschien zehn Minuten nach mir. Sie begrüßte mich mit einer Umarmung und einem Küsschen, was uns einen missbilligenden Blick der Frau einbrachte, die auf uns aufpassen sollte, vermutlich damit wir keine Tickets klauten. Ich musste Sophie einfach darauf ansprechen.

»Also gestern.«

»Ja, danke, Lucy, das war echt toll von dir. Ich hatte mich in eine blöde Situation gebracht.«

»Echt toll von mir? Du hast mir ja keine Wahl gelassen.«

Sie sah mich verwirrt an.

»Natürlich habe ich das. Du hättest ihm einfach sagen können, er soll sich verpissen, oder?«

»Ja, aber es wäre schön gewesen zu wissen, was eigentlich los ist!«

»Ja, ja, ich hätte dich anrufen sollen. Ich hatte zwei Aufträge zur gleichen Zeit, du weißt doch, wie das ist, und –«

»Würden Sie sich bitte auf Ihre Arbeit konzentrieren. Das ist sehr wichtig.«

Das war die Aufpasserin, und ich verkniff mir meine Erwiderung, nämlich die Frage an Sophie, ob »wie das ist« heißt, dass sie mit Klienten von Super Staff schläft. Und die Frage an die Frau, warum sie die Arbeit nicht selber machte, wenn sie doch so verdammt wichtig war. Ich kannte die Antworten sowieso schon. Richard Drake hatte nicht erwartet, in den Abstellraum geschleift zu werden, aber er war auch nicht besonders überrascht gewesen. Und die Aufpasserin war viel zu wichtig, um sich zu solch niederen Arbeiten herabzulassen.

Wir nicht, aber wir wurden für einen ganzen Tag bezahlt, also war es sinnvoll, so schnell wie möglich zu arbeiten und zu hoffen, dass wir dann den Rest des Tages frei bekommen würden. Oder dass wir zumindest eine spannendere Aufgabe zugeteilt bekommen würden. Die Arbeit war wirklich anstrengend, mühselig und schlecht für die Muskeln und die Haut. Mir taten die Arme und Schultern weh und bis zur Mittagspause hatte ich bereits eine Blase am Daumen. Wir hatten schon mehr als die Hälfte geschafft und die Aufpasserin gönnte uns eine halbe Stunde Pause. Als wir außer Hörweite waren, hatte ich eine Menge Fragen an Sophie. Aber sie war schneller.

»Also, Miss Nippel, was muss ich da hören? Du hast mit Bobbie geschlafen und mit diesem Niall und mich nicht eingeladen?«

»Du warst doch mit zwei anderen Typen zusammen.«

Das war das Erste, was mir einfiel, und die Antwort war gut. Dachte ich jedenfalls, aber ich wurde trotzdem rot, wegen dem, was sie gesagt hatte, und weil ich dachte, man konnte uns immer noch hören. Ihr war das egal.

»Ach, diese Idioten! Sie haben sich um mich gestritten, kannst du das glauben?«

»Ja. Was war am Dienstag los? Ich hatte überhaupt keine Ahnung. Ich musste den ganzen Tag Mist erzählen.«

»Du hattest keinen Sex mit ihm, oder?«

»Richard Drake? Nein ... ja.«

»Du freches Luder. Er gehört mir.«

»Wie meinst du das, er gehört dir?«

»Ich bekomme immer die Aufträge bei Richard Drake; er ist einer der Besten. Wo habt ihr es getan, im Konferenzraum?«

»Nein, in einem Abstellraum auf ... ist doch egal. Was meinst du damit, er gehört dir? Wenn er etwas Besonderes ist, warum bist du dann nicht gegangen?«

»Ich konnte nicht. Aber ich will alles über dich und Bobbie wissen. Habt ihr euch gegenseitig geleckt ...«

»Sophie!«

»Komm schon, habt ihr?«

»Sch!«

Wir waren auf der Straße, wo viele Leute unterwegs waren, die sofort die Ohren spitzten. In der Nähe gab es ein Pub, The Cross Keys, und wir machten uns auf den Weg dorthin. Sophie redete weiter.

»Ich wette, das habt ihr, du dreckige Schlampe.«

»Sch, hör auf!«

Sie lachte.

»Ihr habt es getan, nicht wahr? Ich wette, das hat ihn tierisch angemacht, ist doch immer so.«

»Wieso immer?«

»Komm schon, du bist doch nicht die Erste.«

»Hast du es schon mal gemacht?«

»Sicher, zweimal. Du weißt doch, wie das ist. Man ist betrunken und es sind keine anständigen Kerle in der Nähe, also ...«

Sie verstummte mit einem Schulterzucken. Ich musste nach Luft schnappen, weil sie so locker damit umging.

Ich wollte nicht naiv oder schockiert klingen, also antwortete ich genauso locker.

»Du hast recht. Ist keine große Sache.«

»Aber es macht Spaß und darum will ich die Details hören. Erzähl, Miss Nippel, alles.«

Das Pub war voll und es war so laut, dass uns niemand hören konnte. Also verzogen wir uns mit unseren Drinks in eine Ecke. Ich erzählte ihr alles, vom Verlassen des Phatz bis zum Morgen danach. Sie saugte es förmlich auf, strahlte, als ich ihr erzählte, wie Bobbie und ich uns seinen Schwanz und seine Eier geteilt hatten, wie wir nebeneinander gelegen und gekniet hatten, wie wir die Arme umeinander geschlungen hatten, als wir von hinten gefickt wurden. Wie wir es in der 69er-Stellung getrieben hatten und wie sie sich auf mein Gesicht gesetzt hatte, während Niall mich vögelte. Sophie bekam große Augen und den Mund nicht mehr zu. Ihre Reaktion gefiel mir.

»Sie hat sich auf dein Gesicht gesetzt? So richtig?«

»Was meinst du mit so richtig?«

»Mit ihrem Hintern auf deinem Gesicht.«

»Klar.«

Sie schauderte vor Erregung. Ich wusste, dass ich nicht lügen konnte, denn sie würde sich die Geschichte auch von Bobbie erzählen lassen, aber das war kein Grund, Sophies Überraschtheit und Freude an meinem Verhalten nicht auszukosten. Sie atmete aus und nahm einen großen Schluck von ihrem Drink.

»Großartig! Einer in dir und Bobbies Hintern in deinem Gesicht, du Schlampe! Es hat dir nichts ausgemacht, oder?«

»Nein ... es war keine große Sache.«

Sie nickte, nahm hin, was ich sagte, aber ich sah, dass sie beeindruckt war. Ich fragte mich, ob ich noch mehr Details preisgeben sollte, aber dann hielt ich mich lieber zurück. Sophie sprach weiter.

»Und das war dein erstes Mal mit einer Frau?«

Ich zuckte nur mit den Schultern.

»Du hast es wirklich drauf. Die meisten würden ausflippen. Und dann Richard Drake. Ich wusste, dass du mit ihm fertig werden würdest, sonst hätte ich dich nicht vorgeschlagen, aber ich hätte nicht gedacht, dass du mit ihm poppen würdest. In einem Abstellraum auf einer Messe!«

Wieder zuckte ich mit den Schultern.

»Und was war nun wichtiger als Richard Drake?«

»Dominique Chalmers, Boss von ...«

Sie verstummte und blickte über ihre Schulter.

»Wenn man vom Teufel spricht.«

Ich drehte mich um, erwartete, Richard zu sehen. Aber in der Tür stand Niall und sah über die Köpfe der anderen hinweg. Unsere Augen trafen sich und er bahnte sich den Weg zu uns. Sophie warf mir einen schelmischen Blick zu, ich war völlig verwirrt, als ich Niall ansprach.

»Was machst du denn hier?«

»Tolle Begrüßung, wenn dein Freund kommt, um dich zu überraschen und zum Mittagessen auszuführen. Du bist Sophie, oder? Hi.«

Sophie taxierte ihn mit den Augen, als ich antwortete.

»Das ist echt süß von dir, Niall, aber wir müssen in achtzehn Minuten zurück sein. Wie hast du mich überhaupt gefunden?«

»Dafür muss man kein Detektiv sein. Siobhan hat mir erzählt, wo du arbeitest, und als du nicht dort warst, habe ich es im nächsten Pub probiert. Warum musst du so lange arbeiten? Ich dachte, du bist Zeitarbeiterin.«

»Bin ich, aber ich muss trotzdem arbeiten. Was ist mit dir?«

»Ist nicht viel los heute, außerdem bin ich der Boss.«

»Fauler Hund. Ich bin vielleicht so gegen zwei, halb drei fertig. Falls du warten möchtest?«

»Mach ich.«

Er ging an die Bar, ich fühlte mich leicht verwirrt und Sophie sah amüsiert aus.

»Er meint es ernst, oder?«

»Ich weiß nicht.«

»Er ist extra den ganzen Weg hergekommen, um mit dir zu Mittag zu essen, ohne Aussicht auf einen Fick. Das ist ernst.«

Ich zuckte mit den Achseln, versuchte mir meine Verärgerung nicht anmerken zu lassen. Es war nett von ihm und ich wusste, dass ich hätte dankbar sein sollen. Aber das war ich nicht. Stattdessen hatte ich das Gefühl, dass er besitzergreifend war, weil er zu meiner Arbeit gekommen war. Und er hatte sich als meinen Freund bezeichnet.

Niall brauchte ewig, bis er die Drinks hatte, so dass Sophie und ich sofort gehen mussten, nachdem wir unsere in einem Zug ausgetrunken hatten. Wir kamen trotzdem ein paar Minuten zu spät, weil wir warten mussten, bis man die Sicherheitstüren am Theater für uns geöffnet hatte. Unsere Aufpasserin warf uns einen strengen Blick zu. Ich arbeitete, so schnell ich konnte, aber ich musste die ganze Zeit an Niall denken.

Vielleicht sollte ich etwas sagen – möglicherweise sollte ich ihn darauf hinweisen, dass er nicht so besitzergreifend sein sollte, wenn er auf flotte Dreier stand. Ich konnte mir schließlich gut vorstellen, wie er reagieren würde, wenn ich den Vorschlag machen würde, dass er einen von seinen Freunden mitbringen solle. Ihm gefiel es vielleicht, dass sie mitbekamen, wenn er Sex mit mir hatte, vielleicht sogar dass sie uns zuschauten, aber anfassen wäre etwas anderes, ganz zu schweigen von Sex, wie wir ihn mit Bobbie gehabt hatten. Und die Vorstellung, dass er mit einem anderen Kerl 69 machen würde, weil ich das geil fände ...

Es war so haarsträubend, so absurd, dass ich laut lachen musste. Ich konnte mir seine Reaktion gut vorstellen – Fassungslosigkeit, dann Wut, dann Verletztheit wegen der Andeutung, dass er nicht hundertprozentig hetero sein könnte, dass ich so etwas auch nur denken konnte. Aber er erwartete, dass ich Bobbies Pussy leckte, während sie auf meinem Gesicht saß und er mich fickte.

Meine Belustigung verwandelte sich in Ärger, denn ich konnte förmlich hören, wie er beleidigt erklärte, dass es bei Frauen etwas anderes sei. Das war völliger Unsinn, und doch konnte ich mir keine andere Einstellung bei einem Mann vorstellen. Frazer hatte die Vorstellung nicht gefallen, dass Luke an seinem Schwanz lutschen müsste, um dann von Bobbie und mir verwöhnt zu werden. Und bei Todd Byrne war die Vorstellung noch lächerlicher als bei Niall.

Ich grübelte immer noch darüber nach, als wir mit der Arbeit fertig waren. Wie wir schon vermutet hatten, durften wir danach gehen, wenn auch nur, weil die Aufpasserin meinte, dass wir für keine andere Aufgabe geeignet seien, und sie unsere bloße Anwesenheit im Theater für überflüssig hielt. Es war eigentlich ziemlich witzig und Sophie imitierte beim Hinausgehen ihre wichtigtuerische Art.

Niall saß immer noch im Cross Keys, ein Glas Guinness in der Hand. Sophie blieb bei uns und ich beschwerte mich nicht darüber, ich wollte unbedingt zeigen, dass Niall und ich nicht allein sein wollten. Er hatte auch nichts dagegen und wir bestellten uns etwas zu essen. Ich wollte mich entspannen, den Nachmittag genießen, aber ich konnte meine Gedanken nicht abstellen. Niall war toll und ich wollte ihn, aber zu meinen Bedingungen. Sophie würde mit ihm flirten, weil sie Sophie war. Vielleicht konnte ich es zulassen, sie sogar ein bisschen ermutigen, die Dinge ein wenig zu lenken, so dass er zu einem Spielzeug für Sophie, Bobbie und mich werden würde. Es war einen Versuch wert.

Gegen drei hatten wir gegessen und noch ein paar Drinks zu uns genommen. Wir lachten und erzählten uns schmutzige Geschichten.

Um vier Uhr waren wir betrunken, ziemlich betrunken, und Niall beschrieb detailliert, wie es sich angefühlt hatte, Bobbie und mich nebeneinander zu vögeln.

Um fünf wurden wir aus dem Cross Keys rausgeschmissen, wir stolperten die Endell Street entlang, Niall hatte seine Arme um Sophie und mich geschlungen.

Es würde etwas passieren, es musste etwas passieren. Es passierte etwas.

Man musste Niall nicht darum bitten. Seine Hände ruhten auf unseren Hintern, während Sophie und ich uns von ihm führen ließen, ohne zu protestieren. Sophies Wohnung befand sich in der Hampstead Road, hoch oben in einem Hochhaus. Wir hatten kaum die Tür geschlossen, als Niall anfing, mich zu küssen und an meinen Klamotten zu zerren. Meine Jacke fiel zu Boden, er öffnete meine Bluse und schob meinen BH ungeduldig nach oben, bis meine nackten Brüste zu sehen waren. Ich ließ ihn mich begrapschen, während wir uns küssten und mein Verlangen wuchs. Sophie machte sich an Nialls Hose zu schaffen, sie zog sie samt Unterhose runter.

Als sie anfing, mit seinem Schwanz zu spielen, zog er meinen Rock nach oben. Als er mein Höschen runterzerrte, hatte sie seinen Schwanz schon in den Mund genommen. Ich wollte ihn auf der Stelle, ich konnte an nichts mehr denken als daran, dass ich Sex brauchte, und es war mir egal, ob Sophie mitmachte oder nicht. Ich riss mich los, um Niall das Oberteil auszuziehen, während Sophie ihm die Hose ganz auszog. Ich kniete mich neben sie, um seine Eier in den Mund zu nehmen. Ich beschloss, ihn mir schwesterlich mit ihr zu teilen, wie ich es mit Bobbie getan hatte, und schleuderte meine Bluse und meinen BH weg.

Sophie war gierig und ich zog sie an den Haaren von Nialls Ständer weg, denn ich wollte ihn auch im Mund spüren. Sie trat zurück und zog sich aus, aber nicht neckisch, sondern ungeduldig. Sein Blick klebte an ihrem Körper. Zuerst entblößte sie ihre Brüste, sie hatte ihre Bluse aufgeknöpft und ihren BH nach oben geschoben. Sie hielt ihre Brüste in den Händen, als würde sie sie anbieten, und spielte mit den Nippeln, bis sie steif wurden.

Ich sah ihr aus den Augenwinkeln zu und leckte Nialls Schwanz, als wäre er ein übergroßer Lolli. Sophie drehte sich um, hob langsam ihren Rock an und zog ihren Slip über ihren Hintern wie eine Stripteasetänzerin. In dieser Position sah man die Lippen ihrer Pussy, feucht und offen. Niall stöhnte lüstern bei dem Anblick und ich ließ von ihm ab.

»Mach schon, Niall, fick sie, und dann mich.«

Das ließ er sich nicht zweimal sagen. Sophie quiekte überrascht und erfreut, als er sie an den Hüften packte und über die Lehne des Sofas legte. Er nahm seinen Schwanz in die Hand und rieb ihn zwischen ihren Pobacken, bevor er in sie eindrang. Sie stöhnte, als er seinen Rhythmus fand. Ich stand auf, kickte mein Höschen weg und beugte mich neben ihr über die Sofalehne, um Niall meinen Hintern genauso anzubieten. Niall legte seine Hand auf meinen Po und drang mit einem Finger in mich ein.

»Wunderbar. Ich bin ein wahrer Glückspilz.«

Sophie seufzte enttäuscht, als er seinen Schwanz aus ihr herauszog, um sich hinter mich zu stellen und statt seines Fingers seinen Schwanz in mich reinzustecken. Mir wurde sofort schwindelig vor Vergnügen und ich stöhnte ebenso ekstatisch, wie sie es getan hatte. Es war gut, eigentlich wundervoll, aber es dauerte nur ein paar Sekunden, bis er wieder zu ihr zurückging. Ein paar harte Stöße und er war wieder in mir, er drang langsam in mich ein, so dass ich spüren konnte, wie die Spitze seines Schwanzes meine Pussy weitete. Dann ging er wieder zu Sophie, er drang immer abwechselnd in uns ein, bis ich das Gefühl hatte, verrückt zu werden, wenn er sich nicht richtig um mich kümmern würde.

Ich wäre gekommen, so oder so. Ich musste einfach. Als er sich wieder Sophie zuwendete, setzte ich mich auf die Lehne und spreizte die Beine. Niall stöhnte bei dem Anblick und zog seinen Schwanz heraus, er packte meine Schenkel und drang wieder in mich ein, während ich mich streichelte. Ich schloss die Augen, ich spürte, wie ich langsam zum Höhepunkt kam bei dem Gedanken daran, wie willig ich meine Beine für seinen Schwanz gespreizt hatte und wie Sophie uns zusah.

Niall hörte auf, zog sich zurück und ließ mich auf der Schwelle zum Orgasmus zurück. Mir entfuhr ein enttäuschtes Stöhnen, aber ich wand mich immer noch auf der Lehne des Sofas, zu nahe am Höhepunkt, als dass ich mich um irgendetwas anderes kümmern könnte. Sophie ging es genauso, sie stand auf den Zehenspitzen und rieb ihre Klit, als Niall wieder in sie eindrang. Ich sah, wie sich ihr Gesichtsausdruck veränderte, als er ihre Pussy wieder stopfte, und ihr Vergnügen gipfelte schließlich in einem Orgasmus. Als Niall in sie stieß, stammelte sie etwas.

»Härter, Niall … komm in mir … bitte, Niall … jetzt.«

Er hatte die Lippen zusammengepresst und knirschte vor Ekstase mit den Zähnen, aber er antwortete ihr:

»Das nicht, Schätzchen, das ist für Lucy, das ist für mein Mädchen.«

Sophie antwortete ihm nicht, sie kam und er ließ seinen Schwanz in ihr, bis sie fertig war. Er sah zufrieden aus mit dem Zustand, in den er sie versetzt hatte, in den er uns beide versetzt hatte. Ich war so weit, rieb meine Pussy am glatten, harten Plastik, mir war alles egal, ich wollte nur, dass er in mir war, wenn ich kam. Er tat mir den Gefallen, machte sich von Sophies Körper los, als sie in sich zusammensank, drehte sich zu mir und drang noch mal in mich ein.

Mein Körper zuckte wie wild, als er ganz in mir drin war. Als er mich fickte, schwirrten in meinem Kopf Bilder herum: Ich nackt mit gespreizten Beinen vor ihm, wie ich mich selbst mit der Hand befriedigte, während er mich vögelte, tief und hart, und neben uns meine Freundin, die er auch gefickt hatte.

Sophie sah uns zu und kicherte, als ich kam, was mich noch mehr anmachte, ich kam intensiv und lang, mit Nialls Schwanz in meiner Pussy, der sich die ganze Zeit schnell in mir bewegte. Er hatte gesagt, dass er sich seinen Höhepunkt für mich aufhob, und das tat er. Er spritzte tief in mir drinnen im perfekten Augenblick ab, genau auf dem Gipfel meiner Ekstase, so dass wir zusammen kamen. Sophie sah zu und wimmerte leise, vielleicht aus Erregung, vielleicht aus Enttäuschung. Niall wendete sich ihr erst zu, als er sich von mir losgemacht hatte.

»Sorry, Schätzchen, aber du weißt doch, wie es läuft. Wenn ich dich schwängere, würde das teuer für mich werden, aber bei Lucy würde es die Dinge nur vorantreiben und es wäre nicht so schlimm.«

»Du Dreckskerl«, war alles, was ich hervorbrachte. Er lachte nur und gab mir einen Klaps auf den Hintern. Ich hatte für Verhütung gesorgt, aber darum ging es nicht. Er war in mir gekommen, es hätte ihm nichts ausgemacht, wenn ich schwanger werden würde, vielleicht hatte er es sogar darauf angelegt. Eine Sache war jetzt klar. Ich war Nialls Freundin. Er hatte das entschieden.

Kapitel 5

19. August, 7:30 Uhr – Lucy Doyle wacht in den Armen von Niall Flynn auf.

19. August, 7:30 Uhr und eine Sekunde – Lucy Doyle bemerkt, dass sie Kopfschmerzen hat.

19. August, 7:30 Uhr und zwei Sekunden – Lucy Doyle bemerkt, dass sie in Sophies Bett liegt, in Sophies Wohnung, und dass Sophie auf dem Sofa schläft.

Nicht gut. Ich wollte Niall Flynn. Ich wollte nicht seine Frau, Verlobte, sein Schätzchen oder was auch immer sein. Ich meine, in meinem Alter? Zum Teufel noch mal!

Es war eine Frechheit – er vögelte meine Freundinnen und erwartete, dass ich seine feste Freundin war, nur ihm gehörte. Das kam nicht in die Tüte. Ich war immer noch scharf auf ihn und ich kann ziemlich stur sein, wenn ich will. Ich würde nicht nachgeben und ich würde ihm auch nicht den Laufpass geben. Es musste doch einen Weg geben, wie ich meinen Willen durchsetzen konnte.

Mrs Maryam Smith rief Sophie kurz vor acht an, um sie über einen neuen Auftrag zu informieren, und mit etwas Glück würde ich den gleichen Job bekommen. Niall war da schon weg. Er musste die Werkstatt aufmachen und kontrollieren, ob seine Jungs am Tag zuvor das gemacht hatten, was sie hätten tun sollen. Sophie und ich machten uns gemeinsam auf den Weg. Wir nahmen die U-Bahn nach Wandsworth, wo wir zusammen mit anderen Aushilfen in einem Postraum einen riesigen Stapel Antworten auf ein Preisausschreiben bearbeiten sollten. Die Arbeit war todlangweilig, wir mussten Briefumschläge öffnen und die beigefügten Formulare in Stapel sortieren. Wir saßen allein an einem Tisch und als die Leute, die uns eingewiesen hatten, meinten, wir hätten es kapiert, ließen sie uns allein. Sophie knüpfte an die Unterhaltung an, die wir bei unserer Ankunft geführt hatten. Es ging darum, wie ich Niall meinen Willen aufzwingen konnte.

»Was wirst du also tun?«

»Weiß ich noch nicht. Es bringt nichts, ihm zu erklären, wie ich mich fühle. Er wird mich entweder auslachen und mich dazu bringen, ihm einen zu blasen, oder er wird wütend werden.«

»Und wenn du ihm erzählst, dass du auch mit anderen Typen zusammen warst und dass er das alles missverstanden hat?«

»Ich weiß nicht. Er wird mir wahrscheinlich sagen, dass ich das jetzt lassen muss. Er dreht vielleicht völlig durch.«

»Ja, aber er war auch mit Bobbie und mir zusammen. Er kann sich also nicht beschweren, wenn du ... nein, vergiss, was ich gesagt habe.«

Ich lächelte gequält. Sie sprach weiter.

»Wie wäre es mit ein bisschen umgekehrter Psychologie? Rede über die Hochzeit und darüber, wie viele Kinder du möchtest, und dass du ein großes Haus willst. Sag ihm, er muss anfangen zu sparen, weniger trinken und sich von der Bank beraten lassen. Irgend so was. Ich wette, dann wird er ganz schnell einen Rückzieher machen.«

»Das ist eine Idee. Aber was, wenn es nach hinten losgeht?«

»Du kannst ihm auch sagen, dass er sich fest an dich binden muss, und das heißt, dass er deine Freundinnen nicht mehr vögeln kann. Schade, aber ...«

»Vielleicht hast du recht. Ich könnte ihn vor die Wahl stellen – feste Bindung oder eine offene Beziehung.«

»Mach das.«

Ich widmete mich wieder meinen Briefumschlägen und dachte über Sophies Worte nach. Ich war nicht naiv und betrachtete die

Welt nicht durch eine rosarote Brille. Niall war so erpicht darauf, mich als Freundin zu haben, weil das viel heißen Sex versprach, mit mir und mit meinen Freundinnen. Ich glaubte nicht einen Augenblick, dass er in mich verliebt war, aber wir verstanden uns gut. Er stellte sich die Zukunft wahrscheinlich so vor, dass ich ihm immer zur Verfügung stehen würde und ab und zu eine Freundin dazukäme. Es war eher unwahrscheinlich, dass er eine wirklich feste Bindung eingehen wollen würde, wenn er dann eine stinknormale Beziehung führen musste.

Eins war sicher, ich konnte der Sache nicht freien Lauf lassen. Je länger ich wartete, desto schwieriger würde es werden, also musste ich etwas unternehmen. Den ganzen Tag versuchte ich, einen anderen Weg zu finden, aber es blieben immer nur drei Möglichkeiten – sein Weg, ihn abservieren oder Sophies Vorschlag.

Sophies Vorschlag war das einzig Wahre. Ich wollte es nicht tun, aber ich musste, und ich musste den richtigen Moment abpassen. Es hätte keinen Zweck, es bei ihm mit dem »Wir müssen reden« zu versuchen. Das würde ihn verärgern. Er musste begreifen, dass ich es ernst meinte, oder er würde mich behandeln, wie er mich immer behandelte – wie ein eigensinniges Kind. Es musste in einer entspannten Situation passieren und wenn er scharf war.

Ich rief ihn an und schlug vor, abends etwas trinken zu gehen. Den Rest des Tages machte ich mir Gedanken und fragte mich, warum Beziehungen immer so kompliziert sein mussten. Sophie wollte mich abends begleiten, aber ich lehnte ab. Es war dennoch gut zu wissen, dass sie bereit für mehr war, denn das war wichtig für meinen Plan und der perfekte Einstieg, als Niall und ich mit unseren Drinks im Lord Ranleagh saßen.

»Sophie lässt dich schön grüßen und sagt danke für letzte Nacht.«

Er lachte leise in sich hinein und ich fuhr fort.

»Sie würde es noch mal machen, wenn du dabei bist, und ich auch.«

»Ob ich dabei bin? Und ob, keine Frage.«

»Vielleicht mit Bobbie, mit uns dreien, wie du es zuerst wolltest.«

Er atmete hörbar aus.

»Alle drei? Oh ja ... wann? Vielleicht dieses Wochenende?«

»Vielleicht, ja.«

Ich nippte an meinem Whiskey, tat so, als wäre ich nervös, bevor ich weiterredete.

»Was hättest du gern? Willst du zwei von uns zusehen, während –«

»Oh Gott, ja, die beiden zusammen, während wir vögeln, das wäre was.«

»Ja, wär es. Aber wir brauchen noch einen anderen Typen.«

»Einen anderen Typen? Wenn ihr Niall Flynn habt, braucht ihr keinen anderen Typen.«

»Nicht? Würdest du nicht gern sehen, wie jemand Sophie oder Bobbie vögelt?«

»Nie im Leben! Wozu sollte ich einen anderen Kerl sehen wollen?«

»Und warum sollte ich eine andere Frau sehen wollen? Es geht doch nur um den Sex.«

»Wie bitte? Es hat dir doch gefallen mit Bobbie.«

Ich zuckte mit den Schultern, wollte es nicht abstreiten, war vorsichtig wegen des Widerwillens in seiner Stimme. Er trank einen Schluck Guinness und wollte etwas sagen, aber ich war schneller, entschlossen nicht gleich aufzugeben.

»Es wäre fairer, wenn mehr als ein Typ dabei wäre, darum geht es. Es ist viel besser, wenn mehr Typen als Frauen dabei sind. Ich meine, es ist einfacher für eine Frau, zwei Männer zu befriedigen als umgekehrt. Denk doch mal daran, dass Bobbie, Sophie und ich dich und fünf Freunde befriedigen könnten, alle auf einmal. Niemand würde zu kurz kommen. Wäre das nicht toll, Niall, wenn du mich ficken würdest, während ich den Schwanz von einem deiner Kumpels lutsche? Mir würde das gefallen.«

Er zögerte. Er wollte etwas sagen, vielleicht dass niemand anderes mich anfassen dürfe, mich nicht einmal ansehen dürfe, aber er kannte mein Temperament und würde sich die Chance nicht versauen, mit drei Frauen ins Bett zu gehen. Als er seine Antwort murmelte, merkte ich, dass er sich unwohl fühlte.

»Du gehörst zu mir, das ist alles. Willst du nicht, dass es so ist?«

Ich holte tief Luft und ließ die Bombe platzen.

»Natürlich! Du hast das Sagen, immer, aber du musst zugeben, dass es nicht fair ist, wenn du mit meinen Freundinnen spielen darfst, aber ich nicht mit deinen Freunden.«

»Ah, das ist nicht dasselbe. Ihr Mädels steht doch aufeinander. Das ist ganz natürlich.«

»Natürlich? Wer sagt das?«

»Ach, komm schon, das sieht man doch ständig, Frauen zusammen. Ihr denkt euch nichts dabei, wenn ihr so Sachen macht und so.«

»Was für Sachen?«

»Sachen eben. Küssen und so, ihr redet doch immer davon, dass die und die ein hübsches Gesicht hat oder schöne Titten oder einen tollen Arsch. Ich würde nie sagen, dass Ryan einen schönen Arsch hat, oder?«

Ich musste lachen und er lachte mit, das lockerte die Spannung.

»Nein, wahrscheinlich nicht, aber darum geht es nicht. Ich verlange ja nicht, dass du mit anderen Typen rummachen sollst. Aber wenn du mit meinen Freundinnen schlafen willst, dann sollte ich auch die Wahl haben dürfen. Das wäre doch nur fair, oder?«

Er nickte nachdenklich, trank noch einen Schluck Guinness und sagte dann:

»Ich verstehe, was du meinst. Du findest es nicht gut, dass ich mit deinen Freundinnen schlafe, und das respektiere ich. Was sagst du dazu: Du machst mit ihnen rum und ich schaue euch zu, und wenn ich so weit bin, gehöre ich ganz dir und du mir.«

Das war nicht der Ausgang, den ich mir vorgestellt hatte.

»Nein, es macht mir nichts aus, wenn du sie vögelst. Ich mag das. Aber ich denke, das sollte für beide Seiten so funktionieren, das ist alles.«

Er schüttelte den Kopf.

»Das kann ich nicht. Du weißt, dass ich das nicht kann, Lucy. Nicht dass ich dir keinen Gefallen tun will, aber du musst das verstehen, so sind Männer nun mal. So ist es auch bei Gorillas und Löwen und so. Ich habe neulich Abend eine Tierdoku gesehen …«

Das Wort »Blödsinn« lag mir auf der Zunge, als er mir erklärte, dass es für die Weibchen total normal wäre, sich ein Männchen zu teilen, aber nicht andersherum. Ich spürte, wie die Wut in mir aufstieg, weil er völlig unfair war, aber ausnahmsweise biss ich mir auf die Zunge und hielt mich zurück.

»Du siehst«, schloss er seinen Vortrag, »ich habe keine Wahl. Es liegt in unserer Natur.«

Ich nickte und kippte den Rest meines Whiskeys runter. Er trank sein Glas auch aus, nahm beide Gläser in die Hand und stand auf. Dann drehte er sich zu mir.

»Du bist doch jetzt nicht sauer auf Niall, oder? Nicht meine Lucy?«

Er küsste mich und als ich seinen Kuss erwidern wollte, leckte er an meiner Nase und ging außer Reichweite. Ich trat nach ihm, verpasste sein Bein aber um ein paar Zentimeter. Ich musste unwillkürlich lachen.

»Du Mistkerl!«

Niall warf mir einen unwiderstehlichen Blick zu, belustigt, aber doch bestimmt, dann drehte er sich um und ging zur Bar. Er war ganz offensichtlich mit sich zufrieden und davon überzeugt, dass er mich genau da hatte, wo er mich haben wollte. Und irgendwie hatte er damit auch recht, denn trotz meiner Entschlossenheit wollte ich ihn nicht verlieren. Das bedeutete aber nicht, dass ich aufgeben musste. Ich war gewappnet, als er zurückkam.

»Okay, du Schwein, du bekommst erst mal deinen Willen. Ich schau mal, ob Bobbie und Sophie mit Samstag einverstanden sind. Nur schade, dass es so nicht ewig gehen kann.«

»Nicht ewig gehen? Warum nicht? Ich habe Ausdauer, kein Problem.«

»Nein, das meine ich nicht, aber du weißt, wie die Leute sind. Jetzt, wo wir zusammen sind und keine Vorsichtsmaßnahmen treffen, müssen wir es offiziell machen. Alle werden es wissen und wir müssen aufpassen, was wir tun.«

»Klar. Ich will doch keine Orgie bei deiner Mutter zu Hause veranstalten!«

»Du weißt, was ich meine, Niall. Auf keinen Fall können wir solche Sachen machen, wenn wir eine Familie haben. Außerdem brauchst du ein größeres Haus, denn ich möchte mindestens drei Kinder, vielleicht auch mehr.«

»Warte mal eine Sekunde, Schatz. Sind wir jetzt nicht ein bisschen voreilig?«

»Nicht wirklich, nein. Falls ich schwanger sein sollte, müssen wir heiraten, bevor man es sieht, sagen wir im Oktober oder spätestens November. Und natürlich müssen wir sofort in das neue Haus ziehen, sobald es renoviert ist. Wir können es so gestalten, wie wir es gern hätten ... ein großes Badezimmer mit einer riesigen Dusche und einem Whirlpool. Ich werde natürlich alles aussuchen, weil du keinen Geschmack hast. Außerdem werden wir eine neue Küche brauchen, denn meine Familie wird ständig zu Besuch sein und deine auch. Du kennst doch deine Mutter.«

Wie ich es mir gedacht hatte, hatte er die ganze Sache nicht richtig durchdacht, und wenn ich übertrieb, dann nicht viel.

»Halt! Himmel noch mal, Lucy, eins nach dem anderen. Ich muss jetzt schon eine Hypothek abbezahlen und du würdest nicht glauben, was für Zinsen die von einem verlangen.«

»Ach, komm schon, Niall! Du hast dein eigenes Geschäft als Sicherheit und die Zinssätze sind niedrig. Wir können uns das leisten. Du willst mich doch glücklich machen, oder, Niall?«

»Natürlich will ich das, mein Liebling, aber wir müssen die Sache langsam angehen, das ist alles.«

Ich nickte nachdenklich.

»Du hast recht. Entschuldige. Am besten gehen wir es langsam an. Wenn ich erst einmal mit der Uni fertig bin, haben wir zwei Einkommen und dann können wir es richtig machen. Dann nehmen wir es jetzt nicht so streng und machen vor der Familie keine große Sache daraus. Das heißt, dass du auch mit meinen Freundinnen spielen darfst.«

Er grinste und wuschelte mir in den Haaren. Ich hatte nicht direkt gesagt, dass es auch hieß, dass ich mit anderen Männern rummachen konnte, aber der Schluss war nur logisch, denn ich war nach wie vor der Meinung, dass er unfair war. Ich hatte gewonnen, irgendwie. Auf jeden Fall hatte ich nicht verloren.

Ich schmiegte mich an ihn, nippte an meinem Whiskey und dachte an Samstagnacht.

Ich freute mich darauf, mehr als das. Sex mit mehreren war irgendwie so herrlich unanständig, was die Lust noch steigerte. Okay, in einer perfekten Welt wären es drei Männer und ich, oder vielleicht sechs Männer, Bobbie, Sophie und ich, aber der Spatz in der Hand ist besser als die Taube auf dem Dach.

Am Freitagmorgen hoffte ich, dass ich wieder mit Sophie zusammenarbeiten würde, und vielleicht auch mit Bobbie. Ich blieb noch lange bei Niall, nach einem Quickie im Park auf dem Weg vom Pub nach Hause, ich gegen einen Baum gelehnt mit hochgeschobenem Rock und zur Seite gezogenem Slip. Er war gekommen, ich nicht, aber ich war so heiß darauf, also strippte ich lange und langsam für ihn und lutschte noch länger und langsamer seinen Schwanz, als wir bei ihm waren. Er nahm mich dann auf seinem Schoß, ich auf ihm, nackt, sein Schwanz in mir, während ich mich selbst streichelte. Danach bekamen wir Heißhunger und machten uns Schinkensandwiches. Als er mich dann nach Hause brachte, war es fast zwei Uhr.

Mrs Maryam Smith rief mich um acht Uhr morgens an, um mir mitzuteilen, dass ich wieder in Tilbury arbeiten würde. Defintiv würde ich zu spät kommen, deshalb verfiel ich in Panik und rannte wie verrückt hin und her. Als ich endlich dort angekommen war, versuchte ich, die verlorene Zeit wieder aufzuholen. Der Job in Wandsworth war langweilig, aber okay gewesen, weil ich mit Sophie zusammen gewesen war. Die Arbeit in Tilbury war anstrengender und machte überhaupt keinen Spaß, abgesehen davon, dass ich mit den Lagerarbeitern flirten konnte.

In der Mittagspause rief ich Sophie an und erzählte ihr, was passiert war. Ich schlug vor, am Samstag ausgehen, im West End etwas zu trinken und dann zu ihr oder zu Bobbie zu gehen, falls uns danach wäre. Sie war einverstanden, kicherte bei der Aussicht auf eine weitere Session mit Niall. Sie versprach, Bobbie Bescheid zu sagen. Als ich auflegte, war ich aufgeregt, aber auch ein wenig verärgert. Es würde gut werden, aber es könnte so viel besser sein, wenn Niall nur nicht so spießig wäre, was andere Männer anging.

Nach dem Essen ging es wieder an die Arbeit, die mir jetzt leichter fiel, weil ein doppelter Whiskey mich von innen wärmte. Während meiner Pause war ein Lkw angekommen und die Hälfte der Ladung war bereits in die Regale verstaut worden, was bedeutete, dass ich eine riesige Leiter hinaufklettern musste, um an die Kisten zu kommen. Ich wusste genau, dass die Kerle mir unter den Rock gucken konnten, wenn ich da oben war, aber das schien ihnen zu gefallen, und ich konnte sowieso nicht viel dagegen machen, außer meine Knie geschlossen zu halten. Ich hatte jedoch nicht erwartet, dass sich alle sechs mit ihren Teetassen in der Hand um die Leiter versammeln würden, um in ihrer Drei-Uhr-Pause einen Blick auf mein Höschen zu erhaschen. Ich hob eines der kleineren, aber dennoch schweren Pakete hoch, auf dem »Zerbrechlich – Porzellan« stand, und hielt es über ihre Köpfe.

»Hey, Jungs, verschwindet oder ich lasse es fallen«, drohte ich.

Drei traten zurück, die anderen wichen nicht von der Stelle. Der Vorarbeiter, Dave, antwortete mir, halb ernst, halb im Scherz.

»Vorsicht, Schätzchen, das ziehen sie dir vom Lohn ab.

Ich streckte ihm die Zunge raus, stellte das Paket aber zurück. Sie wussten genau, dass ich es nicht fallengelassen hätte. Jetzt sahen alle sechs nach oben, ein Halbkreis aus grinsenden Idioten. Einer von ihnen meldete sich zu Wort. Es war Paul, ein kräftiger Kerl mit rotbraunen Haaren und Tätowierungen auf beiden Armen.

»Komm schon, Süße, zeig uns was. Dein Rock ist zu eng, wir können gar nichts sehen.«

»Gut so, ihr Schweine! Verpisst euch!«

»Komm schon, nur einen kurzen Blick«, bohrte er weiter.

»Was hast du an, einen Tanga?«

»Ich steh auf Tangas, klemmen schön im Hintern, nicht?«

»Nee, ein großes, weißes Höschen, wie sie die Schulmädchen tragen.«

»Du bist pervers, John.«

»Ihr seid alle pervers«, warf ich ein. »Und jetzt verpisst euch!«

Sie lachten einfach. Paul sagte wieder etwas.

»Zeig uns was und wir verschwinden.«

Ich zeigte ihnen den Stinkefinger, aber irgendwann würde ich in das Regal klettern müssen, und dann würden sie es sowieso sehen. Ich seufzte absichtlich laut, drehte mich um und hob schnell meinen Rock hoch, zeigte ihnen eine Sekunde lang mein Höschen. Sofort johlten sie.

»Schön!«

»Rot, ich mag Rot.«

»Schöner Arsch, Süße.«

»Ja, du freches Luder.«

»Zeig uns mehr!«

»Nein, ihr habt gesagt, ihr verschwindet!«

Paul lachte, aber Dave drehte sich zu den anderen.

»Seien wir fair, wir haben's versprochen. Wir müssen sowieso wieder an die Arbeit.«

Die anderen nickten widerwillig, gingen auseinander, nur der Jüngste, George, rief mir noch etwas zu.

»Der Sicherheitsdienst wird drauf stehen, Lucy.«

Ich wusste sofort, was er meinte. Zwischen den Regalen gab es in jedem Gang eine Überwachungskamera und der einen hatte ich gerade einen tollen Blick auf mein Höschen gewährt, was direkt in den Sicherheitsraum übertragen worden war. Irgendwie war mir das viel peinlicher, als vor den Arbeitern meinen Rock hochzuheben. Ich wurde rot, worüber Paul und George lachten.

Als ich in das Regal kletterte, fühlte ich mich komisch, peinlich berührt, aber auch begehrt und überlegen. Sechs Männer, acht, wenn man die Sicherheitsleute mitzählte, denen die Zungen aus dem Hals hingen, nur weil sie mein Unterhöschen gesehen hatten. Das war amüsant und ziemlich geil. Es war dumm, wegen der Kamera rot zu werden, besonders da ich mir nicht vorstellen konnte, dass die beiden schwerfälligen Idioten des Sicherheitsdienstes mich deswegen anschwärzen würden.

Ich arbeitete weiter, langweilte mich aber schnell, weil ich jede Kiste suchen und dann ihrer Referenznummer entsprechend mit einem Label bekleben musste. Es war nicht das erste Mal, dass ich an den oberen Regalen arbeiten musste, aber zum ersten Mal musste ich zwischen Kisten herumklettern, was sich komisch anfühlte. Ich war ganz allein, arbeitete in den schmalen Zwischenräumen zwischen den Kisten, für keinen sichtbar und nur über die Leiter zu erreichen. Ganz oben direkt unter der Decke der Halle war es am einsamsten.

Es war staubig und seltsam ruhig, was das Gefühl der Einsamkeit noch verstärkte. Als ich die Hälfte der Kisten mit Labels versehen hatte, dachte ich darüber nach, ob es nicht ein Spaß wäre, sich heimlich selbst zu befriedigen, was ziemlich unanständig und außerdem gewagt wäre. Mrs Henshaw hatte mir den ganzen Tag das Leben schwer gemacht und allein der Gedanke an ihre Wut könnte mich dazu bringen, es zu tun. Ich war fast so weit, machte aber einen Rückzieher, als ich ein Geräusch hörte.

Ich beendete meine Arbeit, die ich fast zu einer Kunst erhoben hatte, und ging zwischen den großen Holzkisten zurück. Da sah ich, dass die Leiter verschwunden war. Plötzlich wurde mir schwindlig und ich musste mich mit einem flauen Gefühl im Magen an einem Pfeiler festhalten. Es waren bestimmt zehn Meter bis zum Boden und ich würde auf keinen Fall hinunterkommen.

Zuerst dachte ich, dass jemand anders die Leiter gebraucht und deswegen weggeschoben hatte, ohne zu wissen, dass ich oben zwischen den Kisten war, aber dann sah ich Paul und George grinsend am Ende des Regals neben der Leiter stehen. Ich schüttelte den Kopf.

»Sehr witzig. Könntet ihr die Leiter jetzt bitte wieder herschieben?«

Sie sahen sich an und schüttelten die Köpfe, weiterhin grinsend.

»Kommt schon, Jungs, hört auf mit dem Scheiß!«

George lachte leise, Paul sagte etwas.

»Zuerst musst du uns deine Titten zeigen.«

»Ja, klar, während die Sicherheitsleute mich beobachten. Das glaube ich nicht.«

George antwortete: »Du würdest es also tun?«

»Nein, würde ich nicht.«

»Du hast gesagt, wenn die Sicherheitsleute nicht zusehen würden …«

»Nein, ich …«

»Komm schon, Schätzchen, nur einen Blick.«

»Stellt die Leiter zurück, ihr Mistkerle! Ich werde …«

Ich wollte sagen, dass ich Mrs Henshaw davon erzählen würde, aber das wollte ich nicht. Die blöde alte Kuh würde mich genauso anschnauzen wie sie und ich würde mich sehr unbeliebt machen. Ich versuchte es mit einer anderen Taktik.

»Kommt, Jungs, seid fair. Mir wird hier oben schwindelig.«

George wollte die Leiter anschubsen, aber Paul hielt ihn zurück.

»Ein kurzer Blick und du kriegst die Leiter, ist das zu viel verlangt?«

»Oh, Himmelherrgott. Du bist pervers, Paul, das weißt du, oder?«

Während ich das sagte, zog ich meine Bluse aus dem Rock, nachdem ich ein paar Schritte nach hinten gemacht hatte, um nicht mehr im Blickfeld der Kamera zu sein. Die beiden bekamen große Augen, als ihnen klar wurde, dass ich es tatsächlich tun würde. George leckte sich die Lippen, als ich meine Bluse hochzog. Ich fasste an meinen BH und warf den Kopf zur Seite, ich wollte möglichst missbilligend klingen.

»Okay, ihr Perverslinge, los geht's.«

Ich hob meinen BH hoch und hielt ihn fest, so dass sie sich meine nackten Brüste anschauen konnten. Sie starrten wie gebannt auf mich, Pauls Mund stand offen, George biss sich auf die Lippe. Ich fühlte mich wieder stark. Sie hatten vielleicht die Leiter, aber ich hatte die Titten. Ich lachte sie aus, als ich meine Brüste schließlich wieder bedeckte, nachdem sie genug Zeit zum Glotzen gehabt hatten. George grinste Paul anzüglich an.

»Nett, oder?«

»Sehr nett. Ich wusste, dass sie es tun würde.«

»Ja, sie hat es getan. Könntet ihr jetzt bitte die Leiter zurückschieben?«

Ich tat mein Bestes, um die geduldige, aber doch strenge Mutter zu mimen. George feixte.

»Noch mal.«

»Himmelherrgott noch mal!«

Ich zog meinen BH noch einmal hoch und versuchte, eine leidende Miene zu machen, aber meine steifen Nippel verrieten mich. Sie bemerkten es.

»Sie hat steife Nippel.«

»Und wie. Du bist scharf, was, Schätzchen?«

»Nein, bin ich nicht! Jetzt macht schon, ich habe meinen Teil der Abmachung eingehalten, bringt die Leiter her.«

Wieder wollte George die Leiter zu mir schieben, aber Paul hielt ihn auf. Paul flüsterte etwas, zu leise, als dass ich es hätte verstehen können. George schien zuerst unsicher zu sein, dann zuckte er mit den Schultern. Paul grinste. Beide sahen zu mir rauf. Ich zupfte die Bluse schnell wieder zurecht. George lachte leise, als Paul wieder etwas flüsterte und zu mir rauf sah.

»Wie wär's dann mit einem Blowjob?«

Einen Augenblick lang brachte ich vor Empörung kein Wort heraus. Dann warf ich einen Schuh nach ihm.

»Schieb die Leiter sofort wieder her, du Idiot! Du denkst wohl, ich würde dir vor der Kamera einen blasen, oder was?!«

»Du würdest es also machen, wenn wir nicht vor der Kamera wären, ja?«

»Nein, würde ich nicht, du Schwein!«

Leider konnte ich ein Kichern nicht unterdrücken. Paul gab nicht auf und sprach grinsend weiter.

»Komm schon, Süße, zwischen den Kisten, wo es niemand sieht. Du hast mich so unglaublich scharf gemacht.«

»Oh, also nur weil du wegen mir scharf bist, muss ich dich befriedigen?«

Er zuckte die Achseln. George schob seine Hüften nach vorn, so dass man die große Beule in seiner Hose deutlich sehen konnte.

»Es würde dir gefallen.«

»Davon träumst du!«

Jetzt meldete sich Paul wieder zu Wort.

»Wenn du da runterkommen willst ...«

»Stellt euch doch nicht so dumm an, wenn ihr hier raufkommen wollt, müsst ihr die Leiter doch auch zurückstellen.«

»Nein.«

Was für eine kleine Frau in High Heels unmöglich war, war für einen großen Mann in Arbeitsschuhen ganz und gar nicht unmöglich, besonders nicht für einen, der die Kletterfähigkeiten eines Orang-Utans hatte. So sah Paul jedenfalls aus, als er sich von Regalfach zu Regalfach hangelte. Er riskierte ganz schön was, denn er wurde von der Überwachungskamera gefilmt. Und auch wenn die Sicherheitsleute ihn nicht hörten, konnten sie ihn doch sehen und man brauchte kein Genie zu sein, um zu erraten, was da los war. Ich trat schnell zurück, als er das oberste Fach erreichte, um ihn in die Lücke zwischen den Kisten zu lassen. Ich machte mir mehr Sorgen darum, erwischt zu werden, als darum, dass ich ihm einen blasen sollte. Er fasste mein Verhalten als Zustimmung auf und grinste bis über beide Ohren. Er ging zu einer Kiste und spreizte seine Beine beim Hinsetzen. Ich stemmte die Hände in die Hüften.

»Und was denkst du, wird jetzt passieren?«, fragte ich ihn.

»Du wirst mir einen blasen.«

Ich ließ mich nicht unterkriegen, aber ich wusste, dass ich es tun würde. Er machte mich an, denn er war so selbstsicher und schien absolut davon überzeugt, dass ich seinen Schwanz lutschen würde. Wie Niall und Todd Byrne traute er sich, das zu verlangen, was er haben wollte, ohne zu betteln, ohne es zu erzwingen, wie ein richtiger Mann. Ich schüttelte den Kopf.

»Okay, wenn du darauf bestehst, aber du bist ein richtiges Schwein und das weißt du auch.«

Er nickte, es machte ihm wohl nichts aus, als Schwein bezeichnet zu werden, solange er nur einen geblasen bekam. Ich trat näher und kniete mich hin, nahm den Geruch von männlichem Schweiß wahr. Dann zog er seinen Reißverschluss runter und holte einen dicken, blassen Penis aus seiner Unterhose.

»Hol auch deine Eier raus«, verlangte ich.

Während er das tat, schob ich meine Bluse und meinen BH wieder über meine Brüste, um sie in die Hände zu nehmen, ihm zu zeigen und meine Nippel zu streicheln. Die waren so steif, dass es fast weh tat, und mein Verlangen stieg, als ich mit den Fingern darüberstrich. Pauls Schwanz bewegte sich, als er mich beobachtete, und aus einem plötzlichen Impuls heraus nahm ich seinen großen Schwanz zwischen meine Brüste. Er stöhnte zufrieden und fing an, seinen Schwanz auf und ab zu bewegen, seine offene Hose rieb dabei an meinen Nippeln und seine Eier waren an meinen Körper gedrückt. Ich drückte meine Brüste fester zusammen, so dass sich seine Vorhaut zurückschob, als er in die Bahn stieß, die ich für ihn geformt hatte. Er stöhnte lustvoll und ich küsste seine Schwanzspitze, bevor ich sie in den Mund nahm.

»Ich wusste, dass du es tun würdest, Lucy, du kleine Hexe.«

Ich antwortete nicht, war zu sehr damit beschäftigt, seinen Schwanz zu lutschen. Er schwoll in meinem Mund an, war fast steif, sein Geschmack und sein Geruch benebelten meine Sinne.

Ich wollte mehr, viel mehr, und das würde ich bekommen. Wenn ich mit Paul fertig war, würde er George zu mir schicken, noch einen Mann, den ich ungestört genießen konnte. Ich schmiegte mich dichter heran, um Pauls Ständer in die Hand zu nehmen. Ich rieb ihn und begann, seine festen Eier zu lecken, die nach Salz und Mann schmeckten. Er murmelte etwas, während er nach Luft schnappte, und durch seine schmutzigen Worte fühlte ich mich noch unanständiger.

»Das ist so gut, Lucy, verdammt gut, ja, schön in deinen Mund. Leck weiter. Oh ja, du bist so eine gute Schwanzlutscherin, Lucy, eine tolle Schwanzlutscherin, mit den Titten und allem.«

Es war vulgär und schmutzig, und genauso fühlte ich mich. Ich nahm ihn wieder in den Mund, saugte begierig, während ich seinen Schaft rubbelte und seine Eier knetete. Er hörte auf zu reden, stöhnte und spritzte plötzlich in meinen Mund. Ich schluckte es hinunter, willig es aufzunehmen, meine Kehle runterlaufen zu lassen, während ich immer noch saugte und möglichst schnell rieb. Wieder und wieder spritzte er in meinen Mund und ich nahm alles auf, jeden Tropfen, bis er fertig war. Ich lehnte mich zurück und setzte mich auf die Fersen, in meinem Kopf drehte sich alles vor Verlangen und ich lächelte.

»War es das, was du wolltest?«

»Oh ja, und wie. Du bist gut, Lucy, verdammt toll!«

»Vergiss das nicht. Und jetzt schick George her, du kannst zusehen, wenn du magst.«

Er verschwand und ich lehnte mich mit geschlossenen Augen zurück, ließ meiner Erregung freien Lauf. Ich spürte, wie das riesige Metallgerüst unter Pauls Gewicht wackelte. Dann war kurz Stille, bis das Geräusch wieder anfing und ich wusste, dass George jetzt heraufkletterte. Ich schluckte, mein ganzer Körper zitterte wegen dem, was ich getan hatte und noch tun würde, halbnackt im Staub kniend, während die Männer zu mir raufkamen, damit ich sie befriedigte. Ich öffnete die Augen, als ich Georges Stimme vernahm.

»War's so gut, Mädel?«

Ich nickte leicht.

»Das war noch gar nichts. Schon mal einem Schwarzen einen geblasen?«

Wieder nickte ich, schob mich nahe an ihn, als er sich setzte. Ich wollte nicht reden, ich wollte seinen Schwanz lutschen. Ich machte mich sofort an seinem Hosenstall zu schaffen, zog den Reißverschluss runter, langte hinein und holte seinen Schwanz raus. Der war lang und sehr dunkel, außer die Eichel, die war dick und rosa und die Vorhaut war bereits zurückgezogen. Ich nahm den Schwanz in den Mund, während ich noch die Eier rausholte, ich saugte und drückte und er schnappte lustvoll nach Luft, bevor er wieder etwas sagte.

»Brauchst du das?«, fragte er. »Kriegst es zu Hause nicht, hä?«

Ich antwortete nicht, denn ich war ganz mit Schwanzlutschen beschäftigt. Meine Hände wanderten zu meinen Brüsten, die gestreichelt werden wollten. Meine Finger strichen über die steifen Nippel, während das Verlangen, mich zwischen den Beinen zu streicheln, immer stärker wurde. Ich wollte gut und hart gefickt werden und gleichzeitig wollte ich einen Schwanz im Mund haben, ich wollte auf allen vieren knien, einen Mann vor mir und einen hinter mir.

Paul war nicht zurückgekommen, um zuzusehen, was schade war, und deswegen verkniff ich es mir erst mal, meine Pussy zu streicheln, während ich an Georges langem, dunkellila Schwanz leckte. Ich hätte es aber sowieso getan und so langte ich nach hinten, um den Rock hochzuziehen und mein Höschen zu zeigen. Dabei stellte ich mir vor, wie es jemand zur Seite zog, um es mir von hinten zu besorgen. Leider war der Anblick meines Hinterns zu viel für George, der sofort in meinem Mund kam. Ich schluckte, was er mir gab, ich schluckte und mir wurde noch schwindliger.

Ich hätte mich vor seinen Augen selbst befriedigt, denn ich brauchte dringend einen Orgasmus und wollte mich in der männlichen Aufmerksamkeit sonnen. George grinste, war mit sich und der Welt zufrieden und auch mit dem Zustand, in den er mich versetzt hatte. Er wäre auch geblieben, hätte nicht der Vorarbeiter in unmittelbarer Nähe nach ihm gerufen, ganz plötzlich, schon leicht verärgert. Ich schaute um die Ecke und sah Dave oben zwischen den Kisten stehen. In seinem Gesicht spiegelten sich Lust und Ärger wider. Ich brabbelte sofort los.

»Nicht böse sein, bitte. Ich mach's auch mit dir. Komm her, lass mich deinen Schwanz lutschen.«

Das überzeugte ihn sofort. Mit einer Handbewegung verscheuchte er George und nahm dessen Platz auf der Kiste ein. Ich ging zu ihm, ich kroch, machte seinen Reißverschluss auf und nahm seinen Schwanz in den Mund. Dave war etwas älter und sein Schwanz war immer noch weich. Vielleicht würde es bei ihm etwas länger dauern, lange genug, damit ich auch kommen konnte, während ich ihn noch im Mund hatte. Ich musste einfach, und ich brauchte zwei Männer. Als sein Schwanz anschwoll, zog ich mein Höschen runter, so dass es sich zwischen meinen Knien spannte, die Baumwolle schnitt mir ins Fleisch und machte mir bewusst, was ich zeigte – meine geschwollene Pussy, die dringend einen Schwanz brauchte.

Ich dachte, dass Dave vielleicht darauf reagieren würde, und ich hätte ihn machen lassen, aber er sah einfach zu, ruhig und gelassen, während sein Schwanz in meinem Mund steif wurde. Er musste hart sein, bevor ich kam und ich streichelte mich selbst, ich liebkoste meinen Venushügel, meine Titten, meinen Hintern und meine Schenkel, ich trieb mich so weit, bis ich es kaum mehr aushielt. Meine Finger fanden die feuchte Spalte meiner Pussy. Ich machte es mir selbst, während ich an einem Schwanz lutschte, Dave wichste immer schneller und schneller in meinen Mund.

Er war kurz davor zu kommen und ich hielt inne, dachte daran, was ich getan hatte, was ich gerade tat, dass ich an einem steifen Schwanz lutschte, während ich mich selbst streichelte, drei Männer hintereinander, so unanständig, so schmutzig, so gut. Ich besorgte es ihnen mit meinen schmutzigen Taten. Es hatte mir schon immer einen Kick gegeben, Kerle so sehr anzumachen, bis sie sich nicht mehr zurückhalten konnten, mich haben wollten, in mich abspritzen wollten.

Dave spritzte in meinen Mund und im gleichen Moment bearbeitete ich meine Klit noch mal heftig. Undeutlich nahm ich Stimmen wahr, aber das war mir egal. Ich rieb mich selbst, während ich sein Sperma schluckte, alles drehte sich um mich herum und warm pochte es zwischen meinen Beinen. Erst ganz am Schluss merkte ich, dass wir beobachtet wurden. Aus den Augenwinkeln sah ich ein Paar abgewetzte Arbeitsschuhe, ein weiterer Mann bewunderte meinen nackten Körper, während der Orgasmus meinen Körper in Wellen durchzuckte und ich damit beschäftigt war, das Sperma des Vorarbeiters zu schlucken.

Ich richtete mich auf. Es wurde geredet, leicht verärgert, aber ich hörte nicht richtig zu. John war da und setzte sich hin, sein Schwanz hing ihm schon aus der Hose, direkt vor meiner Nase. Meine Muskeln zuckten immer noch und als John mich an den Haaren packte und runterzog, nahm ich seinen Schwanz widerstandslos in den Mund. Ich hörte noch andere und wusste, dass ich nun allen einen blasen musste, sechs Männern, mit dem vierten war ich gerade beschäftigt. Ich war müde, mein Kiefer tat weh, meine Knie schmerzten, aber ich war entschlossen, es durchzuziehen, die Erfahrung voll auszukosten und den letzten Tropfen Sperma aus ihren Schwänzen zu saugen.

John brauchte nicht viel Zeit. Er hielt mich an den Haaren fest und stieß in meinen Mund. Ich verlor fast das Gleichgewicht, war immer noch spitz, aber langsam entglitt mir die Kontrolle. Das war egal, sie würden mich alle nehmen und basta. John kam in meinem Mund und es fiel mir schwer, es zu schlucken, ich schnappte nach Luft, während sich der nächste Mann vor mich setzte und der sechste uns zusah. Der hatte seinen Schwanz in der Hand, als ich mich an seinem Kumpel zu schaffen machte. Ich kannte nicht einmal seinen Namen, aber auch das war egal. Wir würden uns ja nicht unterhalten.

Ich würde es geschehen lassen, ich würde gleichzeitig lutschen und vögeln, so wie ich es mir vorgestellt hatte. Diese Chance konnte ich mir nicht entgehen lassen und als der Mann, dem ich gerade einen blies, anfing, in meinen Mund zu wichsen, bewegte ich meinen Hintern, um zu zeigen, dass ich willig war. Der Typ hinter mir war es nicht, sein Schwanz lag schlaff in seiner Hand und ich drehte mich zu ihm, um ihn in den Mund zu nehmen. Ich hoffte inständig, dass sein Kumpel wissen würde, was zu tun war. Aber der lachte nur und rieb sich selbst, während ich anfing, den Schwanz und die Eier des anderen zu lecken, entschlossen ihm einen Ständer zu verpassen.

Der erste Typ ging von hinten auf mich zu und ein wohliger Schauer lief mir über den Rücken, als mir klar wurde, dass er jetzt in mich eindringen würde. Seine Schwanzspitze schob sich zwischen meine Pobacken. Ich zog mich ein wenig zurück, um ihn zu ärgern, da packte er mich und drang in mich ein, und mir entfuhr ein langer Seufzer. Er stöhnte, stieß hart in mich, während ich mich bemühte, den immer noch schlaffen Schwanz seines Freundes zum Stehen zu kriegen. Die Sau war gekommen, tief in mir hatte er sich entladen, fest an meinen Hintern gepresst.

Ich war enttäuscht, als ich den Schwanz des anderen wieder in den Mund nahm. Ich war so nahe dran gewesen, aber sie hatten mein Verlangen nicht befriedigen können, und ich musste noch einem letzten Mann einen blasen, bevor es doch noch passieren konnte. Ich tat es, um seine Gefühle nicht zu verletzen, aber als ich seinen Schwanz in den Mund nahm und ihn unter den Eiern streichelte, dachte ich darüber nach, wie jämmerlich Männer doch sein konnten, wenn sie voreinander eine Nummer schieben sollten. Wieder hörte ich Stimmen. Diesmal waren es die Sicherheitsleute, und ich wusste, dass wir erwischt worden waren. Das war's dann wohl.

Der Typ, dessen Schwanz ich gerade im Mund hatte, fluchte und verschwand zwischen den Kisten, als Mike, der größere der beiden Sicherheitsleute, sich seinen Weg zu mir bahnte. Er sah mich an und ihm fiel die Kinnlade runter, so überrascht war er – und erregt. Ich musste ihm ein Angebot machen. Ich wollte es, weil er der größte und männlichste Mann hier war, und weil ich nur so verhindern konnte, gefeuert zu werden.

»Du kannst auch deinen Spaß haben, komm schon.«

Ich wartete nicht auf seine Antwort, sondern zog seinen Reißverschluss runter. Er wollte meine Hände festhalten, aber nur kurz, und ich fühlte, dass sein Schwanz in seiner Hose anschwoll. Ich holte ihn raus und steckte ihn mir direkt in den Mund, saugte schon eifrig daran, als sein Kollege ankam.

»Was machst –«

»Halt die Klappe, Ismael, warte, bis du dran bist!«

Ismael antwortete nicht, blieb wie angewurzelt stehen und starrte uns an, als ich den Sicherheitsmann zu der Kiste führte. Ich wollte auch noch an seinen Eiern lecken, wollte ihm einen Gefallen tun und meinen Job nicht verlieren. Meinen Rücken drückte ich durch, so dass mein Hintern weit rausstand, meine Pussy war geschwollen und bereit – sicher ein verlockendes Ziel? Ich drehte mich halb um, um Ismael ermutigend zuzunicken. Aber er schaute immer noch nur zu. Ich bewegte den Hintern verführerisch, wollte, dass er mich nahm, bevor Mike in meinem Mund kam. Doch er rührte sich immer noch nicht von der Stelle, glotzte wie ein Fisch. Ich wich zurück und schnaufte.

»Fick mich doch endlich, du Trantüte!«

Ihm fiel die Kinnlade runter, aber er machte sich sofort an seiner Gürtelschnalle zu schaffen. Als er den Gürtel endlich offen hatte, nahm ich Mikes Ständer wieder in den Mund und sah Ismael aus den Augenwinkeln zu. Mike lachte, als Ismael fast hinfiel, weil er seine Hose gar nicht schnell genug runterziehen konnte. Sein langer, dunkler Schwanz war bereits halb steif, als er sich mir näherte.

Es würde also passieren. Ich schloss glücklich die Augen, während ich meine Lippen langsam an Mikes Schaft auf und ab bewegte. Ich war mir jeder Regung meines Körpers bewusst und bereit für meinen Fick. Ismaels Schwanz war jetzt zwischen meinen Arschbacken, er rieb ihn in meiner Poritze. Ich spürte, wie sein Schwanz zu einem langen, harten Ständer wurde, bevor er ihn tiefer lenkte. Seine großen Hände packten meine Hüften. Sein Schwanz war an meinem Eingang, schob sich zwischen meine feuchten Lippen und schickte einen wohligen Schauer durch meinen Körper, als er meine Klit berührte und dann voll in mich eindrang.

Es war so weit. Das, was ich mir so oft vorgestellt hatte, war jetzt Wirklichkeit geworden: zwei Männer in mir, mein Körper von großen starken Händen gehalten, zwischen zwei Schwänzen. Mike hielt meinen Kopf fest, während Ismaels Finger sich um das pralle Fleisch meiner Hüften schlossen. Ich hätte nicht weglaufen können, selbst wenn ich es gewollte hätte. Aber das wollte ich auch gar nicht. Im Gegenteil. Ich wollte lang und hart gefickt werden, einen Schwanz im Mund und einen in der Pussy, meine Brüste nackt, während Ismaels Schenkel immer und immer wieder gegen meinen nackten Arsch stießen und sein Ständer in mich hinein- und aus mir herausglitt.

Ich wollte unbedingt noch einmal kommen, daher ließ ich meine Finger wieder zu meiner Pussy wandern, während ich mich bemühte, das Gleichgewicht zu halten. Sie fanden das feuchte Fleisch, mein weiches und Ismaels hartes. Die Kerle hatten alles unter Kontrolle, vergnügten sich mit meinem Körper, so dass ich mich ganz und gar fallen lassen konnte. Ich konzentrierte mich auf das Gefühl eines Doppelficks, während ich mich selbst streichelte. Die Szene war perfekt, unanständig, obszön – ich auf den Knien mit zerwühlten Kleidern, ließ meine nackten Brüste und meinen Arsch sehen, sogar meine Pussy, und blies einem Mann nach dem anderen einen.

Ich hielt es nicht mehr aus, ich musste kommen, und das würde ich. Ich hätte mich zurückhalten sollen, warten, bis die beiden auch so weit waren, so dass sie ihren Saft in mich reinspritzen konnten, während ich kam. Aber ich konnte nicht, mein Verlangen war zu stark. Ich krümmte mich, lutschte wie wild an Mike, rieb meinen Arsch an Ismael, suchte gierig mehr Hautkontakt, als mein ganzer Körper sich anspannte und ich endlich kam.

Ich hätte geschrien. Ich hätte das ganze Lager zusammengeschrien, wenn mich der dicke, harte Schwanz im Mund nicht zum Schweigen gebracht hätte. Hauptsächlich hätte ich in Ekstase geschrien, aber auch, weil die beiden Kerle genau im gleichen Moment den Höhepunkt erreichten wie ich auch. Während mein Körper sich wand und zitterte, spürte ich dickes, heißes Sperma in mich spritzen, das perfekte Detail für den perfekten Höhepunkt.

Möglicherweise – vielleicht – hätte ich mich nicht mit der gesamten Mannschaft von Tilbury eingelassen, wenn ich nicht wütend darüber gewesen wäre, dass Niall mit meinen Freundinnen schlafen wollte, ohne mir die gleichen Freiheiten zuzugestehen. Wahrscheinlich hätte ich es doch trotzdem getan, aber vielleicht hätte ich mich dann wenigstens ein bisschen schuldig gefühlt. Aber so war ich absolut obenauf und das einzig Doofe war, dass ich Niall gern von meinen Erlebnissen erzählt hätte, ihm in den leuchtendsten Farben erklärt hätte, was passiert war, bis er ganz geil gewesen wäre, und dann hätten wir selbst zur Sache kommen können.

Das konnte ich leider nicht tun, aber es machte fast genauso viel Spaß, Bobbie und Sophie am Telefon von der Sache zu erzählen, die meine Geschichte beide sehr erregend fanden. Ich hatte angerufen, weil ich ihnen unbedingt davon erzählen wollte, aber auch, um sicherzugehen, dass unsere Verabredung für Samstag stand. Ich fühlte mich jetzt wohl bei dem Gedanken daran, hatte meine Hemmungen überwunden und war zu allem bereit, was Niall vorschlagen würde, und ich hatte auch ein paar eigene Ideen.

Leider sollte es nicht dazu kommen. Sophie hatte zwar eine diebische Freude an meinem Erlebnis gehabt, lag aber jetzt mit einer Erkältung im Bett und war zu nichts zu gebrauchen. Bobbie wollte es nicht ohne Sophie machen und außerdem bekam sie ihre Tage, was ihr die Laune verdarb, und sie war sich nicht sicher, ob sie sich vor Niall amüsieren konnte. Wir entschieden uns, die Sache zu verschieben, verabredeten uns für die nächste Woche, wenn wir alle drei hoffentlich gut in Form sein würden.

Niall war nicht glücklich darüber und es war nicht einfach, ihn davon zu überzeugen, dass wir keinen Rückzieher gemacht hatten. Wir gingen trotzdem aus, nur wir zwei. Wir gingen im West End etwas trinken, denn ich wollte nicht ins Gogarty's. Danach gingen wir zu ihm, tranken Whiskey und hatten Sex. Ich gab mein Bestes und es war gut. Beim ersten Mal fiel er auf dem Fußboden des Flurs über mich her, kaum dass wir die Tür hinter uns geschlossen hatten. Ich lag auf dem Rücken, Jeans und Höschen nach unten gezogen und die Beine in der Luft, damit er tief in mich eindringen konnte. Er hatte sich den ganzen Abend darauf gefreut und kam in wenigen Augenblicken, so dass er mich voller Verlangen zurückließ.

Ich brauchte eine kleine Weile, bis ich ihn wieder auf Touren gebracht hatte. Ich legte The Prodigy auf und strippte für ihn, schnell und obszön, wedelte mit meinem Hintern direkt vor seiner Nase herum, und als ich nackt war, kippte ich mir Whiskey über die Brüste, den er ablecken konnte. Er hatte seinen Schwanz draußen gelassen und ich kniete mich nackt vor ihn, sobald die Musik zu Ende war. Ich leckte ihn langsam, bis er wieder einen Ständer hatte. Als er bereit war, setzte ich mich auf seinen Schoß, die Schenkel weit gespreizt, so dass er mit meinen Brüsten spielen konnte, während ich mich selbst streichelte. Ich spürte seine Eier und seinen Schaft und so kam ich zum Höhepunkt, während ich mich selbst streichelte, seine Eier in meiner Hand und auf seinem Ständer auf und nieder wippend.

Selbst als ich kam, dachte ich, dass es noch schöner wäre, wenn ein zweiter Mann da wäre, dessen Schwanz ich in den Mund nehmen könnte, während Niall und ich vögelten. Und später dasselbe. Niall nahm mich auf dem Bett, nachdem ich geduscht hatte. Ich kniete mich hin, mit dem Hintern in der Luft, damit er von hinten in mich eindringen konnte. Mit seinen Daumen zog er meine Arschbacken weit auseinander. Ich fühlte mich großartig und ich wollte ihn in mir spüren, keine Frage, aber sogar als er mit den Händen noch nachhalf, um mich zum Höhepunkt zu bringen, stellte ich mir vor, wie es wäre, wenn er mich ficken würde, während mir ein Mann nach dem anderen den Schwanz in den Mund schob.

Ich hatte erlebt, wie es sich anfühlte, mit zwei Männern gleichzeitig zu schlafen, und das konnte ich nicht vergessen.

Kapitel 6

23. August, 7:30 Uhr – Lucy Doyle wacht zum Klang ihres Radioweckers auf und ist bereit für einen neuen Tag.

23. August, 7:58 Uhr – Das Telefon klingelt, wahrscheinlich ist es Mrs Maryam Smith mit einem neuen Auftrag für diese Woche.

23. August, 7:59 Uhr – Lucy Doyle ist nicht mehr bereit für einen neuen Tag.

Es war Maryam Smith und sie wollte mich bei Super Staff sehen, am liebsten vor einer halben Stunde. Sie sagte nicht warum und klang so verärgert, dass ich mich nicht traute, sie zu fragen. Ich geriet fast in Panik, als ich mich schminkte und fertig machte. Und es wurde einfach nicht besser. Als ich in der U-Bahn saß, gingen mir all die Dinge durch den Kopf, die schiefgegangen sein könnten.

Vielleicht hatte Lucas Sherringham letzten Endes doch herausgefunden, wer ihn als Perversling bezeichnet hatte? Dann wäre ich sofort gefeuert.

Vielleicht war meine Eskapade in Tilbury doch von der Kamera gefilmt worden? Dann wäre ich sofort gefeuert.

Vielleicht hatte sie herausgefunden, dass in meiner Bewerbung nur Mist stand? Dann wäre ich sofort gefeuert.

Vielleicht hatte sie mich deswegen angezeigt? Dann würde ich wegen Betrugs festgenommen werden, sobald ich einen Fuß in das Gebäude setzte.

Wenn ich so darüber nachdachte, wäre es wahrscheinlich das Beste, wenn Lucas Sherringham und Mrs Henshaw sich beide über mich beschwert hatten. Dann konnte ich zumindest abhauen.

Als ich in der Edgware Road ankam, biss ich mir auf die Lippen und fragte mich, wie es sein konnte, dass ich das Gefühl hatte, dass ich mir in die Hose machen müsste, obwohl ich gerade erst gewesen war und nichts mehr getrunken hatte. Ich blieb vor dem Pub The Bull stehen und wünschte mir, es wäre offen, nur um sicherzugehen, dass nicht die Polizei bei Super Staff wartete.

Tat sie nicht, und wenn doch, verhielten sie sich überaus diskret. Schließlich nahm ich allen Mut zusammen und ging über die Straße, klingelte, stieg die Treppe hinauf und trat in Mrs Smith' Büro. Sie betrachtete mich von oben herab, meine Akte lag geöffnet vor ihr auf dem Tisch. Ich sah sie böse an, bereit, mein Benehmen zu verteidigen, denn auch wenn es aussichtslos war, würde ich mich nicht kampflos ergeben. Sie fing an.

»Sie hätten heute eigentlich in Tilbury arbeiten sollen«, sagte sie. Ich wurde rot. Es ging also um die Tilbury-Sache und zweifellos um ein halbstündiges Video, das man in jedem Pornoshop von Bangkok bis Birmingham anbieten könnte. Lucy treibt's mit London. Lucy treibt's mit sechs Männern, nein, acht.

»... aber Miss Cherwell ist krank und sie hat vorgeschlagen, dass Sie ihren Platz einnehmen. Der Job wird besser bezahlt und Mrs Henshaw ist bereit, Miss Chakravathi an Ihrer Stelle zu nehmen. Ist das für Sie akzeptabel?«

Meine Anspannung hatte sich komplett gelöst, während sie gesprochen hatte. Ich hatte weiche Knie und war unglaublich erleichtert.

Wenn sie vorgeschlagen hätte, ich solle in der Hölle das Feuer hüten, hätte ich auch diesen Auftrag sofort übernommen, und darum nickte ich eifrig. Sie fuhr fort.

»Gut. Dann beeilen Sie sich jetzt besser. Hier ist Ihr Auftragsblatt und danke, dass Sie so flexibel sind.«

Ich nickte und nahm das Blatt. Leanne saß im Vorraum und als ich sie ins Büro ließ, lächelten wir uns an. Ich war immer noch unheimlich erleichtert, als ich die Straße entlanglief. Ich fühlte mich, als wäre ich nur knapp einem Autounfall entkommen oder als wäre ein Schwangerschaftstest negativ ausgefallen. Ich brauchte einen Drink, aber es war noch zu früh und ich musste mich auf dem Weg zur U-Bahn mit einer Dose Gingerale zufriedengeben.

Erst auf dem Bahnsteig las ich mir meinen Auftrag durch. Ich war davon ausgegangen, dass ich nach Watford zu Richard Drake fahren würde, dass ich vielleicht ein wenig Golf spielen, möglicherweise Sex auf dem Schreibtisch haben würde. Das war es nicht. Stattdessen sollte ich nach Henley-on-Thames fahren, wo mich Dominique Chalmers vom Bahnhof abholen sollte.

Sophie hatte Dominique Chalmers Richard Drake vorgezogen. Er musste also etwas Besonderes sein: entweder steinreich und großzügig oder unglaublich scharf. Vielleicht beides. Wie auch immer, ich war bereit. Es gab 24 Pfund die Stunde – viel mehr als ich normalerweise verdiente, weshalb ich es zweimal lesen musste, um sicherzugehen, dass ich mich nicht verguckt hatte.

Dass ich vom Bahnhof abgeholt wurde, ließ die ganze Sache irgendwie zwielichtig erscheinen. Und als ich im Zug von Paddington nach Henley-on-Thames saß, war mir mehr als ein bisschen mulmig zumute. Vielleicht war der Typ süß, vielleicht auch nicht. Ich wusste, dass ich nicht mit jemandem mitgehen konnte, auf den ich nicht stand. Richard Drake war okay gewesen, mehr als okay, und Sophie war lieber zu Dominique Chalmers gefahren.

Ich machte mir die ganze Fahrt über Gedanken und als ich ankam, war ich entschlossen, nur das zu machen, was ich machen wollte – nicht mehr und nicht weniger. Nachdem ich mir selbst Mut zugesprochen hatte, war es eine kleine Enttäuschung, dass niemand da war, um mich abzuholen. Viele Leute wurden am Bahnhof abgeholt und abgesetzt, also wartete ich da, wo es mir am logischsten erschien. Ich erwartete ein schickes Auto, einen großen Mercedes oder einen BMW oder vielleicht einen Rolls-Royce. Als ein silberner Jaguar S-Type angefahren kam, richtete ich mich auf und strich meinen Rock glatt, aber als er anhielt, stieg eine Frau aus. Sie war offensichtlich reich, trug einen Designeranzug aus dunkelblauer Wolle und passende Accessoires. Sie lächelte reserviert.

Es war niemand anderes im Auto, also beobachtete ich wieder die Straße und versuchte gleichzeitig charmant und erfolgreich auszusehen. Die reiche Schnepfe stellte sich genau neben mich, schaute irritiert auf ihre Uhr und dann zu mir, als ob ich persönlich für ihre Probleme verantwortlich wäre. Dann sah sie dem losfahrenden Zug hinterher. Einen Moment später nahm sie ihr Handy in die Hand, wählte, tippte ungeduldig mit dem Fuß auf den Boden und sprach dann.

»Sie verspäten sich ... Sie haben versprochen, trotzdem zu kommen.«

Sie wurde still, hörte zunehmend irritiert zu, blickte dann zu mir und sagte wieder etwas.

»Na hoffentlich. Können Sie bitte mit ihr reden?«

Ich brauchte einen Augenblick, bis ich reagierte, denn sie hielt mir das Handy hin. Ich nahm es überrascht.

»Hallo? Sophie! Ja, vielen Dank! Ja, okay, aber du schuldest mir was!«

Ich lächelte nervös, als ich der Dame ihr Handy zurückgab. Dominique Chalmers war eine Frau und wie es aussah, ein richtiger Drachen. Ich kam mir sofort wie ein absoluter Idiot vor, noch mehr als bei Richard Drake, nachdem ich kapiert hatte, dass er mich nicht ins nächste Hotel schleppen würde. Auch Sophies letzte Bemerkung war nicht sehr beruhigend gewesen – »Was auch passiert, halte die verrückte Schlampe bei Laune.«

Als sie das Handy wieder an sich nahm, klang sie ein klein wenig freundlicher.

»Sind Sie Lucy Doyle?«

»Ja, hi. Dominique Chalmers?«

»Nennen Sie mich Miss Chalmers. Folgen Sie mir.«

Als sie sich zum Wagen umdrehte, schnitt ich hinter ihrem Rücken eine Grimasse, denn wenn ich eines nicht leiden konnte, dann waren es Leute, die als »Mr A« und »Mrs B« angesprochen werden wollten, während ich einfach die gute alte Lucy war.

Ich stieg in den Jaguar, einen luxuriösen Oberklassewagen mit Ledersitzen, Navigationssystem und jeder technischen Spielerei, die auf dem Mark erhältlich war. Sie schien nicht an einer Unterhaltung interessiert zu sein und fuhr mit halsbrecherischer Geschwindigkeit, während ich mich am Sitz festkrallte und Sophie innerlich verfluchte. Ich konnte mir nicht erklären, warum sie einen Tag mit Richard Drake für Dominique Chalmers hatte sausen lassen, außer sie hatte Angst, sich für das zu entscheiden, was sie wirklich wollte. Alles andere ergab keinen Sinn. Und wenn »Miss« Chalmers dachte, dass sie mich so herablassend behandeln konnte, dann hatte sie sich aber getäuscht.

Wir fuhren einen Hügel hinauf, durch einen Wald, eine kleine Straße entlang und dann über einen Weg zu einem großen Haus, das zwischen vielen Bäumen hinter einem automatischen Sicherheitstor stand. Zwei weitere Autos parkten auf dem Kies vor dem Haus, ein Mazda und ein Range Rover, beide brandneu. Offensichtlich würden wir Gesellschaft haben und ich fragte mich, ob ich die Sekretärin für irgendein Treffen von irgendwelchen Geschäftsfuzzis spielen sollte. Das sollte nicht allzu schwer sein und wenn sie sich formell geben wollte, konnte ich das auch. Außerdem war die Bezahlung gut. Als ich aus dem Auto gestiegen war, stellte ich mich extra gerade hin. Schließlich geruhte Miss Chalmers etwas zu sagen.

»Sophie hat mir versichert, dass Sie absolut diskret sind.«

Ich nickte.

»Absolut.«

»Sehr gut. Sie finden Ihre Sachen im Blauen Zimmer. Ziehen Sie sich um und seien Sie in zehn Minuten wieder unten.«

»Ja, Miss Chalmers.«

Sie öffnete die Eingangstür zu einem Flur, der mit dunklem Holz verkleidet war. Es gab viele Türen und eine Treppe, die ich hinaufging, während ich mich fragte, warum ich mich umziehen sollte und wie ich denn das Blaue Zimmer finden sollte. Das war einfach. Am Ende der Treppe lagen zwei schmale Korridore, von denen Türen abgingen. An allen Türen außer an einer waren verglaste Tafeln in verschiedenen Farben angebracht. Ich entschied mich also für die mit der blauen Tafel und trat in ein großes Zimmer mit einer hohen Decke ein, in dem Möbel in gedämpften Farben standen. Das Bett war riesig, aus poliertem dunklen Massivholz mit vier Pfosten. Auf der bestickten blauen Decke lagen meine Sachen: ein Kleid aus blauer Wolle, schulterfrei, mit einem Faltenrock, der so kurz war, dass er nicht einmal an einem Zwerg anständig ausgesehen hätte.

Ein Slip, durchsichtig, weiß und mit Rüschen besetzt. Mit lächerlich vielen Rüschen.

Ein weißer Strumpfhalter im gleichen übertriebenen Stil.

Ein Paar Strümpfe, weiße Netzstrümpfe.

High Heels, weiß und gut zehn Zentimeter hoch.

Ein Hut.

Der Hut war das i-Tüpfelchen, ein mit Rüschen besetztes Ding, das eine Kellnerin aus den Zwanzigern hätte tragen könnten. Ich stand da, starrte das an, was ich anziehen sollte, und die Wut stieg langsam in mir auf. Jetzt verstand ich das Ganze. Es würden Männer da sein – die, denen die Autos gehörten, und vielleicht noch mehr. Ich würde sie bedienen müssen, mit einem netten

Lächeln auf den Lippen in meinem lächerlichen Outfit, damit sie und Miss Oberschnepfe Chalmers einen seltsamen Größenwahn ausleben konnten.

Ich hatte Sophie versprochen, dass ich machen würde, was man mir sagte, und ich musste auch die 24 Pfund die Stunde in meine Überlegungen mit einbeziehen, aber es gab Grenzen. Nachdem ich kurz nachgedacht hatte, wusste ich, was ich tun würde. Ich würde Getränke servieren, höflich lächeln, abräumen und was sonst noch dazugehörte; aber wenn sie dachten, ich würde mich als obszönes französisches Dienstmädchen verkleiden, dann waren sie auf dem Holzweg. Zuerst musste ich Miss Chalmers meine Position klarmachen.

Ich atmete tief durch und ging wieder die Treppe runter.

Eine der Türen stand offen und sie musste das Klappern meiner Schuhe auf dem Holz gehört haben, denn sie rief mir etwas zu.

»In der Küche steht ein Tablett. Bring es her.«

Ich zögerte, wusste nicht, ob ich ihr vielleicht zuerst meinen Standpunkt klarmachen sollte, entschied mich dann aber dagegen. Ich musste sie ja nicht mehr als nötig gegen mich aufbringen. Beim zweiten Versuch fand ich die Küche, wo auf der polierten Arbeitsplatte aus Granit ein Tablett stand. Darauf stand ein Eiskübel mit einer Champagnerflasche und ein einziges Glas. Leicht verwirrt nahm ich es und wappnete mich für die Konfrontation, als ich die Küche verließ und in den Raum mit der offenstehenden Tür ging …

… wo ich das Tablett fallen ließ. Miss Chalmers war dort, aber sie war allein. Außerdem trug sie nichts außer einem schwarzen Seidenbody, schwarzen Strümpfen und glänzenden schwarzen Stiefeln. Ich starrte sie an, stand inmitten der Eiswürfel und der Glasscherben, die Champagnerflasche rollte unter die schwarze Samtcouch, auf der sie lag.

»Dummes Mädchen!«

Sie spie die Worte geradezu aus, ihr Gesicht zuckte wütend und sie schrie weiter, aus vollem Halse.

»Wie kann man nur so verdammt dämlich sein? So wird das nicht gemacht. Du zerbrichst nichts und du bist nicht ungehorsam! Ich werde dir geben, was du brauchst, auch ohne diese idiotische Provokation, und ich sollte dich einfach rauswerfen, hier und jetzt, aber da du wild entschlossen scheinst ...«

Ich hatte nicht den blassesten Schimmer, wovon sie redete, als sie aufstand und mit einem kalten Blick auf mich zukam. Ich hob automatisch meine Hände zum Schutz und trat einen Schritt zurück. Sie versuchte, mein Handgelenk zu packen, aber ich zog es weg.

»Was wollen Sie denn?«, jammerte ich.

»Ich werde dir den Hintern versohlen, das werde ich tun!«

»Was? Gehen Sie weg!«, schrie ich.

Sie schnappte sich mein anderes Handgelenk, zog mich zu sich und ich kapierte endlich, was hier gespielt wurde. Sophie hatte mit ihr perverse Spielchen gespielt, zum Spaß oder für Geld. Und sie hatte mich als Ersatz geschickt. Ich wich zurück und versuchte, die ganze Sache zu erklären.

»Nein, sehen Sie ... au! Hören Sie auf! Sehen Sie, Miss Chalmers, lassen Sie das, ja?«

Sie verdrehte mir den Arm, versuchte ihn hinter meinen Rücken zu bekommen und das tat ziemlich weh. Sie zerrte mich zum Sofa und brabbelte immer noch unverständlichen Mist, und ich wehrte mich.

»So eine bist du also, ja? Ist es so? Du bekommst jetzt, was du verdienst, mein Mädchen. Oh ja, das wirst du!«

Ich versuchte immer noch, es ihr zu erklären, als sie mich auf das Sofa schubste. Sie hatte mein Handgelenk hinter meinem Rücken verdreht und das tat höllisch weh. Ich kochte vor Wut.

»Nein, bitte hören Sie auf. Lassen Sie mich erklären! Au!«

»Halt den Mund und bück dich, du kleine Schlampe!«, fauchte sie. Sie schlug mir fest auf den Hintern und ich knickte einfach ein.

»Au! Halt! Au! Okay, Sie Verrückte, Sie haben es so gewollt.«

Ich war nicht umsonst mit vielen Geschwistern aufgewachsen. Ich konnte kämpfen. Sie versuchte, mich in die Knie auf das Sofa zu zwingen. Ich gab plötzlich nach, ganz unerwartet, und befreite gleichzeitig meinen verdrehten Arm aus ihrem Griff. Sie quietschte überrascht, verlor das Gleichgewicht und ich schnellte nach oben, packte ihr ins Haar. Sie schrie vor Schmerzen und Wut, während ich daran zog. Dann jaulte sie schockiert auf, als ich sie der Länge nach auf die Couch schubste, mit dem Gesicht nach unten. Ich würde es ihr geben, ich war zu wütend, um aufzuhören, und entschlossen, sie ihre eigene Medizin schlucken zu lassen. Ich rammte ihr mein Knie in den Rücken, zog ihr noch kräftiger an den Haaren und sie war mir hilflos ausgeliefert und bettelte.

»Nein, nicht doch. Nein, bitte. Nein.«

»Oh doch!«

»Nein. Oh Gott, Sophie, diese Schlampe!«

Ich wusste nicht, warum Sophie eine Schlampe war, und es war mir auch egal. Auf dem Tisch lag eine große, silberne Haarbürste, die sie für meinen Hintern bereitgelegt hatte. Ich schlug damit auf ihren, ließ sie klatschend auf ihre zitternden Arschbacken herabschnellen, zu ihren Klagelauten. Sie quietschte wie ein abgestochenes Schwein und meine Wut verrauchte langsam, als sie wieder anfing zu reden, sie brabbelte irgendetwas, ihre Stimme klang jetzt lustvoll.

»Ja, mach weiter. Schlag mich, Lucy, schlag mich fest. Bestrafe mich. Fester, bitte. Lass mich kommen, Lucy, lass mich kommen!«

Ich hörte überrascht auf. Sie wimmerte hilflos, aber den Hintern streckte sie nach oben und ihre Schenkel waren ein wenig geöffnet. Ich konnte ihre Erregung riechen. Der Verschluss ihres Bodys war aufgegangen, ihr Hintern entblößt. Ich konnte auch ihre Pussy sehen, die geschwollen war und feucht glänzte. Ich trat einen Schritt zurück, war verwirrt, unsicher. Das, was ich getan hatte, machte mir Angst, genauso wie die Situation, in die ich geraten war.

Dominique hatte aufgehört zu reden und mit einem letzten Schluchzer wanderten ihre Hände nach unten, eine zu ihrer Pussy, während sie ihren Hintern noch ein Stück anhob und die Knie spreizte, die andere zu den roten Striemen auf ihrem Hintern. Mir wurde klar, dass sie sich selbst befriedigen würde, und obwohl ich schockiert war, konnte ich mich einfach nicht von dem Anblick losreißen. Sie schluchzte und packte ihren Hintern, während sie sich selbstvergessen streichelte. Ihre Finger rieben ihre feuchten Lippen und krallten sich in die roten Arschbacken.

Ich stand einfach nur wie angewurzelt da, gaffte dämlich, während sie ihre Beine und ihren Hintern lasziv bewegte. Sie poste vor mir, keine Frage, genoss die Intimität ihrer Bloßstellung, vermutlich weil ich sie bestraft hatte. Als sie zum Höhepunkt kam, rief sie immer und immer wieder meinen Namen. Das war so intim, dass ich rot anlief, ich zappelte herum, hatte keine Ahnung, was ich sagen oder wie ich mich verhalten sollte.

Der Bann war gebrochen, als sie wieder runterkam. Ich wusste, dass ich ihr nach dem, was passiert war, nicht gegenübertreten konnte, und so machte ich mich aus dem Staub, durch die Tür, aus dem Haus. Zum Glück hatte sie vergessen, das Sicherheitstor zu schließen. Ich rannte den Weg entlang, bis ich anhalten musste, um nach Luft zu schnappen. Ich konnte mir nicht vorstellen, dass sie mir nachlaufen würde, aber ich war komplett verwirrt und wollte kein Risiko eingehen. Ein Stückchen die Straße runter sah ich ein Schild für einen Wanderweg, den ich dann einschlug, und über die Felder lief ich zum Bahnhof von Henley.

Erst als ich wieder in London war, konnte ich über das, was passiert war, lachen. Als Erstes ging ich in eine Bar und trank schnell hintereinander zwei doppelte Whiskey. Und ich rief Sophie an, denn ich wollte ihr sagen, dass sie mich das nächste Mal, wenn sie mich mit einer psychopathischen Lesbe zusammenbrachte, bitte vorher aufklären sollte.

Leider ging sie weder an ihr Festnetztelefon noch an ihr Handy, vielleicht weil sie meinen Anruf erwartete. Ich hatte noch viel Zeit und keine Ahnung, was ich tun sollte, denn der Vorfall hatte mich einige Nerven gekostet und mich ziemlich verwirrt. Ich musste unbedingt mit jemandem reden. Mit jemandem, der mir meine Gefühle erklären oder mich zumindest verstehen konnte. Ich war mir nicht sicher, ob ich lachen oder weinen sollte, ob ich Ekel oder Stolz empfand, ob ich mich übergeben oder lieber zurückziehen wollte, um es mir selbst zu machen.

Die einzigen Menschen, mit denen ich darüber reden konnte, waren Sophie und Bobbie. Bobbie arbeitete wahrscheinlich irgendwo. Und Sophie ging zwar nicht ans Telefon, aber es bestand trotzdem die Chance, dass sie zu Hause war. Der Whiskey hatte mich beruhigt und ich hatte eh nichts Besseres zu tun, also machte ich mich auf den Weg nach Camden zu Sophies Wohnung. Sie war zu Hause und guckte durch den Spion, nachdem ich geklingelt hatte. Sie öffnete sofort die Tür, sah aber nicht besonders gut aus. Sie war blass und zerzaust und trug einen rosa Bademantel.

»Lucy? Was machst du denn hier? Warum bist du nicht in Henley?«

»Ich war in Henley und bin zurückgekommen.«

»Warum? Was ist passiert?«

»Ziemlich viel, glaub mir! Du hättest mir sagen müssen, dass sie nicht alle Tassen im Schrank hat.«

»Es tut mir leid. Ich hätte dich nicht vorgeschlagen, aber ich dachte, du kannst damit umgehen. Was ist überhaupt passiert? Komm doch erst mal rein.«

Ich trat ein und ließ mich auf das Sofa plumpsen, auf das Sofa, auf dem uns Niall Flynn vor ein paar Tagen vernascht hatte. Es kam mir vor wie eine Ewigkeit. Sie ging in die Küche und ich fing an zu erzählen, meine Anspannung war in meinen Worten spürbar.

»Ich fahre nach Henley, warte darauf, abgeholt zu werden, und diese Frau fährt mit ihrem fetten Jaguar vor. Sie ruft dich an ... das weißt du ja. Also fahren wir los und ich denke noch, was für eine mürrische Ziege sie doch ist. Als wir an ihrem Haus ankommen, schickt sie mich nach oben. Dort liegt diese Kellnerinnenuniform, wie für ein sexy französisches Hausmädchen, und ich denke, sie will, dass ich ein paar Typen bediene. Ich finde so was zum Spaß okay, aber ich verkleide mich doch nicht für ein paar alte Perverslinge, die größenwahnsinnig sind.«

»Es ist nur ein Rollenspiel«, sagte Sophie.

»Ja, das weiß ich jetzt auch.«

»Entschuldige. Aber du wusstest doch, dass sie eine Lesbe ist, oder? Das habe ich dir doch erzählt, oder etwa nicht?«

»Nein! Ich wusste noch nicht einmal, dass es sich um eine Frau handelt! Dominique kann doch auch ein Männername sein.«

Sie lachte.

»Das hast du sicher herausgefunden! Aber im Ernst, ich habe dir doch von ihr erzählt, im Cross Keys, an dem Tag, als wir in dem Theater gearbeitet haben.«

»Nein, hast du nicht.«

»Doch, habe ich, da bin ich mir sicher.«

»Nein, hast du nicht, Sophie, wirklich nicht. Ich hatte überhaupt keine Ahnung, bis ich ins Zimmer kam und sie nichts weiter anhatte als Unterwäsche und obszöne Stiefel!«

»Oh nein!«

»Oh doch. Ich bin ausgeflippt. Ich hatte keinen blassen Schimmer, wovon sie redete. Als ich sie in ihrem schwarzen Body sah, habe ich den Champagner fallen lassen, den ich ihr bringen sollte. Dann sagte sie, dass ich nichts kaputt machen müsste, um zu bekommen, was ich wollte, und dann ist sie auf mich losgegangen.«

»Was ist passiert?«

»Ich habe versucht, sie zu beruhigen, aber sie hörte einfach nicht auf. Vielleicht dachte sie, dass ich es spiele, denn sie sagte, dass ich schon bekommen würde, was ich wollte. Sie tat mir wirklich weh und dann drehte ich durch.«

»Wie meinst du das?«

»Na ja, sie redete davon, dass sie mir den Hintern versohlen wollte, also gab ich ihr einen Schluck ihrer eigenen Medizin, mit dieser silbernen Haarbürste.«

»Du hast ihr den Hintern versohlt? Du hast Dominique Chalmers den Hintern versohlt!?«

»Ja.«

Sie bekam plötzlich einen Lachanfall. Als sie aus der Küche kam, hatte sie vom Lachen Tränen in den Augen. Sie ließ sich in einen Sessel fallen und schüttelte sich.

»Was ist denn so lustig?«

»Du hast Dominique Chalmers den Hintern versohlt. Das ist so gut! Warte, bis ich Bobbie davon erzähle, sie wird sich totlachen.«

Ich musste lächeln, ich konnte nicht anders.

»Erklär mir das.«

»Okay, diese Frau ist so eine Zicke und du hast ihr den Hintern versohlt. Oh mein Gott! Was hat sie gemacht? Ich wette, sie hat das ganze Haus zusammengeschrien!«

»Nein, nicht wirklich. Na ja, am Anfang schon, aber dann hat sie das angemacht, ziemlich schnell sogar. Sie bettelte nach mehr und streckte mir ihren Hintern entgegen. Ich hörte auf, weil ich nicht wusste, was ich machen sollte, und sie hat angefangen, sich selbst zu befriedigen. Sie hat es getan, Sophie, direkt vor meinen Augen, ich habe alles gesehen, und ich meine alles!«

»Du machst Witze!«

»Nein. Sie war ganz wild, packte sich und rieb sich wie verrückt.«

»Meine Fresse! Was hast du gemacht?«

»Ich bin weggerannt. Ich weiß, wie jämmerlich sich das anhört, aber ich konnte damit einfach nicht umgehen. Darum bin ich hergekommen. Ich wollte mit dir reden.«

Sie nickte und setzte sich aufrecht hin, schlang die Arme um ihren Körper und schüttelte den Kopf.

»Junge, Junge, wie lustig. Sorry, Lucy, ich hätte es dir sagen sollen, aber ich dachte ehrlich, dass du es weißt.«

Ich glaubte ihr nicht ganz, aber ich ließ es dabei bewenden. Ich brauchte Unterstützung, keinen Streit. Sie sprach weiter.

»Das ist so. Sie ist die Besitzerin von Body and Soul, du weißt schon, der Bioladenkette, oder das war sie jedenfalls mal. Als Bobbie anfing, für Super Staff zu arbeiten, beschäftigte Body and Soul ständig Zeitarbeiter und Dominique Chalmers hatte die Zügel fest in der Hand, war immer im Büro. Sie ließ Bobbie persönliche Sachen erledigen und es war offensichtlich, dass sie auf Bobbie stand. Bobbie steht auf Frauen, also hat sie sich darauf eingelassen. Sie war zuerst schockiert, als sie merkte, was von ihr erwartet wurde, aber sie kommt mit so was klar. Und ich auch. Als Bobbie also einmal nicht konnte, bin ich für sie eingesprungen, so wie du heute für mich. Damals hatte Dominique noch eine Wohnung in London, aber nachdem Body and Soul an die Börse gegangen war, musste sie nicht mehr so viel arbeiten, weil sie auf einmal reich war. Seither fahren wir nach Henley und als ich nicht konnte, dachte ich, dass du vielleicht auch ein Stück von dem Kuchen abhaben willst.«

»Ich?«

»Sicher. Ich meine, du hast es mit Bobbie gemacht und du bist nicht ausgeflippt, als wir das mit Keith gemacht haben, also dachte ich, dass es was für dich wäre. Sie gibt gutes Trinkgeld.«

Ich nickte einfach nur, wusste nicht, was ich sagen sollte, ob ich mich geehrt oder verärgert fühlen sollte, ob ich amüsiert oder traurig sein sollte. Sophie biss sich auf die Lippen und war offensichtlich wirklich der Meinung, dass sie einen Fehler gemacht hatte. Eines war klar – ich wollte nicht, dass sie oder Bobbie nicht mehr meine Freundinnen waren, weil ich nicht mit den gleichen Dingen fertig wurde wie sie. Sie wartete auf eine Antwort und ich zwang mich zu einem Lächeln.

»Das ist schön, Sophie, und ich hätte es getan, aber du hättest es mir sagen müssen. Wenn ich es von vornherein gewusst hätte, wäre es für mich okay gewesen. Dann wäre ich vorbereitet gewesen.«

Ich war mir nicht sicher, ob das stimmte, aber genau das wollte sie hören. Es gab noch ein anderes Problem.

»Mist, ich hoffe, ich habe es dir jetzt nicht versaut.«

Sie zuckte mit den Schultern.

»Vielleicht, vielleicht auch nicht. Ich meine, klingt so, als hätte ihr gefallen, was du getan hast.«

»Sicher, aber trotzdem ... sie wird sich doch nicht beschweren, oder?«

»Bei wem denn? Du denkst doch nicht etwa, dass Maryam Smith etwas davon weiß?«

»Nein.«

»Für sie ist das nur ein Premium-Auftrag. Es ist lustig, weil sie sich freut, die wundervolle Dominique Chalmers als Kundin zu haben, Geschäftsfrau des Jahres und so. Nein, Lucy, Dominique wird sich nicht beschweren. Was sie allerdings mit meinem Arsch anstellen wird, wenn sie mich das nächste Mal sieht, ist eine andere Frage.«

»Gib's ihr.«

»Ja, du hast leicht reden. Weißt du was, du machst mir ein bisschen Angst. Ich könnte das nicht, niemals. Ich meine, sie ist eine toughe Frau und größer als wir!«

Ich zuckte mit den Schultern.

»Ich schätze, ich habe sie überrumpelt.«

»Ja, sicher. Erinnere mich bitte daran, dass ich es mir nicht mit dir verscherze.«

Sophie und ich gingen als Freundinnen auseinander, wir waren eigentlich sogar bessere Freundinnen als vorher. Ich hatte das Gefühl, dass ich in einen inneren Kreis aufgenommen worden war und jetzt zu einer ganz besonderen Gruppe gehörte. Ich stellte klar, dass ich nicht mehr zu Dominique Chalmers gehen würde, was beide akzeptierten, sie schienen mich beide fast ein bisschen zu bewundern für das, was ich getan hatte. Am Dienstag schickte man mich in ein Großraumbüro in der Nähe des Bahnhofs Paddington, wo ich die Akten einer Firma, die von einem Konkurrenten aufgekauft worden war, katalogisieren musste. Die Arbeit war nervtötend und jedes Detail musste in ein Computerprogramm eingespeist werden, das alles andere als benutzerfreundlich war. Und ich hatte auch niemanden, mit dem ich mich unterhalten konnte. Der vergangene Tag schien schon wieder eine Ewigkeit her zu sein und war nur noch eine aufregende Erinnerung. Leanne arbeitete auch dort, aber ich sah sie nie, außer bei Arbeitsbeginn und zum Feierabend, denn zum Mittag kam ein Typ mit einem Rollwagen voller ekliger Sandwiches vorbei, so dass wir nicht einmal dann unsere Boxen verließen.

Die Woche schien überhaupt kein Ende zu nehmen, aber trotz der langweiligen Arbeit wurde meine Aufregung langsam größer. Ich telefonierte oft mit Bobbie und Sophie und ich sah Niall jeden Abend. Ich wurde auch jeden Abend gevögelt, denn durch die Vorfreude auf Samstag war er permanent geil. Nicht dass es mir anders ging, ich war nervös und aufgeregt, und das noch mehr, als ich Bobbie am Freitagabend nach der Arbeit auf einen Drink traf.

Sie war in Henley gewesen, auf persönlichen Wunsch von Dominique Chalmers. Wie ich war sie vom Bahnhof abgeholt und zu dem Haus gefahren worden. Dort musste sie sich ausziehen, sich als Dienstmädchen verkleiden, und Dominique Chalmers legte sie mehrmals übers Knie, um ihr den Arsch zu versohlen, was sie auch noch in mehreren anderen unanständigen Stellungen tat. Dreimal musste Bobbie ihre Arbeitgeberin oral befriedigen und als sie gehen konnte, bekam sie zwei Umschläge statt des einen, der üblich war. Im zweiten befanden sich dreihundert Pfund für mich.

Ich zögerte ungefähr eine halbe Sekunde, bevor ich den Umschlag annahm. Warum auch nicht? Er wurde mir angeboten und Dominiques Reaktion zufolge hatte ich ihr einen ziemlichen Kick gegeben. Bobbie bekam das Gleiche auf ihre normale Bezahlung drauf. Ich erhielt meinen Lohn für die vollen acht Stunden. Und um dem Ganzen die Krone aufzusetzen, machte sich Dominique angeblich Sorgen um mich, weil ich weggerannt war.

Am Samstag ging ich shoppen, ich verwöhnte mich, wie ich es noch nie getan hatte. Zum ersten Mal in meinem Leben hatte ich das Gefühl, Geld zum Fenster rausschmeißen zu können, und ich war entschlossen, das Beste daraus zu machen. Zuerst fuhr ich nach Knightsbridge, aber die Preise dort waren irrsinnig hoch und die meisten Klamotten zu fein für mich. In denen wäre ich mir nur blöd vorgekommen. In Chelsea war es besser. Zuerst kaufte ich mir ein Paar Stiefel, kniehoch, aus goldenem Lackleder mit Blockabsätzen, völlig übertrieben. Dann kaufte ich mir noch eine schwarze Jeans von einem der besten Label und drei Tangas in leuchtenden Farben. Das passte zwar nicht zu den Stiefeln, aber ein Kleid, das ich in einem Schaufenster am Ende der King's Road sah, schon. Es passte perfekt zu den Stiefeln und es war so unverschämt kurz. Außerdem kostete es zweihundert Pfund. Ich kaufte es trotzdem.

Als ich wieder nach Hause kam, war ich völlig erledigt. Ich wusste, dass Mum ausflippen würde, wenn sie herausfand, wie viel Geld ich ausgegeben hatte, darum schlich ich mich nach oben und versteckte alles im Schrank, bevor ich ein Bad nahm. Ausnahmsweise war es zu Hause mal relativ ruhig und ich badete ausgiebig, döste lange im heißen Wasser. Niall würde mich abholen, für ein angeblich ganz normales Date, aber ich konnte meinem goldenen Outfit nicht widerstehen. Das Kleid hatte Spaghettiträger. Ein BH hätte albern ausgesehen, also zog ich keinen an. Der Stoff des Kleides war unglaublich dünn und die verschiedenen Slips, die ich dazu anprobierte, zeichneten sich alle unter dem Stoff ab. Also beschloss ich, mutig zu sein und keine anzuziehen. Ich müsste mich nur leicht bücken und jeder hinter mir könnte meinen nackten Hintern sehen, vielleicht sogar noch mehr, was sich köstlich unanständig anfühlte.

Als Niall mich abholte, zog ich einen Mantel über, um keine Kommentare zu provozieren, dann ließ ich meine nackte Pussy hervorblitzen, als wir am Auto ankamen. Er sabberte fast schon und ich schwöre, wenn er nicht hätte fahren müssen, hätte er mich auf der Stelle gevögelt, ohne Rücksicht auf eventuelle Zuschauer. Er hätte auf dem Weg zu Sophie fast einen Unfall gebaut, aber wir schafften es, heil anzukommen. Sie und Bobbie waren schon da, hübsch gemacht und ausgehfertig. Sophie trug einen Rock und ein Top, beides sehr knapp, und als ich neckisch mein Kleid hob, zog auch sie ihren Slip aus. Bobbie war etwas sittsamer gekleidet, trug eine Hose, die sich über ihren Hintern spannte, und ein großes Baumwollhemd, das sie unter ihren Brüsten zusammengeknotet hatte. Niall konnte seine Augen nicht von uns lassen und wollte sofort zur Sache kommen. Er griff an seine Gürtelschnalle, als Sophie ihr Höschen mit dem Fuß wegschleuderte.

»So, meine Damen, wer möchte zuerst?«

Offensichtlich hatte er unsere Abmachung vergessen. Außerdem war er dabei, sein Glück überzustrapazieren. Ich drohte ihm mit dem Finger.

»Oh nein, so nicht. Erst ausgehen, dann bumsen, wenn uns danach ist.«

Sophie stieg sofort darauf ein.

»Ja, genau, wenn uns danach ist. Vielleicht, vielleicht aber auch nicht.«

Das hatte aber nicht den erwarteten Effekt, denn während sie sprach, hatte sie sich gebückt, um ihren Slip aufzuheben, so dass Niall ihren nackten Hintern sehen konnte. Bobbie gab Sophie einen festen Klaps auf den Arsch, der unter dem Saum ihres Rockes hervorguckte, als sie zur Tür ging.

»Keine Sorge, Niall, sie wird dabei sein. Sie ist eine Schlampe. Nicht wahr, Sophie? Aber Lucy hat recht, erst gehen wir was trinken. Kommt schon.«

Als sie die Tür öffnete, fing sie sich den überraschten Blick eines alten Mannes ein, der gerade aus dem Fahrstuhl stieg und verstohlen auf Sophies nackten Hintern schaute. Bobbie und ich krümmten uns vor Lachen, als die Tür ins Schloss fiel, und Niall lachte schließlich auch mit. In diesem Augenblick war es besiegelt. Wir würden gemeinsam ins Bett gehen, wir vier. Wir würden eine Riesennummer schieben und damit hatte sich der Fall.

Wir machten Niall im Lift an, streichelten ihn durch seine Hose und drohten, sein Ding rauszuholen. Sein Schwanz war offensichtlich schon steinhart, weshalb wir drei unkontrolliert kicherten, während wir die Straße entlangliefen. Niall hatte seine Arme um mich und Sophie gelegt und Bobbie ging allein neben uns her, bis ich ihr meinen freien Arm um die Hüfte legte, so dass sie sich nicht ausgeschlossen fühlte. Sie griff sofort an mein Kleid und hob es hoch, nur für eine Sekunde, und zeigte der Welt meinen nackten Po. Ich gab ihr einen Klaps auf den Hintern, aber ich war zu jeder Schandtat bereit und durch das kurze Zwischenspiel war mir ganz heiß geworden.

Wir gingen in das erste Pub, an dem wir vorbeikamen, tranken etwas und gingen dann weiter zum nächsten. Ich würde mich volllaufen lassen und die ganze Nacht vögeln, scheiß auf alles andere. Niall trank wie immer Guinness und ich tat es ihm gleich. Erst im vierten Pub ging ich zu Whiskey über. Nach dem fünften drehte sich mir der Kopf und wir vier waren in unserer eigenen Welt. Die Menschen um uns herum, alle anderen waren unecht, irrelevant.

In einem Restaurant in der Nähe des Kanals aßen wir riesige Steaks mit grüner Pfeffersauce und zum Nachtisch gab es klebrigen Schokopudding. Wir lachten und scherzten die ganze Zeit, unsere Unterhaltungen wurden immer schmutziger und intimer. Sophie lümmelte in einem gemütlichen Sessel mit dem Rücken zur Bar und es dauerte nicht lange und sie spreizte ihre Beine, zeigte Niall ihre Pussy und beobachtete ihn begierig. Es war höchste Zeit zu gehen, bevor wir zu betrunken sein würden. Also verließen wir das Lokal und gingen schnell zurück. Wir sprachen kaum ein Wort und konnten es kaum erwarten, in Sophies Wohnung ungestört zu sein.

Als die Türen des Fahrstuhls sich hinter uns geschlossen hatten, küsste ich Niall, Zunge an Zunge, und er schlang seine Arme um mich. Ich spürte seine Finger, als er mein Kleid hochzog und meinen Hintern entblößte. Bobbie kicherte, als sie es sah, und ich spürte, wie sie mich berührte, streichelte und sanft schlug. Und Sophie auch. Es war mir egal. Ich war zu sehr damit beschäftigt, Nialls Schwanz aus seiner Hose zu holen, ohne unseren Kuss zu unterbrechen. Er versuchte zurückzuweichen, aber ich drückte ihn in eine Ecke und hatte sein Teil schon in der Hand, das bereits steif war, heiß und lang fühlte es sich an. Ich begann, ihm einen runterzuholen, rieb an ihm, während mir die Mädels auf die Pobacken schlugen.

Der Fahrstuhl hielt und ich spürte eine prickelnde Erregung bei dem Gedanken daran, erwischt zu werden. Wir waren in unserem Stockwerk angekommen und ich führte Niall an seinem Schwanz aus dem Lift; wir lachten ausgelassen, als wir über den Flur zu Sophies Wohnung rannten. Ich spielte mit Nialls Schwanz und Sophie öffnete ihre Tasche, um nach ihrem Schlüssel zu suchen. Als sie ihn gefunden hatte, kniete ich schon vor Niall und lutschte an seinem wunderschönen Schwanz. Irgendwo wurde eine Tür zugeschlagen und wir stolperten gemeinsam in die Wohnung, gerade noch rechtzeitig.

Wir lachten alle vier und Niall ließ sich in einen Sessel fallen, sein Ständer ragte in die Höhe wie ein Fahnenmast. Ich machte mich sofort über ihn her. Ich leckte ihn, zog ihm die Unterhose vorn herunter, um seine Eier herauszuholen, und nahm sie direkt in den Mund. Ich kniete vor ihm, den Kopf in seinem Schoß vergraben, mein Hintern glühte herrlich von den Schlägen der Mädels.

Sophie ging in die Küche. Bobbie sah mir mit vor Erregung leuchtenden Augen zu. Ich sah sie an, ließ Nialls Eier aus meinem Mund gleiten und bot ihr an, mitzumachen. Sie kniete sich neben mich, um auch an ihm zu lecken, und legte den Arm um mich. Gemeinsam bearbeiteten wir ihn, küssten und leckten ihn und saugten, bis Niall anfing zu stöhnen und seine Hüften zu bewegen. Ich wusste, dass er kommen würde, daher formte ich mit den Lippen ein enges Loch, in das er stoßen konnte. Er stöhnte und rieb an seinem Schaft, der in letzter Sekunde aus meinem Mund glitt, und eine Fontäne Sperma spritzte uns ins Gesicht.

Wir kicherten ausgelassen, als wir ins Badezimmer rannten. Sophie kam mit einer Flasche Wein und vier Gläsern aus der Küche. Sie sah unsere Gesichter und die Kinnlade fiel ihr runter. Als ich mich über das Waschbecken beugte, hörte ich sie im Hintergrund reden.

»Ihr hättet auch auf mich warten können, ihr gierigen Schlampen!«

Ich lachte nur.

»Du bist in der nächsten Runde dran, versprochen, und die wird länger dauern.«

Bobbie und ich wuschen uns, gingen wieder ins Wohnzimmer, um Wein zu trinken. Niall saß immer noch in dem Sessel, er hatte es sich gemütlich gemacht, sein Schwanz und seine Eier hingen ihm aus der Hose. Sophie saß auf der Sessellehne, kitzelte ihn mit einem Fingernagel und hatte ein Glas Wein in der anderen Hand. Ich goss mir auch ein Glas ein und ging zum Sofa. Ich wollte sehen, wie Sophie Niall wieder auf Touren brachte. Bobbie legte sich hin, ihren Kopf in meinen Schoß. Ich streichelte ihr übers Haar. Mein Körper und mein Verstand waren vom Alkohol und der Erregung benebelt, ich hatte noch den Geschmack von Nialls Schwanz im Mund und mein Hintern prickelte angenehm.

Langsam, ganz langsam reagierte Nialls Schwanz auf Sophies Liebkosungen, zuerst rührte er sich ein wenig, dann wurde er lang und steif. Als die Eichel unter der Vorhaut hervorkam, nahm sie ihn in die Hand, streichelte ihn sanft, während Niall zufrieden mit geschlossenen Augen dalag. Mein eigenes Verlangen wurde größer. Als Bobbie mit einer Hand die Rundungen meiner Brüste streichelte, hielt ich sie nicht davon ab, sondern sprach sanft zu Niall.

»Niall, mach die Augen auf, sieh her.«

Er öffnete die Augen, die Schläfrigkeit in seinem Blick verwandelte sich sofort in Begierde, als er sah, was Bobbie machte. Als er sprach, klang seine Stimme heiser und befehlend.

»Macht es nackt, zeigt es mir.«

Ich zögerte, aber Bobbie nicht. Sie drehte sich ein bisschen, streifte die Träger meines Kleides von meinen Schultern. Das Kleid rutschte nach unten und entblößte meine Brüste. Niall leckte sich mit der Zunge über die Lippen, sein Schwanz lag steif in Sophies Hand. Meine Nippel waren ebenfalls steif und wurden noch steifer, als Bobbie ihre Finger darüber gleiten ließ, bis sie vor Verlangen schmerzten.

Sophie beugte sich runter, um Nialls Ständer in den Mund zu nehmen; sie saugte daran, während er zusah, wie Bobbie mit meinen Brüsten spielte. Seinem Blick nach zu urteilen war das für ihn das Paradies, er schob eine Nummer mit drei Frauen, eine Sache, für die die meisten Männer sterben würden. Sophies Finger fanden seine Eier und massierten sie, so dass sich sein Körper anspannte. Bobbie presste ihren Mund auf meinen Körper, saugte an den schmerzenden Nippeln, das Gefühl war zu schön, als dass ich mich hätte dagegen wehren können.

Sophie nahm Nialls Schwanz wieder in die Hand und stellte sich über ihn und schwang ein Bein über seinen Schoß, ihren Rock zog sie hoch. Ich konnte alles sehen, ihre gespreizten Beine gaben die Sicht frei auf ihre Pussy und ihr Poloch. Nialls Schwanz war hart, die Spitze glänzte vor Spannung. Sophie nahm ihn und rieb ihn an sich, führte ihn an die feuchte Spalte zwischen ihren Schamlippen, ließ seine Eichel eintauchen und zog sie wieder zurück, führte sie dann zu ihrer Klit.

Niall hielt es fast nicht mehr aus, vor schmerzhafter Ekstase knirschte er mit den Zähnen, seine Hände krallten sich an die Armlehnen, als Sophie seinen Schwanz benutzte, um sich selbst zu befriedigen. Bobbie hatte meine Brüste in den Händen, saugte gierig an meinen Nippeln und ich konnte nicht anders, als mich an sie zu schmiegen. Eine ihrer Hände wanderte tiefer und glitt zwischen meine Schenkel. Ich gab einfach nach und spreizte die Beine, während Niall neben uns schließlich die Geduld verlor. Er packte Sophie und zog sie auf sich. Er fickte sie, während Bobbie mich mit der Hand befriedigte.

Niall starrte zu uns herüber und sah mir in die Augen, während er Sophie auf seinem Ständer wippen ließ. Sie streichelte sich und stöhnte, während ihr Körper auf und ab federte. Ich schwamm in meiner Lust, meine Brüste waren fest und reagierten auf Bobbies Küsse und ihr Knabbern, meine Pussy zuckte bereits unter ihren Fingern, während sie mich zum Höhepunkt brachte.

Sophie kam, sie wippte wild auf Nialls Schwanz und hatte die Hände an ihrer Pussy und ihren Brüsten. Der lange, steife Schaft glitt in ihre Pussy hinein und wieder heraus. Das war wunderbar, unanständig, geil, ihnen so aus der Nähe beim Vögeln zuzusehen. Sie stöhnte immer noch und schüttelte sich, als ich selbst zum Höhepunkt kam. Ich drückte Bobbies Kopf an meine Brust und ihre Hand an meine Muschi. Mein Körper zuckte und erschauderte in wilder Ekstase.

Bobbie hörte nicht auf und ich war zu betrunken und zu high, um zu protestieren, als sie zwischen meine Schenkel rutschte. Mein Körper zitterte noch, als mein Höhepunkt verebbte und sie anfing, mich zu lecken. Ich schloss einfach die Augen und ließ sie machen. Erst als sie plötzlich aufstöhnte und ich spürte, wie ihr Kopf an meinen Körper gedrückt wurde, öffnete ich die Augen wieder und sah, dass Niall hinter ihr stand. Er hatte sie an den Hüften gepackt und ihr Hose und Slip heruntergezogen, sein Schwanz steckte schon tief in ihr.

Ich spürte die Erschütterung ihres Körpers, als er begann, in sie zu stoßen. Ihr Lecken wurde unbeholfener und drängender, so heftig, dass ich mir auf die Lippe biss, meine Pussy war qualvoll empfindsam unter ihrer Zunge. Mein nächster Höhepunkt kam aus dem Nichts, mein Körper zuckte plötzlich, war völlig außer Kontrolle, ich schauderte und wand mich in Ekstase, war außer mir vor Lust.

Es hörte erst auf, als sie aufhörte und sich an mich kuschelte, ihr Körper lag zwischen meinen gespreizten Beinen, ihr Kopf auf meiner Brust. Niall war aus ihr herausgeglitten und schob sie nach vorn, um noch einmal in sie einzudringen. Er stöhnte mit zusammengebissenen Zähnen, während er sie vögelte. Er stieß in sie, ihre schönen, schneeweißen Backen erzitterten bei jedem Stoß, bis er kam, sich im letzten Augenblick befreite, um ihren Hintern zu bespritzen.

Ich war immer noch unheimlich geil, aber auch total müde. Als Bobbie mich losgelassen hatte, goss ich mir noch etwas Wein ein und leerte mein Glas in einem Zug. Niall setzte sich glücklich und ausgepowert auf den Boden. Sophie kam zu uns aufs Sofa, kuschelte sich neben Bobbie und mich. Ich war zweimal gekommen und ich hatte noch nicht einmal gefickt, aber das würde ich noch, wenn Niall erst einmal wieder so weit wäre.

Das würde allerdings noch etwas dauern. Wir entspannten uns, tranken Wein, lachten und erzählten uns gegenseitig schmutzige Geschichten. Bobbie redete am meisten. Niall drängte sie und sie beschrieb lesbische Liebesabenteuer, auch mit Dominique Chalmers. Ich hatte nicht gewusst, wie durchtrieben sie war. Sie trieb es mit Frauen und Männern, ließ sich schlagen und fesseln, alles Mögliche mit sich machen, und genoss es. Niall war beeindruckt, massierte seinen Schwanz, während er zuhörte. Bald wurde er wieder steif und ich kroch zu ihm, kniete mich zwischen seine gespreizten Beine und leckte an seinen Eiern.

Mein Kleid war zu kurz, um meinen Hintern zu bedecken. Ich wusste, dass ich die Mädels damit herausforderte, aber ich wollte auch noch einmal dieses wunderschöne, warme Glühen spüren, das ich gefühlt hatte, als sie mich im Fahrstuhl geschlagen hatten. Und tatsächlich fingen beide an, mir den Arsch zu versohlen, während ich mich über Niall hermachte; jede bearbeitete eine Pobacke, sie lachten und nannten mich ein schlimmes Mädchen, während Nialls Schwanz wieder steif wurde.

Ich hörte erst auf, als die Schläge anfingen, wirklich wehzutun. Ich hockte mich hin, um meine Backen zu reiben. Mein ganzer Hintern glühte, war wunderschön warm und Nialls Schwanz war wieder ein fester Stab aus Fleisch und Blut. Ich war bereit, gefickt zu werden. Ich nahm Niall an die Hand und führte ihn ins Schlafzimmer, wo ich mich aufs Bett fallen ließ. In meinem Kopf drehte sich alles, meine Muschi verlangte nach einem Schwanz. Ich hob die Beine und spreizte sie, breitete die Arme aus, um ihn zu empfangen. Er bestieg mich und drang mit einem leichten Stoß tief in mich ein.

Die Mädels waren uns gefolgt. Sophie sprang aufs Bett, während Niall anfing, mich zu vögeln. Sie kicherte, als sie sich auszog. Bobbie zog sich die Hose und den Slip aus, so dass sie untenrum nackt war. Dann kletterte sie auch aufs Bett. Ich lächelte sie an, von der Lust benebelt, während Niall seinen Schwanz in mich stieß und wieder herauszog, um wieder neu in mich einzudringen, immer und immer wieder.

Er setzte sich auf, hob meine Beine an, mein schönes Kleid war nur noch ein wirres Knäuel um meine Taille, meine goldenen Stiefel hoch in die Luft gestreckt. Wieder begannen wir zu ficken und ich nahm meine Brüste in meine Hände, als meine Lust immer größer wurde. Ich wusste, dass es langsam passieren würde, und genau das wollte ich. Ich hatte meine Augen geschlossen und als ich weiche Haut an meiner Stirn spürte, wusste ich, was kommen würde.

Ich brachte nur ein sanftes Raunen hervor, halb Protest, halb Verlangen, und dann war ihre Pussy über meinem Mund und ich leckte sie, hingebungsvoll und schamlos. Niall hielt meine Beine fest, während er mich vögelte, und als ich die Augen öffnete, sah ich, dass es Bobbie war, die sich auf mich gesetzt hatte. Sie schaute selig drein und streichelte sich die Brüste durch ihr Hemd.

Ich packte ihren Hintern und leckte willig ihre Pussy. Sophie lag nackt neben mir, die Schenkel gespreizt, sie streichelte sich selbst, während sie uns zusah. Ich war genauso versunken wie die anderen, geradezu begierig, weil ich eine andere Frau mit dem Mund befriedigte, begierig darauf, zu lecken, während ich gefickt wurde, begierig auf alles, das mich so sehr befriedigte, das sich so unanständig anfühlte und so gut.

Niall stöhnte, zog sich aus mir zurück und wartete, bis Bobbie von mir abgestiegen war. Mühelos drehte er mich um, seine starken Arme hoben mich einfach an und legten mich wieder hin. Ich kniete mich hin, bot mich ihm an und Sophie schlängelte sich unter mich. Sein Schwanz und ihre Zunge fanden meine Pussy fast gleichzeitig, sie schlang ihre Schenkel um meinen Kopf und zog mich an ihre Muschi.

Niall packte mich von hinten und drückte seinen Ständer gegen meine warmen Pobacken, während Bobbie mich leckte und ihn auch. Sie kam neben mich, küsste Niall und liebkoste meinen Hintern und meinen Rücken, streichelte und schlug meine Pobacken. Ich packte Sophies Schenkel, genoss es, sie zu schmecken und zu fühlen, ich wollte es genießen und unanständig sein.

Als sic mit ihrer Zunge meine Knospe fand , steckte mir Bobbie plötzlich einen Finger in mein Poloch. Mein Körper bebte, eine Woge der Lust überkam mich an der Schwelle des Orgasmus, Nialls Stöße wurden plötzlich heftiger und als ich kam, hatte ich einen schmutzigen Gedanken, gegen den ich mich nicht wehren konnte. Meine Hände packten Sophies Backen und zogen sie auseinander, so dass der kleine gekräuselte Stern dazwischen zu sehen war. Ich spürte, dass ich ganz kurz vor dem Höhepunkt war und stellte mir vor, wie es wohl wäre, sie in den Hintern zu ficken. Ich verlor die Wahrnehmung dafür, welches Geschlecht ich war, stellte mir vor, einen Penis zu haben und wie es wäre, sie brutal und derb zu nehmen, heißes Sperma in ihr weiches Fleisch zu spritzen. In diesem Augenblick, als sich jeder Muskel in meinem Körper beim perfekten Höhepunkt zusammenzog, war ich beides, Mann und Frau – ein ganz und gar sexuelles Wesen. Ich spitzte die Lippen und küsste meine Freundin direkt auf den Anus.

Kapitel 7

29. August, 17:10 Uhr – Lucy Doyle wacht auf und merkt, dass sie mit Niall, Bobbie *und* Sophie im Bett liegt.

29. August, 17:11 Uhr – Lucy Doyle schläft wieder ein.

Ich wollte nicht erst aufstehen, als es fast schon wieder dunkel war, aber es hatte sich einfach so ergeben. Wir waren bis Sonnenaufgang wach geblieben, hatten Wein getrunken und uns unterhalten, alle vier nackt. Ich konnte mich daran erinnern, dass ich mitbekommen hatte, wie Bobbie eingeschlafen war, und wie Sophie darüber geredet hatte, wo man die besten Schuhe kaufen könne. Dann war es langsam hell hinter den Gardinen geworden. Ich konnte mich auch daran erinnern, dass ich ihr Poloch geküsst hatte und an mehr, später, obwohl mir das meiste wie ein Traum vorkam.

Meine Gefühlswelt war überraschenderweise nicht durcheinander, anders als nach dem Erlebnis mit Dominique Chalmers. Vielleicht weil ich dieses Mal die Zügel in der Hand hatte und wusste, was passieren würde, bevor wir anfingen. Wie auch immer, ich war zufrieden mit dem, was ich getan hatte. Ich hatte keine Schuldgefühle, aber ich hatte erkannt, wer ich wirklich war.

Beim Sex hatte mir schon immer das Gefühl gefallen, dass das, was ich tat, unanständig war, etwas, das die braven, feinen Pinkel, die ich immer gehasst hatte, missbilligen würden, und die Kirche auch. Mit anderen Frauen rumzumachen fiel auf jeden Fall in diese Kategorie und Pater Jessop hätte die Praktik, das Poloch einer anderen Frau zu küssen, auf jeden Fall als teuflisch angesehen. Das war ein amüsanter Gedanke.

Ich hatte Kopfschmerzen und mein ganzer Körper tat weh, aber ich schwebte noch auf Wolke sieben, als ich am Abend mit der U-Bahn nach Hause fuhr. Niall war schon früher gegangen, weil er zu irgendeiner Familiensache musste. Ich erinnerte mich schwach daran, dass er beim Versuch, sich die Hose anzuziehen, geflucht hatte. Bobbie blieb bei Sophie und wollte am nächsten Tag zusammen mit ihr zur Arbeit gehen, also war ich allein unterwegs. Meine Familie dachte, dass ich bei Niall übernachtet hätte, und Mum lächelte mich liebevoll an, als ich die Treppe zu meinem Zimmer hinaufstieg; Stolz und Zustimmung lagen in ihrem Blick, gemischt mit ein wenig erschöpfter Geduld. Ich lächelte zurück, mehr brachte ich nicht zustande, und ging nach oben. Ich zog mich aus, duschte und fiel ins Bett.

Am nächsten Morgen fühlte ich mich immer noch nicht allzu gut und ich hätte auf den Anruf von Maryam Smith um Punkt acht Uhr verzichten können, die mir sagte, dass ich wieder in Paddington arbeiten würde. Im Halbschlaf duschte ich und warf mir etwas über, ich hatte keinen Bock, meine Büroklamotten zu bügeln. Es nahm sowieso nie jemand Notiz von meinem Outfit und ausnahmsweise einmal war ich dankbar für meine graue Box, denn dort würde mich niemand sehen können.

Es gab aber immer noch die Abteilungsleiterin, eine eifrige junge Frau, die nicht viel älter war als ich, aber einen Abschluss in Wirtschaft hatte und keinen Zweifel daran ließ, dass sie Zeitarbeiter für Abschaum hielt. Sie war gerade nicht da, aber ich war vor ihr auf der Hut und tat mein Bestes, nicht wegzudösen, obwohl das besser gewesen wäre, denn ich war zu nichts zu gebrauchen. Bis elf Uhr hatte ich zwei Akten erledigt und ich brauchte unbedingt zehn Minuten Ruhe. Ich konnte nicht anders, mein Kopf sank auf den Schreibtisch und angenehme Bilder von Nialls männlichen Reizen gingen mir durch den Kopf.

Natürlich wollte genau in diesem Moment der Abteilungsleiter nach mir sehen. Aber diesmal war es nicht die übereifrige Frau. Es war Luke. Sein Anschiss brach abrupt ab, als ich mich mit einer Entschuldigung auf den Lippen umdrehte und wir uns erkannten.

»Lucy?«

»Luke? Hi. Es tut mir leid ...«

»Muss es nicht. Es war toll. Ich muss immer an dich denken, seit ...«

»Äh?«

»Als wir zusammen waren. Das war echt toll. Ich muss mit dir reden, Lucy. Kannst du Mittagspause machen?«

»Oh Gott, nein, nicht jetzt, Luke. Ich kann kaum die Augen offenhalten. Sorry, nichts gegen dich, aber ich bin im Moment einfach fertig.«

»Was ist los? Bist du krank?«

»Nein, bloß müde. Ich hab Samstagnacht durchgemacht und den Schlaf noch nicht nachgeholt.«

»Wie wäre es dann mit einem Mittagessen? Ich lade dich ein.«

»Ich kann nicht, wirklich ...«

»Wenn du ein Nickerchen brauchst, kannst du in mein Büro gehen, da steht ein Sessel. Und keiner außer mir kriegt was mit.«

Ich nickte dankbar und ließ mich von ihm zwischen den Boxen hindurch zu seinem Büro führen. Wie versprochen stand dort ein Sessel, ein großer, schwarzer Sessel mit abgewetztem Lederbezug, dessen Polsterung unten hervorquoll. Ich ließ mich hineinfallen, als Luke hinausging, die Tür hinter sich schloss und den Schlüssel im Schloss umdrehte. Als ich aufwachte, war es später Nachmittag, die Möbel waren mit hellen Sonnenflecken bedeckt. Mein Mund war trocken und mein Körper steif, ich musste dringend mal aufs Klo. Zum Glück hatte Luke die Tür irgendwann am Nachmittag aufgeschlossen, so dass ich mich etwas frischmachen und mir ein Wasser und einen Kaffee holen konnte. Ich nahm den Kaffee mit in sein Büro, wo er jetzt hinter seinem Schreibtisch saß und einen Stapel Papiere durchsah.

»Besser?«

»Ja, danke.«

»Lust auf ein Abendessen?«

Ich nickte. Nur eine Oberzicke hätte ihm jetzt einen Korb gegeben.

»Toll. Lass uns ins Mise en Scène gehen.«

»Mir egal. Ich meine, das wäre toll, danke. Ich bin aber nicht dafür angezogen.«

»Das ist okay. Verlottert ist in.«

»Na vielen Dank auch!«

Er hatte recht, aber ich konnte nichts daran ändern, außer mich noch mal auf der Toilette frischzumachen. Als ich fertig war, war es halb sechs und die Leute machten langsam Feierabend. Ich hing in der Eingangshalle rum, wartete auf Luke und hoffte, dass er mich nicht anmachen würde.

Zum einen war ich immer noch wund und hatte eigentlich keine Lust. Ich war irgendwie sexuell ausgebrannt. Außerdem fehlte ihm die Männlichkeit, die ich mochte. Er gab mir nicht das Gefühl, dass ich sofort die Kleider vom Leib gerissen bekomme und auf der Stelle ein Schwanz in mich eindringt. Niall gab mir dieses Gefühl und Todd Byrne und Frazer, aber nicht Luke. Er war mehr wie ein Hündchen, begierig, aber unsicher.

Er war offensichtlich nervös, seltsam nervös, als wir gemeinsam die Edgware Road zum Marble Arch entlangliefen. Er war nicht verlegen, denn er sprach immer wieder davon, was mit Bobbie und Frazer gelaufen war, als ob er es einfach nicht aus dem Kopf bekäme. Zwischendurch redete er über Filme und darüber wusste er eine Menge. Als wir im Mise en Scène angekommen waren und auf unsere Getränke warteten, erklärte er mir, was es mit den Postern und Erinnerungsstücken auf sich hatte, mit denen das Lokal dekoriert war. Ich ließ ihn reden, hörte gern zu.

Es gab drei verschiedene Arten von Essen in dem Restaurant: französisch, amerikanisch und kreolisch. Das hieß, dass es keinen vernünftigen Whiskey gab, aber nach einem doppelten Wild Turkey fühlte ich mich schon viel besser. Luke sprach immer noch eifrig über die Gepflogenheiten der Filmindustrie. Er hatte Wein bestellt, eine Flasche kalifornischen Rotwein, und er trank wie ein Fisch. Ein Drittel der Flasche war leer, bevor unser Essen serviert wurde. Eine Weile herrschte Stille, während wir beide kräftig zulangten. Als er wieder etwas sagte, klang seine Stimme nervöser als zuvor und jetzt sprach er nicht mehr über Filme.

»Lucy, ich muss dir etwas sagen, aber es fällt mir nicht leicht.«

»Dann sag es nicht.«

Ich lächelte ihn dümmlich an und betete, dass er mir nicht sagen wollte, dass er mich liebe.

»Doch, ich muss. Es geht mir seit dieser Nacht nicht mehr aus dem Kopf, aber ich kann es nicht allein tun. Du musst dabei sein.«

Es klang, als wollte er, dass ich ihm einen runterhole, und er klang so bemitleidenswert, dass es schwer werden würde, ihn zurückzuweisen. Ich nahm allen Mut zusammen, war entschlossen, höflich, aber direkt zu sein, aber als ich gerade etwas sagen wollte, fuhr er im Flüsterton fort.

»Ich muss es tun, Lucy. Das, was du gesagt hast … mit Frazer oder einem anderen, am liebsten mit einem schwarzen Typen. Ich möchte einem Mann einen blasen und ich möchte, dass du mich dazu zwingst.«

Einen Moment lang starrte ich ihn nur an. Seine Gesichtsfarbe war jetzt nicht mehr normal, sondern tiefrot. Dann brach ich in schallendes Gelächter aus. Ich konnte nicht anders. Sein Gesichtsausdruck änderte sich auf der Stelle. Er sah jämmerlich aus, als ob er gleich in Tränen ausbrechen würde. Er wollte aufstehen, stammelte Entschuldigungen, aber ich packte ihn am Handgelenk und hielt ihn zurück.

»Nein, nein, geh nicht. Es tut mir leid, ich wollte nicht lachen. Das war falsch von mir. Du hast mich einfach nur überrascht und du hast so ernst geklungen!«

»Ich meine es ernst! Ich kann es nicht vergessen. Seit jener Nacht muss ich immerzu daran denken, ich stelle es mir dauernd vor. Und als ich dich vorhin im Büro gesehen habe, wusste ich, dass ich dich wenigstens fragen muss.«

»Das war richtig. Jeder sollte das Recht haben zu fragen.«

»Du machst es also? Bitte, Lucy.«

»Das habe ich nicht gesagt. Ich meine, es würde mir nichts ausmachen und es hat ja auch Spaß gemacht. Es wäre noch besser gewesen, wenn Frazer dich gelassen hätte. Und genau das ist das Problem – den richtigen Kerl zu finden. Man kann einen Hetero nicht dazu zwingen, so was zu machen. Er würde ausflippen.«

»Kennst du niemanden, der es tun würde?«

Ich dachte nach. Niall würde ihn umbringen. Todd war so was wie ein Neandertaler, aber auch bei ihm konnte ich es mir nicht vorstellen. Und ich konnte wohl kaum Richard Drake fragen. Das Gleiche galt für die Typen aus Tilbury, außer vielleicht für Ismael, der ein Dreckschwein war. Leider wusste ich nicht, wie ich ihn erreichen sollte, und ich konnte mir auch nicht sicher sein. Ich schüttelte den Kopf. Realistisch betrachtet waren sie alle hundertprozentig heterosexuell.

»Nicht wirklich, nein.«

»Vielleicht können wir in eine Schwulenbar gehen? Würdest du mit mir in eine Schwulenbar gehen, Lucy?«

»Eine Schwulenbar? Ich weiß nicht.«

»Pst! Sei still!«

Ich wollte mich gerade beschweren, wie er dazu kam, mir so über den Mund zu fahren, als ich merkte, dass jemand auf unseren Tisch zusteuerte. Ein Schatten legte sich über mich. Luke lächelte einschmeichelnd und ich drehte mich um. Ein großer, braun gebrannter Mann schaute auf uns hinab. So wie Luke guckte, musste das sein Chef sein, aber das hätte ich mir auch so gedacht. Der Mann hatte schon ein paar graue Haare, war selbstbewusst und sein Blick verriet, dass er daran gewöhnt war, dass man ihm gehorchte, und zwar sofort. Er lächelte mich an, sprach dann über mich, sah dabei aber Luke an.

»Luke, du versteckst die Schönen also vor uns, was?«

Luke lachte unterwürfig.

»Guten Abend, Mr King. Das ist eine Freundin, Lucy, sie arbeitet als Aushilfe im Centrans-Gebäude. Lucy, das ist Mr King, Präsident von KMC.«

»Sie können mich Charles nennen«, erwiderte der Mann, ein Kommentar, der ganz klar mir und nicht Luke galt.

Ich lächelte höflich. KMC war die Firma, für die ich gerade arbeitete. Mein erster Impuls war, mich über die Bezahlung, die Arbeitsbedingungen, das Fehlen einer Klimaanlage und die äußerst benutzerunfreundliche Datenbank zu beschweren, aber ich lächelte nur und ließ ihn meine Hand küssen, wobei ich dachte, was für ein schmieriger Penner er doch war. Natürlich musste er fragen.

»Also, Lucy, Sie kennen viele Firmen. Was halten Sie von KMC?«

Keine gute Idee, Lucy Doyle diese Frage zu stellen.

»Als Arbeitgeber? Ein wenig unter dem Durchschnitt.«

Luke zuckte zusammen. King hob seine Augenbrauen an.

»Unter dem Durchschnitt?«

»Ja. Ich kann natürlich nicht alles beurteilen, denn ich arbeite nur mit den Centrans-Akten, aber die Datenbank, die wir benutzen, ist schlecht. Sie brauchen eine neue IT-Abteilung.«

»Eine neue IT-Abteilung, ja?«

»Klar. Jemand, der so denkt wie die Leute, die dann mit dem Programm arbeiten. Man muss auch ziemlich viel arbeiten für sein Geld, aber das ist wahrscheinlich aus Ihrer Sicht was Gutes.«

Er sah nicht besonders erfreut aus, aber plötzlich fing er an zu lächeln.

»Das gefällt mir! Sie haben Mut. Vielleicht können Sie sich eine Scheibe von Lucy abschneiden, was Luke?«

Er strich mir über die Haare und ging leise lachend weg. Luke brabbelte vor sich hin.

»Sicher. Wenn ich so etwas sagen würde, würde ich sofort fliegen und mein Schreibtisch würde in null Komma nichts auf der Straße stehen. Arschloch.«

Er seufzte und kippte seinen Wein hinunter. Ich machte mich wieder über mein Steak Monroe her, das aus irgendeinem Grund mit Senfsauce serviert wurde. Luke sah immer wieder zur Bar, an der Charles King mit zwei anderen Männern stand und Schnaps trank, aber nach einer Weile sprach er wieder.

»Was hältst du nun davon?«

Ich hatte endlich kapiert, warum ein Steak Monroe mit Senfsauce serviert wurde und dachte über Transvestiten nach, wodurch ich mich gleich wieder an das erinnerte, worüber wir gesprochen hatten.

»Was halte ich wovon? Ach ja. Ich weiß nicht. Klingt lustig, sicher.«

»Sag, dass du dabei bist, Lucy, bitte.«

»Ich würde es machen. Es wird aber schwierig werden, den passenden Typen zu finden. Heteromänner werden sich nicht darauf einlassen und ich schätze, schwule Typen würden mich nicht gern dabeihaben. Vielleicht könntest du im Internet eine Annonce aufgeben, dass du einen bisexuellen schwarzen Typen suchst. Und dann sagst du mir Bescheid, wenn du erfolgreich warst.«

Er nickte eifrig.

»Das könnte ich machen, ja.«

Ich reagierte nicht sofort, denn mir war noch etwas anderes eingefallen. In einem der Pubs, in denen wir am Samstag gewesen waren, hatte an der Wand auf dem Frauenklo eine Nachricht gestanden. Ein Typ hatte dort seine Handynummer hinterlassen, mit dem Angebot, man könne ihm durch ein Loch in der Trennwand zwischen den Klos einen blasen. Er behauptete, den größten Schwanz Londons zu haben. Sophie und ich hatten darüber sehr gelacht. Ich konnte mich nur nicht daran erinnern, in welchem Pub das gewesen war.

»Du willst also einfach einem anderen Mann einen blasen, ja?«

»Und du schaust zu.«

»Gut, aber muss er auch zugucken?«

Luke sah verwirrt aus.

»Komm einfach mit.«

Ich nahm ihn bei der Hand und führte ihn zur Tür. Ein Kellner versaute mir den dramatischen Abgang, indem er uns darauf hinwies, dass wir noch nicht bezahlt hatten. Wir hatten es beide nicht bemerkt, weil wir zu sehr mit Lukes sexuellem Dilemma beschäftigt waren. Nachdem alles erledigt war, nahmen wir ein Taxi nach Camden Town. Luke wollte wissen, was ich vorhatte, er wurde immer aufgeregter, aber ich weigerte mich, ihn einzuweihen. Er war nicht der Einzige, der nervös war. Ich stand vielleicht nicht auf ihn, aber was wir vorhatten, war aufregend und vielleicht sogar gefährlich. Mein Herz schlug mir bis zum Hals, als wir ausstiegen. Ich versuchte mich krampfhaft an das Pub zu erinnern.

Im vierten Pub hatten wir Glück, nachdem wir vier Whiskeys getrunken hatten und ich viermal auf der Toilette war. Die Nachricht war noch dort, genauso wie das, was ich daruntergekritzelt hatte: »Triff mich an der Hafenmauer in Lyme Regis.« Ich notierte mir die Telefonnummer und ging wieder zu Luke, der nervös an seinem Wein nippte.

»Ich habe eine Nummer von einem Typen, der behauptet, einen riesigen Schwanz zu haben. Er sagt, er heißt Aaron. Wir machen es so: Ich rufe ihn an und sage, dass ich mich gern mit ihm treffen würde. Er kommt her, wir trinken was und dann bringe ich ihn aufs Damenklo, wo ein Loch in der Wand ist. Ich glaube, man nennt so was ›Glory Hole‹. Nur dass du bereits in der Kabine bist und ihm an meiner Stelle einen bläst. Wie klingt das?«

Er zitterte und gab ein Geräusch von sich, das ich als Zustimmung verstand. Mir ging es auch nicht besser, meine Hand zitterte, als ich die Nummer wählte.

Es ging niemand ran.

Ich rief noch einmal an.

Niemand ging ran.

Ich bestellte noch eine Runde, wartete, solange ich mich gedulden konnte, und rief ein drittes Mal an.

Wieder ging niemand ran.

Ich hätte den Mistkerl erschlagen können. Er hinterließ schmutzige Nachrichten auf Damentoiletten und dann besaß er nicht einmal den Mumm, sein Handy eingeschaltet zu lassen. Ich war unglaublich angespannt. Luke ging es nicht viel besser, er war erleichtert, aber auch enttäuscht, und uns blieb nichts anderes übrig, als es später noch einmal zu versuchen.

Oder jemand anderen zu suchen. Ich war zu allem bereit, und ich erinnerte mich daran, wie Ryan Scherze darüber gemacht hatte, was im Park Hampstead Heath abging. Ich nahm Luke an die Hand und führte ihn zu einer Bushaltestelle.

»Okay, Schluss mit dem Mist. Du wirst einen Schwanz lutschen, so oder so.«

»Pst! Lucy!«

Ich war nicht gerade leise gewesen und es standen viele Leute um uns herum. Ein Mädchen kicherte, als wir vorbeigingen, und sagte etwas zu ihren Freunden. Ein Bus überholte uns, wurde langsamer und hielt an der Haltestelle. Wir rannten, um ihn noch zu erwischen. Als wir eingestiegen waren, sah ich, dass Luke knallrot war, und ich ließ mich lachend auf einen Sitz fallen. Der Bus fuhr los und Luke plumpste auf den Sitz neben mir.

»Lucy, bitte, ich kann das nicht.«

»Du hast damit angefangen«, erinnerte ich ihn.

»Ja, aber wo fahren wir jetzt eigentlich hin?«

»Hampstead Heath.«

Er wusste warum, denn er gab ein seltsames Geräusch von sich, als er schluckte. Der Park war als Treffpunkt für schwule Männer bekannt. Ich amüsierte mich, ich war frech, ich war geil und, ja, auch betrunken, aber entschlossen, die Sache durchzuziehen. Bobbie würde sich freuen und auch neidisch sein, wenn ich ihr davon erzählte. Und Sophie auch. Ich wollte sie anrufen, aber ich hatte Angst, dass Luke dann die Nerven verlieren und einen Rückzieher machen würde. Er hielt meine Hand, oder besser gesagt, er hielt sich an meiner Hand fest, was mein Gefühl der Macht und Verruchtheit noch verstärkte.

Wir stiegen dort aus, wo die Straße direkt am Park vorbeiführte, der außer Reichweite der Straßenlampen als große, dunkle Fläche dalag. Allein hätte ich ihn nicht betreten, aber mit Luke fühlte ich mich sicher, trotz seiner Nervosität. Wir fanden einen Eingang zwischen hohen Hecken, die in dem dumpfen, orangegrauen Licht der Straßenlampen einen dunklen Schatten warfen. Ich konnte den Weg kaum erkennen und als jemand auf uns zukam, hämmerte mein Herz wie verrückt, bis ich sah, dass es sich nur um eine alte Dame handelte, die mit ihren Hunden spazieren ging.

»Wo, denkst du, ist ein guter Platz?«

»Ich weiß es nicht. Schau, Lucy, ich finde, wir sollten es für heute lassen.«

»Sch, entspann dich. Es ist zu spät, um einen Rückzieher zu machen.«

Er verstummte, ließ sich von mir den Weg entlang und tiefer in den Park führen, wo ab und zu eine Lampe Licht ins Dunkel brachte. Es waren viele Leute dort, mehr als ich erwartet hatte. An einer Kreuzung bog ich in einen Weg, der den Hügel hinaufführte, zwischen den Bäumen und an einem Teich entlang, der absolut still dalag. Ein Mann ging an uns vorbei, er sah uns nur flüchtig an. Er war älter und nervös – keine gute Wahl, aber vielleicht suchte er das Gleiche wie wir.

Ich hatte ein bisschen Angst, war sehr aufgeregt, meine Nerven waren angespannt. Luke ging es noch schlechter, er hinkte hinterher und murmelte etwas über die späte Stunde, die Arbeit und die Möglichkeit, dass es Regen geben könnte. An einer Kreuzung hielt er schließlich an.

»Sollen wir zurückgehen?«

»Nein! Du wolltest das, Luke, und wenn …«

Ich verstummte. Jemand kam auf uns zu, ein Mann, jung, muskulös, in einem viel zu engen Oberteil und einer noch engeren Hose, die keinen Zweifel an seiner Männlichkeit ließ, und Sandalen. Lukes Einstellung hatte mich ein bisschen wütend gemacht und ich sprach ohne nachzudenken.

»Entschuldigung. Das hier ist mein Freund. Er möchte gern einen Schwanz lutschen. Er ist eine schwule Jungfrau und das will er ändern.«

Ich hatte es ausgesprochen.

Der Mann hielt an, war überrascht, fing sich aber schnell wieder.

»Okay, fünfzig.«

»Fünfzig?«

»Fünfzig Mäuse.«

»Fünfzig Mäuse? Du nimmst dafür Geld?«

»Ja.«

»Dann verpiss dich«, sagte ich schockiert. »Komm, Luke, wir finden jemanden, der dich zu schätzen weiß.«

Ich zog ihn an der Hand hinter mir her, aber ich kam nicht weit, denn er wollte nicht mitkommen. Der Typ, der Stricher, war auch stehen geblieben und sah uns an, nicht allzu freundlich. Luke ergriff das Wort, er stammelte etwas und wurde rot.

»Es macht mir nichts aus zu bezahlen ... fünfzig sind okay.«

Der Typ nickte langsam und grinste vielsagend.

»Ja, das habe ich mir gedacht. Und du willst, dass deine Schlampe dabei zusieht?«

»Ich bin nicht seine Schlampe! Fick dich!«, rief ich empört.

»Ich mach's nicht mit Frauen.«

»Und ich mach's nicht mit ...«

»Aber für dich mache ich eine Ausnahme. Zweihundert.«

»Himmel!«, entfuhr es mir.

Luke hob seine Hände hoch.

»Beruhige dich, Lucy, es ist okay, wirklich.«

Das war es nicht, aber ich biss mir auf die Zunge. Der Stricher nahm Luke am Arm und führte ihn dorthin, wo sich der Weg in der Dunkelheit zwischen den Bäumen verlor. Einen Moment lang blieb ich zurück, dann folgte ich ihnen, denn ich wollte nicht allein zurückbleiben. Sie sprachen miteinander, eigentlich sprach nur Luke, in dem gleichen drängenden Flüsterton wie im Restaurant. Ich war immer noch wütend, aber ich wollte zusehen. So etwas hatte ich noch nie gesehen und ich wusste, dass es mich anmachen würde.

Nach ein paar Metern verschwanden sie zwischen den Büschen. Einen Moment lang konnte ich nichts sehen, tastete mich durch Laub und brach Zweige ab, bevor ich sie wieder erblickte. Eine Lampe am anderen Ufer des Teichs erhellte ein Stück matschigen Boden. Ich hielt inne, sah ihnen mit offenem Mund zu, meine Aufregung verdrängte meinen Ärger. Der Stricher gab einen Befehl, brüsk und spöttisch.

»Auf die Knie.«

Luke kniete sich in den Matsch, sein Gesicht verriet seine Aufregung. Mit einer lässigen Bewegung schob der Stricher seine Shorts nach unten und entblößte einen dicken, blassen Schwanz über einem fetten Sack, alles glatt rasiert. Luke schluckte, sein Blick klebte auf dem Schwanz des Kerls, sein Mund war ein wenig geöffnet. Der Typ fasste Luke am Hinterkopf und drückte ihm seinen Schwanz und die Eier ins Gesicht. Ich spürte, wie sich meine Pussy anspannte. Der Kerl gab barsch einen neuen Befehl.

»Lutsch, du kleine Schlampe!«

Lukes Gesicht war gegen die Genitalien des Strichers gedrückt, seine Augen hatte er fest geschlossen, seine Lippen aufeinandergepresst. Dann öffnete er den Mund und ließ sich den dicken, weißen Penis hineinschieben. Luke fing an, äußerst energisch zu saugen. Der Kerl schnappte nach Luft, biss sich auf die Unterlippe, als ob er plötzlich Schmerzen hätte, aber Luke bemerkte es nicht, lutschte, als ob er den Schwanz essen wollte, der in seinem Mund anschwoll.

Ich stand im Schatten, etwas abseits, fast unsichtbar und die Verlockung, mir zwischen die Beine zu fassen, während der Typ in Lukes Mund langsam einen Ständer bekam, war zu stark. Meine Hand wanderte zu meinen Brüsten, ich streichelte meine Nippel durch den Stoff meiner Bluse und meines BHs, bis sie steif vor Erregung waren. Der Schwanz des Strichers war jetzt auch steif, sein dicker Ständer ragte aus Lukes Mund. Ich sah, dass Luke seinen Reißverschluss öffnete und seinen eigenen Schwanz herausholte. Ich war nicht besonders überrascht, dass auch er einen Steifen hatte.

Luke fing an, sich einen runterzuholen. Dabei ließ er den Schwanz des Strichers aus seinem Mund gleiten, leckte und küsste den dicken Schaft. Er hatte es jetzt eilig und ich auch, ich hatte meine Hand in meinem Schritt, presste sie durch den dicken Jeansstoff auf meine Klit. Luke stand kurz vor dem Höhepunkt, wichste wie wild, während er an den Eiern des fremden Typen leckte. Ich brauchte es auch, meine Finger zitterten, als ich am Knopf meiner Jeans fummelte. Der Stricher packte seinen Schwanz, wichste hart und spritzte in Lukes Gesicht und Haar. Luke öffnete seinen Mund weit und als er den Schwanz wieder in den Mund nahm, um das Sperma zu schlucken, kam er selbst und spritzte auf den Boden.

Ich atmete lange und langsam aus. Ich zitterte, musste unbedingt auch zum Höhepunkt kommen, aber es war vorbei und ich konnte es nicht tun, nicht vor ihnen. Als Luke aufstand, machte ich meine Jeans wieder zu, unbefriedigt, und als ich nach vorne trat, drehte sich der Stricher zu mir und grinste mich an.

»Gut, oder, Schlampe?«

Ich nickte, schluckte die Beleidigung runter und bückte mich, um Taschentücher für Luke aus der Tasche zu holen. Er nahm sie und murmelte ein Danke. Dann machte er sich schnell sauber. Ich konnte nicht anders und musste lächeln, weil ich sah, wie ein Mann das tat, was ich selbst so oft getan hatte. Der Stricher wartete geduldig, bevor Luke ihn bezahlte, dann überreichte er ihm eine Karte, auf der »Big Dog« und eine Handynummer stand. Bevor er zwischen den Büschen verschwand, sagte er noch, dass man ihn abends fast immer hier finden könne.

Wir gingen schweigend den Hügel hinunter, hielten uns an den Händen. Luke schien ein wenig Beruhigung zu brauchen und ich hatte nichts dagegen, ihn zu beruhigen, obwohl ich innerlich kochte und mich zum Höhepunkt bringen wollte, während ich daran dachte, wie er den Schwanz des Strichers gelutscht hatte. Als wir zwischen den Bäumen hervortraten, war ich richtig wütend. Ich hatte eine Menge für ihn getan, während ich selbst leer ausging, das war nicht fair. Ich stand zwar nicht auf ihn, aber trotzdem …

»Luke, warte. Du musst etwas für mich tun. Komm mit.«

Er murmelte nur irgendetwas und als ich mich in die Büsche schlug, kam er mir hinterher. Es war stockdunkel, ich war ganz durcheinander und doch verspürte ich Lust, aber ich hatte auch etwas Angst, erwischt zu werden. Ich fand einen Baum und lehnte mich mit dem Rücken daran, Jeans und Höschen zog ich runter. Lukes Hände berührten mich, meine Schultern, meine Brüste, meinen Bauch, meine Hüften, und dann packte er meinen Hintern und sank auf die Knie. Ich presste mich an sein Gesicht und er liebkoste meine Pussy.

Ich schloss die Augen, versuchte mich zu konzentrieren, als seine Zunge meine Klit fand und unbeholfen daran schleckte. Niemand konnte uns sehen, niemand brauchte davon zu erfahren. Ich musste mir nur die Bilder wieder ins Gedächtnis rufen: ein Mann auf den Knien im Matsch, wie wild wichsend, während er den steifen Schwanz eines anderen leckte. Plötzlich war alles egal, die Geräusche in der Nacht um uns herum, das Risiko, die abfälligen Bemerkungen des Strichers. Es zählte nur noch, dass ich gesehen hatte, wie Luke es getan hatte, wie er jemandem nicht nur aus Spaß einen geblasen hatte, wie ich das tat, sondern wie er einen Schwanz förmlich angebetet hatte. Das war es gewesen, einen Schwanz anbeten, zu Füßen eines Mannes im Dreck knien, seinen Mund benutzen, um den Schwanz eines anderen Mannes anzubeten.

Mein Kopf war voller Bilder homosexueller Lust, süße Jungs, die sich einen runterholen und derbe, ältere Männer, die in ihre Gesichter abspritzen. Die drängende Männlichkeit begeisterte mich und ich stellte mir vor, wie toll es doch wäre, wenn ich mein Geschlecht wechseln könnte, nur für einen Tag. Ich würde ihn wahrscheinlich in Hampstead Heath verbringen, auf der Suche nach schwulen Jungfrauen.

Als ich zum Höhepunkt kam, biss ich mir auf die Lippe, um nicht zu schreien. Ich nahm Lukes Kopf und zog ihn an mich, rieb meine Muschi in sein Gesicht, so wie der Stricher es mit seinem Schwanz und seinen Eiern gemacht hatte. Ich wollte, dass auch ich ebenso unanständig angebetet wurde, als mein Orgasmus seinen Siedepunkt erreichte, und dann ein zweiter, als ich Luke zur Seite stieß, um mich selbst anzufassen, mit den Fingern an der Klit, genau richtig. Ich seufzte zufrieden, als ich langsam wieder runterkam.

Dann zog ich mich schnell wieder an und wir machten uns auf den Weg zurück. Luke war immer noch ganz schweigsam, aber ich wollte davon nichts wissen und als wir auf der Straße waren, lächelte er schon wieder. Es war schon spät und ich musste nach Hause, also holte ich mein Handy raus, um ein Taxi zu rufen. Da klingelte es. Ich erkannte die Nummer nicht und ging ran.

»Hallo? Hab ich? Oh, Aaron, ja, ich hab dich angerufen. Sorry, zu spät. Jetzt musst du dir selbst einen runterholen.«

Ich legte einfach auf und lachte.

Am Dienstagmorgen rief Maryam Smith mich an, um mir zu sagen, dass ich einen neuen Auftrag hatte. Ich arbeitete immer noch bei KMC, aber im Hauptquartier und für mehr Geld. Irgendwie überraschte mich das nicht. Ebenso wenig überraschte es mich, als sich der Gesichtsausdruck der Rezeptionistin von überlegen zu respektvoll wandelte, als ich ihr meinen Kontakt nannte – Arthur Miller. Er entpuppte sich als persönlicher Assistent von Charles King, was mich auch nicht sonderlich überraschte.

Was mich aber tatsächlich überraschte, waren die Sicherheitsvorkehrungen – als ob ich einen großen Politiker treffen sollte und nicht bloß den Chef einer Transportfirma. Der Aufzug brachte mich in den zwölften Stock, wo ich Arthur Miller traf, einen blonden jungen Mann mit einem falschen Lächeln, an den ich mich vage erinnern konnte. Ich hatte ihn im Mise en Scène gesehen. Er brachte mich zu einem anderen Lift, in dem es keine

Knöpfe gab, sondern nur einen Schlitz für eine Karte. Er fuhr noch zwei Stockwerke nach oben. Ich trat in einen Flur, in dem schwarze Ledersessel und Palmen standen und echt aussehende Kunstwerke an der Wand hingen. Es gab nur eine einzige Tür mit einer Tastatur an einer Seite, auf der Andrew Miller einen Code eingab, bevor er seine Karte noch einmal benutzte.

Als sich die Tür öffnete, erwartete ich eine Szene aus einem James-Bond-Film, vielleicht einen großen Tisch, an dem schmierige Typen saßen und ihre Pläne, wie sie die Weltherrschaft an sich reißen konnten, diskutierten. Aber ich betrat ein sehr männlich wirkendes Wohnzimmer mit viel schwarzem Leder und Chrom. Das Zimmer hatte ein riesiges Panoramafenster mit einer tollen Aussicht auf London. In der Mitte des Raums lag ein prachtvoller Teppich in verschiedenen gedeckten Tönen, Schwarz, Purpur und Gold. Charles King saß in einem der Sessel und rauchte Zigarre.

»Lucy, hi. Schön, Sie wiederzusehen. Bitte nicht auf den Teppich treten, das ist ein Shahin Dezh, von vor dem Krieg.«

»Oh, okay. Der ist teuer, was?«

Er lachte leise in sich hinein.

»So viel wert, wie du in zehn Jahren verdienst, und unersetzbar.«

»Oh.«

Ich sah mich in dem Raum um. Es war nicht besonders wahrscheinlich, dass ich hierher gebeten wurde, um Akten abzulegen. Ich ging vorsichtig um den wertvollen Teppich herum und nahm in Mr Kings Nähe Platz. Ich schlug die Beine übereinander und wünschte mir, ich würde mich nicht so unsicher fühlen. Er hatte irgendetwas – er strahlte eine gewisse Stärke aus, nicht so sehr körperlich, obwohl er groß war, aber er hatte etwas von einem erfolgreichen Geschäftsmann oder einem mächtigen Politiker. Richard Drake hatte dieses gewisse Etwas auch gehabt, aber eher locker. Charles King hatte jede Menge davon. Ich hatte das

Gefühl, dass ich mich von ihm angezogen fühlen müsste, als ob das obligatorisch war. Er stand auf.

»Möchten Sie etwas trinken?«

»Ja, bitte. Whiskey, irischen, wenn Sie haben.«

Er zog eine Augenbraue hoch.

»Sie haben also nicht nur ein hübsches Gesicht. Ist Ihnen Redbreast recht oder wollen Sie Bushmills Green?«

»Redbreast, bitte.«

»Sie sind also Katholikin?«

»Sie stammen beide aus irischen Brennereien. Ich mag Redbreast einfach lieber.«

»Ich wollte Sie nicht beleidigen.«

»Haben Sie nicht. Ich bin katholisch, ja, aber man könnte sagen, dass ich nichtpraktizierende Katholikin bin.«

Ich wollte eigentlich sagen »überhaupt nicht, nie und nimmer praktizierende«, aber ich hielt mich zurück. Er hatte sich einen Ausrutscher geleistet und sich dafür entschuldigt, obwohl die Entschuldigung nur in seinen Worten lag, nicht in seinem Ton. Ich nahm meinen Whiskey, ein dreifacher, wenn man ihn in einem Pub bestellt hätte, und fragte mich, ob er mich betrunken machen wollte, um mich auf der Stelle zu verführen. Er schenkte sich einen Scotch ein, eine Marke, die ich nicht kannte, und bei sich war er noch großzügiger. Bis ich so betrunken wäre, dass ich nicht mehr wusste, was ich tat, würde er so betrunken sein, dass er nicht mehr in der Lage sein würde, irgendetwas zu tun.

Er ging zum Fenster und schaute über die Dächer zum Fluss und zum London Eye. Ich wartete, war froh, dass ich zwölf Pfund die Stunde verdiente, dafür, dass ich in einem Ledersessel saß und Whiskey trank. Endlich schien er eine Entscheidung getroffen zu haben und drehte sich um.

»Sie sind intelligent, Lucy, und mutig. Das gefällt mir an Frauen. Denn das bedeutet, dass ich nichts vortäuschen muss. Ich finde Sie sehr attraktiv und ich möchte, dass Sie mich nach Inagua begleiten, auf die Bahamas, für eine Woche. Ich besitze dort eine kleine Villa. Glauben Sie mir, es ist das Paradies.«

Das kam, gelinde gesagt, ein bisschen plötzlich. Ich hatte erwartet, dass er sich an mich ranmachen würde, dass er mich vielleicht betrunken machen würde. Aber eine Reise auf die Bahamas – damit hatte ich nicht gerechnet, überhaupt nicht. Er meinte eigentlich, dass er mich mit in seine Villa nehmen und mir dort das Hirn rausvögeln wollte, auch wenn er nicht so viele Worte benutzte. Schließlich brachte ich eine Antwort heraus.

»Das ist ... äh ... sehr großzügig von Ihnen, Mr King, aber ...«

Er hob eine Hand.

»Ich weiß, das ist jetzt ein wenig überraschend, aber warum soll ich um den heißen Brei herumreden? Ich habe es nicht so weit gebracht, weil ich um den heißen Brei herumgeredet habe.«

Er lächelte, aber ich brauchte einen Moment, bis ich verstand, was er meinte. Ich lächelte, als er wieder etwas sagte.

»Freund? Ich verstehe und ich respektiere Ihre Entscheidung natürlich, aber –«

»Ich bin nicht vergeben, nicht wirklich«, platzte es aus mir heraus.

»Nein? Gut, aber ich werde Ihnen trotzdem einen guten Rat geben, nehmen Sie ihn an oder lassen Sie es. Wenn man jung ist und versucht, nach oben zu kommen, darf man sich nicht zurückhalten lassen – gerade als Frau. Der Kerl, den Sie noch aus der Schulzeit kennen, sieht vielleicht gut aus und vielleicht ist er auch gut im Bett. Aber wenn Sie bei ihm bleiben, schieben Sie einen Kinderwagen, bevor Sie 21 sind.«

Ich musste nicken, denn genau das war mir durch den Kopf gegangen, als beschlossen worden war, dass ich Nialls feste Freundin sein sollte. Er wusste, wie alt ich war, er kannte meinen Lebenslauf von Super Staff und er hatte recht, was den Kinderwagen anging. Er fuhr fort.

»Machen Sie das nicht, das ist mein Rat an Sie, und irgendwie glaube ich nicht, dass Sie das wollen.«

Wieder nickte ich, während er weitersprach.

»Dann gibt es noch den anderen Weg. Knüpfen Sie Kontakte, machen Sie Networking, reißen Sie sich zusammen, bis Sie das Sagen haben. Dann können Sie Ihre eigenen Entscheidungen treffen. Heiraten? Sicher, wenn Sie das wollen, und wann Sie es wollen. Sie sind der Boss. Ich werde Sie nicht anlügen, das ist kein Heiratsantrag. Ich hatte drei Ehefrauen und das reicht mir. Ich will dich. Ich will deinen kleinen, runden Arsch ficken.«

Er hielt inne, denn ich hatte mich an meinem Whiskey verschluckt, nicht weil ich geschockt war, sondern weil ich lachen musste, denn er versuchte, mich ins Bett zu kriegen, indem er mich schockierte. Das war lustig. Wenn der wüsste ... Als ich schließlich den Whiskey heruntergeschluckt hatte, antwortete ich ihm.

»Mr King ... Charles, letztes Wochenende war ich mit einem Freund und zwei Freundinnen im Bett, alle auf einmal. Glaub mir, ich kann damit umgehen.«

Einen wunderschönen Moment lang sah er jetzt schockiert aus, doch dann fing er sich wieder. Er lachte.

»Ich mag dich, Lucy, ich mag dich wirklich. Du hast Mumm. Sag, dass du mitkommst.«

»Ich werde darüber nachdenken, okay?«

»Schön, lass dir Zeit. Ich bin ein vielbeschäftigter Mann, Lucy, also ...«

Er langte sich an die Hose und mein Herz pochte wie wild bei dem Gedanken daran, dass er einfach seinen Schwanz herausholen und mich auffordern würde, ihm einen zu blasen. Ich hätte es getan, denn nachdem ich so mutig war, wäre ich mir wie ein Trottel vorgekommen, wenn ich einen Rückzieher gemacht hätte. Er holte aber nur seine Brieftasche hervor.

»Hier hast du etwas Geld für Klamotten und wenn du nicht mitkommen willst, dann ist das halt so. Hier.«

Er hielt mir einen Packen Geldscheine hin. Ich wusste, wie die Sache lief. Wenn ich es annahm, verpflichtete ich mich. Es war wie mit den Jungs, die glaubten, wenn sie einem Mädchen Fish and Chips spendiert hatten, hätten sie das Recht darauf, dass man ihnen auf dem Heimweg einen runterholt. Aber er kannte mich nicht. Manche dieser Jungs hatten mein Knie in den Weichteilen zu spüren bekommen. Noch mehr von denen hatte ich befriedigt, aber das war nicht der Punkt. Ich mache das, was ich machen will, und ich nahm das Geld.

»Danke, das ist sehr großzügig.«

»Gern geschehen. Komm heute Nachmittag noch mal vorbei, sagen wir so gegen drei? Zeig mir, was du dir gekauft hast.«

Mit anderen Worten, er wollte eine Stripshow, oder das waren nur meine schmutzigen Gedanken. Ich trank meinen Whiskey aus und ging. Ich war mit mir zufrieden, aber ich war nicht sicher, wie ich auf sein Angebot reagieren sollte. Zuerst einmal war da Niall, der nicht besonders erfreut sein würde. Aber ich musste ihm sowieso irgendwann klarmachen, dass ich nicht ihm gehörte, spätestens wenn ich auf die Uni ging. Mum würde auch nicht damit einverstanden sein, weshalb ich auch von Mary eins aufs Dach bekommen würde. Aber der Gedanke daran stachelte mich eher noch an.

Wichtiger war die Frage, ob ich es denn wirklich wollte. Charles King war recht attraktiv, wenn auch ein bisschen alt für mich und nicht ganz mein Typ. Seine Offenheit hatte mir gefallen und ich hätte ihm einen geblasen, wenn er es verlangt hätte, aber er war einfach ein bisschen zu arrogant. Mit Richard Drake war ich allerdings auch spielend fertig geworden. Und irgendwie auch mit der verrückten Lesbe, Dominique Chalmers. Warum also nicht mit Charles King?

Es gab aber einen entscheidenden Unterschied zwischen Watford und Inagua. Watford konnte ich zumindest aussprechen. Und von dort gab es eine gute Zugverbindung nach Kilburn. In Inagua wäre ich für eine ganze Woche, nur wir zwei, ohne Fluchtmöglichkeit. Aber wenn es funktionieren würde, wäre es ein toller Urlaub und da ich im September zu studieren anfing, war das wahrscheinlich für Jahre meine letzte Chance auf einen vernünftigen Urlaub. Als Studentin würde ich mir so was sicher nicht leisten können und so ein Angebot würde ich vielleicht auch nie wieder bekommen.

Zumindest wäre es sinnvoll, zuerst einmal mit ihm zu schlafen. So würde ich rechtzeitig herausfinden, ob er mich vielleicht wirklich fesseln oder Analverkehr haben wollte. Oder ob ich mich als französisches Dienstmädchen verkleiden und ihm den Hintern versohlen sollte, wie bei Dominique Chalmers. Das war vielleicht ein wenig geldgierig von mir, aber doch eine gute Idee. Nach meiner kleinen Modenschau würde er ohne Zweifel Lust haben.

Ich dachte den ganzen Weg zum Oxford Circus darüber nach, aber dort verfiel ich schnell in einen Kaufrausch, den zweiten innerhalb weniger Tage, und beide waren mir von älteren, reichen Männern beschieden worden, die mit mir ins Bett wollten. Trotz meines Stolzes musste ich mir die Verlockung eingestehen. Noch vor ein paar Wochen wäre der Gedanke daran, ein paar hundert Mäuse für einen Bikini auszugeben, der kaum etwas verdeckte, undenkbar gewesen. Ich kaufte zwei, einen grünen und einen blauen, und Shorts und Sandalen und eine neue Tasche und einen riesigen Strohhut, den ich wirklich nur am Strand tragen konnte.

Ich hatte nur wenig mehr ausgegeben, als er mir gegeben hatte, und ich gönnte mir ein Mittagessen bei Fortnum und Mason. Dann machte ich mich wieder auf den Weg in sein Büro, immer noch unentschlossen. Wieder musste ich mich bei der Rezeptionistin melden, wurde von Andrew Miller abgeholt und mit dem

Sicherheitsfahrstuhl nach oben gefahren, bevor ich Charles King zu Gesicht bekam. Und wieder saß er im Sessel und rauchte Zigarre.

»Arbeitest du eigentlich auch mal oder hast du nur Gefolgsleute, die um dich herumwuseln?«, fragte ich ihn.

Er lachte leise.

»Oh ja, ich arbeite auch. Ich delegiere, das ist mein Job. Während du einkaufen warst, habe ich mich um den Verkauf des Centrans-Gebäudes gekümmert, wo du gearbeitet hast. Wenn ich das anfügen darf, habe ich dabei einen Profit von vielleicht sieben Millionen gemacht. Oh ja, ich arbeite.«

»Aha. Egal, ich habe jedenfalls ein paar tolle Sachen gekauft, vor allem für den Strand. Sieh dir diesen Hut an!«

Ich packte ihn aus und posierte damit wie für einen Fotografen. Er sah mir zu, zog an der Zigarre, ein kleines, mildes Lächeln auf den Lippen.

»Und Sandalen, Sonnencreme, Strandhandtuch, Zeug, Zeug, Zeug ... und diese tollen Bikinis. Sie sind von La Madeleine, ich hoffe, es macht dir nichts aus? Es ist nämlich kein Geld übrig.«

»Damit habe ich auch nicht gerechnet.«

»Gut.«

Er musste mich doch bitten, einen anzuprobieren. Er würde mich sicher bitten, einen anzuprobieren. Er klopfte die Spitze der Zigarre im Aschenbecher ab.

»Du weißt, dass dort gerade die Zeit für Hurrikans ist, oder?«

»Oh, nein, wusste ich nicht.«

»Keine Sorge. Einer ist gerade darüber hinweggefegt und wir werden gutes Wetter haben. Also du kommst mit?«

»Ich bin mir immer noch nicht sicher.«

Er zuckte nur mit den Schultern, ganz lässig. Ich hatte erwartet, dass er mich anmachen würde, nachdem er mich offen darüber informiert hatte, dass er mich vögeln wollte. Als ich mit den beiden Bikinis in der Hand dastand, kam ich mir ziemlich ratlos vor.

»Gefallen sie dir?«

»Absolut. Einer der besten Designer, meiner Meinung nach.«

So viel zu den feinen Anspielungen.

»Willst du sie nicht an mir sehen?«

»Natürlich, am Strand vor meiner Villa. Hier in London ist es okay, so wie du angezogen bist.«

Ich lächelte, immer noch unsicher. Ich hatte ihm praktisch angeboten, für ihn zu strippen, und er hatte mir einen Korb gegeben. Aber er wollte meinen »kleinen, runden Arsch ficken«. Er redete immer noch.

»Ich frage mich, ob dir klar ist, wie wunderschön du bist, Lucy. Wenn du dich im Spiegel ansiehst, was siehst du dann?«

»Mich. Meinst du nackt?«

»Nicht unbedingt. Ich werde dir sagen, was du siehst. Du siehst deine eigene Wahrnehmung von dir, und es liegt mir fern, zu behaupten, dass ich wüsste, wie die aussieht. Außer das, was offensichtlich ist: die roten Haare, das zarte Gesicht, die tolle Figur. Was du nicht siehst, was ich aber sehe, ist, wie du auf deine Umwelt wirkst. In dir brennt ein Feuer, du bist wirklich selbstsicher und stolz, aber unter alldem liegt auch ein wenig Unsicherheit. Ein Mann wie ich kann dieser Kombination nur schwer widerstehen.«

»Warum sollte man auch?«

Er grinste jetzt noch breiter und rutschte in seinem Sessel hin und her.

»So mutig, aber noch so jung. Eine ältere Frau hätte mir entweder eine geknallt und wäre gegangen oder sie wäre zu mir gekommen, aber du bist unberechenbar.«

Ich zuckte mit den Schultern, packte die Bikinis wieder in die Tasche und ging auf ihn zu. Er hatte vielleicht wirklich gedacht, dass ich ihm eine knallen würde, denn ich schwöre, dass er zuckte, als ich bei ihm ankam, aber er legte den Arm um mich, als ich es mir auf seinem Schoß gemütlich machte.

»Na dann.«

Ich hatte meine Hand auf seine Brust gelegt, aber da blieb sie nicht, sondern ich ließ sie zu seiner Hose wandern und strich damit über den teuren Stoff des Anzugs. Ich war noch nicht so weit, nicht ganz, aber als ich den Reißverschluss aufmachte und seinen Schwanz herausholte, den männlichen Geruch wahrnahm, wusste ich, dass ich bald so weit wäre. Er ließ mich machen, lehnte sich zurück und rauchte Zigarre, während ich ihm einen Ständer verpasste. Ich streichelte und reizte seinen Schwanz, bis er in meiner Hand anschwoll. Er hielt mich unterdessen fest, eine Hand an meiner Hüfte, dann höher, um meinen Nacken zu streicheln, wovon ich eine Gänsehaut bekam.

Ich wollte ihm einen runterholen und dabei ein wenig fantasieren, so wie Bobbie es mochte, um zu sehen, was er sagen würde, wenn er kam. Ich hielt das für eine gute Idee, aber dadurch, dass seine Finger die empfindliche Stelle hinter meinem Ohr streichelten und ich seinen Schwanz in meiner Hand spürte, wurde mein Plan zunichte gemacht und ich verspürte pure Lust. Sein Schwanz war schnell steif, er hatte wirklich einen schönen Schwanz, einen wirklich stolzen, lang und steinhart. Als seine Finger meine Wirbelsäule hinabfuhren, gab ich nach. Ich beugte mich nach vorn, um seinen Ständer in den Mund zu nehmen, ich saugte und leckte, während meine Pussy feucht wurde.

Er sagte nichts, rauchte immer noch und sah zu, wie ich ihn lutschte, während er mich streichelte. Seine Hände fanden meinen Hintern und ich war bereit. Ich bewegte mich ein wenig zu ihm hin, damit er rankam. Er schob mir den Rock nach oben, so dass er mein Höschen sah. Ich hatte keine schicke Unterwäsche an, aber das war mir egal. Ich saugte immer noch und holte seine

Eier raus. Ich gönnte es mir, an ihnen zu lecken, bevor ich auf seinen Schoß kletterte.

Seine Hände lagen um meine Hüften, hatten sie fest im Griff und er drehte mich um, so dass er meinen Hintern betrachten konnte. Ich streckte ihm meinen Arsch begierig entgegen und streichelte meine Brüste, während er mich festhielt. Sein Schwanz drängte gegen meinen Slip, bereit, seine Aufgabe zu erfüllen. Er steckte die Daumen in den Bund meines Höschens und zog es ganz langsam runter, bis er meinen Arsch bewundern konnte.

Ich setzte mich auf ihn und streichelte meine Brüste, als ich meinen Hintern auf seinem harten Schwanz platzierte. Meine nackte Haut fühlte sich ziemlich unanständig auf dem Stoff seines maßgeschneiderten Anzugs an. Er packte noch einmal zu, hob mich hoch, seine Schwanzspitze war jetzt zwischen meinen Schamlippen und dann in mir. Ich musste lustvoll stöhnen, als er in mich eindrang, und ich wand mich, genoss das Gefühl, ihn in mir zu spüren. Er packte meine Hüften und kontrollierte meine wilden Bewegungen. Er ließ mich spüren, dass ich gefickt wurde, fest und gleichmäßig, von einem Mann, der wusste, was er wollte. Ich saß mit nacktem Po auf seinem Schoß. Ich wurde gefickt, so wie er es gewollt hatte.

Während ich auf seinem Schwanz ritt, zog ich mich weiter aus. Ich machte die Knöpfe meiner Bluse auf und schob meinen BH nach oben. Er nahm meine Brüste sofort in seine Hände, knetete sie und streichelte meine Nippel, bis ich stöhnte. Eine seiner Hände wanderte tiefer, zu meiner Pussy, und er befriedigte mich mit der Hand, während wir fickten, meine Schenkel gespreizt, mein Slip spannte zwischen meinen Knien, seine Finger rieben meine Spalte.

Es fühlte sich so herrlich schmutzig an, das in seinem Büro zu tun. Ich fand es toll, dass ich diesen mächtigen Mann so sehr beeindruckt hatte, dass er wegen mir einen Steifen bekommen hatte. Ich stellte mir vor, wie er an mich dachte und sich Dinge ausmalte und sich vor einem Pornomagazin einen runterholte. Aber jetzt war es Wirklichkeit. Er bekam, was er wollte, und das machte mich an – die Tatsache, dass ich ihn befriedigte. Ich hatte ihm einen Ständer verpasst und er war kurz davor abzuspritzen. Mit diesem Gedanken kam ich, ich schrie, während ich mich auf ihm krümmte, sein Schwanz in meiner Pussy, meine Brüste wackelten durch die Bewegungen, mein Hintern war an ihn gepresst. Er stöhnte, sein Griff wurde fester und ich wusste, dass dies der Moment war. Als er mich losließ, lehnte er sich vor und flüsterte mir ins Ohr: »Du dreckiges kleines Flittchen, Lucy. Davon wirst du noch viel mehr bekommen, Schätzchen.« Ich war glücklich, mein Plan war vergessen.

Ich versprach ihm nicht, mit nach Inagua zu fliegen, trotz des außergewöhnlich schönen Ficks. Er drängte mich nicht und sagte mir nur, dass er am Freitag fahren würde, und bat mich um eine baldige Antwort, so dass er wenn nötig noch jemand anderen einladen könne. Er war zumindest ehrlich und das war sehr erfrischend nach den Spielchen, die ich mit Niall spielen musste. Es verwirrte mich aber auch, denn ich war mir wirklich nicht sicher, was ich machen sollte.

In der U-Bahn auf dem Weg nach Hause dachte ich immer noch darüber nach, ich warf sogar eine Münze, genau in dem Moment, als die Bahn scharf bremste, so dass ich die Münze fallen ließ und gezwungen war, auf dem Boden herumzukrabbeln. Sie klemmte in einer Ritze. Ich stieg an der Station Kilburn Park aus und wollte im Dutchess etwas trinken. The Dutchess war ein schäbiges, altmodisches Pub in der Nähe von Pater Jessops Gemeindezentrum. Ich ging hinein, weil keiner meiner Freunde dort sein würde und ich in Ruhe nachdenken wollte, aber bevor ich die Bar erreichte, rief jemand meinen Namen – es war Todd Byrne.

Er saß allein an einem Tisch, ein Bier in der Hand, zwei Knöpfe seines Hemds waren offen, er saß breitbeinig da und man sah die imposante Beule in seiner Arbeitshose, eine Beule, die mich bereits zweimal erfreut hatte. Ich verdrängte die Gedanken an Inagua erst einmal und setzte mich mit meinem Whiskey in der Hand zu ihm.

»Wie geht's? Alles klar mit dem Job?«

»Ja, er würde mich nicht feuern, nicht Pater Jessop. Er kennt mich schon zu lange.«

»Mich hat er gefeuert.«

»Er begreift Frauen nicht. Die machen ihn nervös.«

»Ach so? Ich dachte, er war eifersüchtig.«

»Das vielleicht auch. Geht's dir auch gut? Du hast ganz schön zugeschlagen, was?«, fragte er und blickte auf meine Einkaufstüten.

»Ja. Dass ich gefeuert wurde, war das Beste, was mir je passiert ist! Ich sollte dir danken.«

»Du kannst mir jederzeit danken, Lucy Doyle!«

Er lachte und ich lächelte in mich hinein und wurde ein bisschen rot.

»War nur ein Scherz. Du bist jetzt mit Niall Flynn zusammen? Ich habe gehört, ihr werdet heiraten.«

Seine Worte waren wie ein Dolch.

»Da hast du was Falsches gehört. Ich treffe mich mit Niall, ja, aber ich habe nicht vor zu heiraten!«

»So ist das also, ja?«

»Ja, und wenn ich dir einen Besuch abstatten will, werde ich das tun!«

Er trank einen großen Schluck Bier. Ich kochte vor Wut und ich musste es einfach wissen.

»Wer hat dir erzählt, dass Niall und ich heiraten werden?«

»Davy Miles, wenn ich mich recht erinnere.«

»Der Barkeeper aus dem Gogarty's?«

»Genau der.«

Aus seinem Lächeln wurde ein breites Grinsen und ich konnte mir gut vorstellen, was Davy Miles ihm erzählt hatte. Ich seufzte. Mein Handy klingelte. Todd wendete sich wieder seinem Bier zu, als ich ranging.

»Hallo? Ja. Aaron. Nein! Und es ist mir egal, wie groß er ist! Himmel, nun mach mal halblang.«

Ich legte auf und schaltete das Handy aus. Der letzte Satz war an niemanden gerichtet gewesen. Todd sah verwirrt aus, aber er behielt seine Gedanken für sich. Ich trank meinen Whiskey aus und fragte mich, warum das Leben so kompliziert sein musste. Todd nahm das Gespräch wieder auf.

»Also wenn dir mal danach sein sollte, bist du herzlich eingeladen.«

Das war definitiv eine Einladung und ich hätte sie fast angenommen. Ich war nicht in der richtigen Stimmung, aber wenn ich nicht zum Abendessen zu Hause erwartet worden wäre, hätte ich es trotzdem gemacht, vielleicht nach ein paar weiteren Drinks. Aber so stand ich auf, entschuldigte mich höflich und küsste Todd zum Abschied auf den Mund, um ihm zu zeigen, dass ich es durchaus ernst meinte. Genau in diesem Moment betraten Nialls Vater und sein älterer Bruder das Pub.

Kapitel 8

31. August, 18:05 Uhr – Nach einem überstürzten Aufbruch aus dem Duchess beschließt Lucy Doyle, nach Inagua zu fliegen.

Ich hätte mich nicht unterkriegen lassen sollen. Das ist allerdings einfacher gesagt als getan.

Außerdem konnte ich ja Mr Flynn schlecht sagen, dass ich seinem Sohn erlaubt hatte, zwei meiner Freundinnen zu vögeln, und dass es deshalb nur fair wäre, wenn ich küssen dürfte, wenn ich wollte. Er hätte das nicht verstanden.

Am Mittwochmorgen verließ ich das Haus sehr früh, um der unausweichlichen Konfrontation mit Niall aus dem Weg zu gehen. Ich arbeitete immer noch im Hauptquartier von KMC, was wahrscheinlich bedeutete, dass ich den Tag oder einen Teil davon mit Charles King verbringen würde, und wenn ich Glück hatte, konnte ich den Rest des Tages shoppen gehen.

Charles war in Edinburgh und ich wusste nicht, was ich mit mir anfangen sollte. Leanne arbeitete immer noch in dem Großraumbüro und die anderen waren auch alle arbeiten. Ich fand es nicht fair, dass ich den ganzen Tag in Charles Kings Penthouse herumlümmeln sollte. Andrew Miller war von meiner Einstellung mehr als überrascht, aber er wies mir einen Schreibtisch und eine Aufgabe zu. Ich sollte Zahlen kontrollieren und ich vermutete, dass es eine sinnlose Aufgabe war, denn es gab keine Fehler.

Aber so war ich wenigstens beschäftigt. Außerdem recherchierte ich ein wenig im Internet – Inagua schien eine der entlegensten Inseln der Karibik zu sein. Außerdem sagte ich Charles King zu und nahm sein Angebot an. Und ich erhielt drei SMS:

Keith – Ob ich mit ihm ins Kino gehen wolle?

Luke – Er sei unsterblich in mich verliebt und wolle mit mir in eine Schwulenbar gehen.

Aaron – Wann ich kommen und seinen großen, schwarzen Schwanz lutschen würde?

Ich gab Keith einen Korb und war dabei so freundlich, wie ich konnte. Ich sagte, dass ich seine Einladung gern annehmen würde, aber dass mein Freund etwas dagegen hätte. Er war der Typ, zu dem man nicht gemein sein konnte, Fesseln und Hinternversohlen zählte natürlich nicht, das war nicht gemein ... nicht wirklich. Außerdem machte er mich überhaupt nicht an.

Bei Luke war ich schroffer. Ich schrieb ihm, dass er nicht in mich verliebt sei, sondern lediglich Lust auf mich hätte, und das auch nur, weil ich bereit sei, ihm dabei zu helfen, seine Fantasien auszuleben. Ich schrieb ihm auch, dass ich in Zukunft vielleicht wieder etwas mit ihm unternehmen würde, aber nur, solange er keine Forderungen an mich stellte. Ich war ziemlich ruppig und fühlte mich danach ein bisschen wie eine Zicke, denn eigentlich wollte ich Niall das alles sagen. Meine Antwort an Aaron würde noch gereizter klingen, aber als ich sie halb fertig geschrieben hatte, kam ich auf dumme Gedanken. Er war ein aufdringlicher Mistkerl und unglaublich eingebildet. Er behauptete, dass ich nie wieder mit einem anderen Mann zusammen sein wolle, wenn ich erst einmal mit ihm zusammen gewesen sei. Ich dachte, es wäre ein Spaß, ihm einen Dämpfer zu verpassen. Ich schickte ihm eine wirklich schlimme SMS. Ich bot ihm an, ihm einen zu blasen und dass er mit mir machen könne, was er wolle. Ich schlug vor, dass wir uns in Hampstead an einer kleinen Kreuzung treffen sollten, neben dem kleinen Teich. Dann schickte ich auch eine Nachricht an Big Dog, den Stricher, und tat so, als wäre ich Aaron. Mit unterdrückter Nummer schlug ich ihm den gleichen Treffpunkt vor.

Außerdem schickte ich Sophie eine Nachricht und teilte ihr mit, dass ich nach Inagua fliegen würde. Bobbie sagte ich auch

Bescheid und ich fragte sie, ob ich bei ihr übernachten könne. Das war feige, denn ich wusste, dass ich früher oder später mit Niall sprechen musste, aber zu wissen, was das Richtige war, und das dann auch zu tun, waren zwei Paar Schuhe. Bobbie sagte natürlich Ja und schlug vor, sich im Pub in der Goodge Street in der Nähe ihrer Arbeit zu treffen.

Der Abend war seltsam, lustig, aber ich hatte die ganze Zeit im Hinterkopf, dass ich eigentlich nach Kilburn fahren und mich der Sache stellen sollte. Bobbie war neidisch, dass ich die Chance bekam, nach Inagua zu fliegen, und sie fand meine Entscheidung gut, es zu machen. Wir unterhielten uns stundenlang über Männer, besonders über Niall, uber die Arbeit, das Leben, Schuhe, Sex und mehr. Anscheinend hatte Charles King den Ruf, Büroangestellte zu verführen und sie beruflich zu fördern, wenn sie seinen Avancen nachgaben. Aber das änderte nichts an meiner Unentschlossenheit. Als wir schließlich ins Bett gingen, schien es das Natürlichste der Welt zu sein, dass wir in einem Bett schliefen. Wir kuschelten und streichelten uns sanft zum Orgasmus, während ich beschrieb, wie ich Luke dabei beobachtet hatte, wie er dem Stricher einen geblasen hatte.

Am nächsten Morgen wusste ich, dass ich etwas tun musste. Bobbie war zeitig aufgestanden, denn sie musste in Croydon arbeiten, und ich saß um halb neun in einem Café und nippte an einem heißen Kaffee. Ich versuchte mich davon zu überzeugen, dass die Lügen, die ich erzählen würde, Notlügen waren. Dann fuhr ich nach Hause, um zu packen und Mum zu erzählen, dass ich für eine Woche als persönliche Assistentin der nichtexistenten Miss Andrea Miller in die Karibik fliegen würde.

Danach ging ich zu Niall in die Werkstatt. Ich war mir sicher, dass er herausgefunden hatte, dass ich Todd Byrne geküsst hatte, und ich war mir auch sicher, dass er wütend sein würde, egal wie scheinheilig das auch war. Auf dem Weg zu ihm sagte ich mir immer wieder, dass ich ein Machtwort sprechen und ihm sagen musste, wie es wirklich war. Aber stattdessen reagierte ich schroff und betonte, dass Pater Jessop mir das Leben zur Hölle gemacht hätte, wenn Todd Byrne nicht gewesen wäre. Nach einem hitzigen Wortwechsel akzeptierte Niall, was ich sagte, und wir küssten und umarmten uns. Wir hätten es auf dem Boden der Werkstatt getan, wenn nicht so viel los gewesen wäre. Ich erzählte ihm auch, dass ich mit Miss Andrea Miller in die Karibik fliegen würde, und betonte dabei das Miss. Wir wollten am Abend ausgehen und ich versprach, über Nacht bei ihm zu bleiben.

Am Abend war er überraschend zärtlich, fast gefühlsduselig und höllisch geil. Nach dem Essen und ein paar Drinks nahm er mich im Wohnzimmer, im Bad und zweimal im Bett. Am nächsten Morgen war ich müde, wund und verwirrter denn je, aber immer noch entschlossen. Ich würde fliegen und basta.

Ich stand um sechs Uhr auf, war um halb sieben zu Hause und verließ das Haus mit meinem Gepäck um sieben. Es war heiß und nachdem ich alles zum KMC-Gebäude geschleppt hatte, war ich sehr erfreut über Charles Kings Firmenlimo. Von da an war es ein Kinderspiel. Mit der Limo ging es nach Heathrow, in der Business Class nach Freeport und mit einem Inlandsflug nach Matthew Town. Die letzte Etappe führte uns über die Spitze von Great Inagua, man sah zerklüftete Hügel und graugrüne bis strahlend smaragdgrüne Flächen im tiefblauen Ozean, die Untiefen waren heller. Schon beim Anblick dieser Landschaft wollte ich mich ausziehen und ins Wasser springen. Und als wir aus dem Flugzeug stiegen und die Hitze mir entgegenschlug, wurde mein Verlangen noch stärker.

In Matthew Town wurden wir von einem Auto abgeholt, dessen Fahrer nicht älter als sechzehn aussah. Er hatte die dunkelste Haut, die ich je gesehen hatte, und ein offenes, fröhliches Lächeln. Ich lächelte zurück, mein Blick war auf die geschmeidigen

Muskeln seiner Brust geheftet. Auch er starrte mich an. Aber Charles rief ihm einen Befehl zu und er schnappte sich unser Gepäck, bevor ich mich vorstellen konnte.

Vom Flughafen aus fuhren wir an der Küste entlang, der Ozean lag zu unserer Rechten. Das wunderschöne Blau war mit weißen Hauben übersät, ich sah die Brandung am Strand und große Eidechsen, die sich auf den heißen Steinen in der Sonne aalten.

Charles' Villa befand sich eine halbe Autostunde entfernt an der Küste, sie lag noch abgeschiedener, als ich es mir vorgestellt hatte. Die Straße war zu einem schmalen Weg geworden und ein noch steinigerer Pfad führte runter zu dem Haus, das über einer kleinen Bucht mit perfektem weißen Sandstrand lag. Ich zog sofort meinen Bikini an, während der Junge, Sam, immer noch das Auto entlud. Ich rieb mir ungefähr einen Liter Sonnencreme mit dem höchsten Lichtschutzfaktor auf meine blasse irische Haut, lief glücklich zum Wasser und warf mich in die Wellen.

Ein paar Stunden vorher hatte ich noch meine Taschen in Kilburn die Straße entlanggeschleppt und jetzt ließ ich mich im kühlen, sonnendurchfluteten Wasser treiben. Es war das reine Glück, ein wirklich wunderschöner Augenblick und umso besser, weil ich wusste, dass ein gutes Mädchen jetzt Akten im Centrans-Gebäude sortieren würde, und ein ganz besonders gutes Mädchen würde jetzt Tee für Pater Jessop kochen. Ich war ein böses Mädchen. Ich wollte ein böses Mädchen bleiben und ich schwamm im Karibischen Meer. Auch wenn für den Rest meines Lebens jeder blöde Penner die Nase über mich rümpfen würde, war es das wert.

Mein einsames Faulenzen dauerte eine Weile, bevor ich durch Charles' Ankunft von der Realität eingeholt wurde, zumindest zum Teil. Er trug eine schwarze Badehose und eine Sonnenbrille, sein nackter Oberkörper und seine Beine waren schön muskulös. Er war trotz seines graumelierten Haares attraktiv. Ich lag im seichten Wasser, ließ meinen Körper von den sanften Wellen hin und her schaukeln und strahlte ihn an, ich war dankbar für die Möglichkeit, die er mir geboten hatte, und freute mich über seine Gesellschaft. Er lächelte zurück, seine Augen wanderten über meinen Körper.

»Siehst du, hierfür ist dein Bikini gemacht.«

Ich drehte mich um und kroch aus dem Wasser, um mich neben ihm in den Sand fallen zu lassen. Mein Bikini war für einen schicken Strand gemacht, an dem jeder wissen würde, dass es ein Designerteil war und an dem jeder angemessen neidisch wäre und meine perfekte Figur bewundern würde. Hier gab es keinen Grund anzugeben und das sagte ich ihm.

»Nein. Hier kann ich splitterfasernackt rumlaufen, ohne mir darüber Gedanken machen zu müssen.«

Während ich das sagte, machte ich mein Bikinioberteil auf. Ich zog es aus, hob meinen Hintern an, um das Unterteil auszuziehen und kickte es zur Seite. Ich war jetzt nackt – wunderbar ungeniert nackt. Charles lächelte erfreut, als ich mich wieder hinlegte, die Augen geschlossen, glücklich und schläfrig. Einen Augenblick lang war nichts zu hören außer dem sanften Rauschen der Wellen, bevor Charles wieder etwas sagte. Seine Fingerspitzen berührten meinen Nacken.

»Du hast natürlich recht, obwohl es nie falsch ist, dass du nackt bist.«

Ich antwortete mit einem wohligen Schnurren, als er anfing, meinen Hals zu streicheln. Er wollte mich, keine Frage, und das war okay, solange er sich Zeit nahm und nicht von mir erwartete, dass ich aktiv wurde. Ich blieb so liegen, wie ich dalag, die Augen geschlossen, den Kopf auf den verschränkten Armen, mein Körper wurde von der Nachmittagssonne gewärmt. Er sagte nichts, streichelte mich langsam und sanft, seine Berührungen wurden aber fester, als er begann, meinen Rücken zu massieren. Es war so wohltuend und machte mich noch schläfriger, bis der gleichmäßige Rhythmus seiner Bewegungen anfing, mich anzutörnen.

Trotzdem bewegte ich mich nicht, sondern genoss das Gefühl, als er mich von oben nach unten und zurück massierte, meinen Hals, meine Taille, meinen Rücken. Jedes Mal glitt er etwas tiefer, und noch bevor er meinen Hintern überhaupt berührt hatte, wollte ich ihm ihn entgegenstrecken, für seine Hände und seinen Schwanz. Als seine Hände schließlich an der Wölbung meiner Pobacken angekommen waren, dachte ich, er würde es tun, sein Schwanz musste doch steif und sein Verlangen an dem Punkt angekommen sein, an dem er sich nicht mehr zurückhalten konnte.

Zu meiner Überraschung ließ er meinen Po aus und ging zu meinen Beinen über, zuerst massierte er meine Füße, dann meine Waden und meine Oberschenkel, bis sich diese wie von selbst spreizten und ihm den Blick auf meine feuchte Pussy freigaben. Er streichelte mich noch immer, liebkoste sanft meine Haut, war nicht in Eile. Ich wollte bestiegen und gevögelt werden, gut und hart, und ich wollte auf seinem Schwanz kommen, so wie er mich beim ersten Mal zum Höhepunkt gebracht hatte.

Ich schob meinen Hintern etwas nach oben, eher instinktiv als absichtlich, um ihm meine einladende Pussy zu zeigen. Mein Atem ging bereits viel tiefer, als er den Hinweis endlich verstand und anfing, meinen Hintern zu massieren. Er knetete meine Pobacken und zog sie weit auseinander, um mein Poloch freizulegen. Er war hinter mir, zwischen meinen gespreizten Schenkeln, er sah alles, alles bot sich ihm geradezu an. Ich dachte, dass ich seinen Schwanz jeden Moment spüren würde, wie er ihn hart in mich stoßen würde, aber stattdessen berührte seine Zunge meine Haut, aber nicht meine Möse, sondern höher, er presste sie fest auf meinen Anus.

Ich schnappte nach Luft und drückte meinen Arsch in sein Gesicht. Die Lust überkam mich vollkommen ungehemmt. Es fühlte sich so gut an und auch wenn ich ein bisschen Angst hatte, dass er versuchen würde, mir seinen Schwanz hinten reinzustecken, war das Lecken zu gut, als dass ich auch nur daran denken könnte, ihn aufzuhalten. Als er sich zurückzog, schluchzte ich vor Verlangen und ängstlicher Erwartung, aber ich wollte es ihn zumindest versuchen lassen. Mein Hintern hing in der Luft und als sein Schwanz zwischen meine Backen fuhr, biss ich mir auf die Lippe, aber dann spürte ich, wie sein harter Schwanz in meine Pussy glitt.

Ich verharrte in dieser Position, während er über mich herfiel. Mein Hintern empfing seine Stöße, meine Finger krallten sich in Ekstase in den heißen Sand. Er hatte sich auf die Arme gestützt, als ob er über mir Liegestütze machte, dann lag er plötzlich auf mir, seine Hände unter mir, um meine Brüste zu kneten, sein Bauch klatschte fest gegen meinen Hintern, während er erregt in mich stieß. Im letzten Moment glitt er aus mir und spritzte auf meinen nackten Hintern ab.

Als sein Sperma auf meine Haut spritzte, fasste ich mir von vorne zwischen die Beine, um mich selbst zu streicheln, während ich mit der anderen Hand sein Sperma auf meinem Po verrieb. Ich stöhnte lustvoll, war nicht mehr in der Lage, an irgendetwas anderes zu denken als an mein Verlangen, während ich meine Klit rieb. Die Finger der anderen Hand schob ich zwischen meine Pobacken, um mich da zu streicheln, wo ich gedacht hatte, dass er seinen Schwanz hineinstecken würde. Ich hatte einen heftigen Höhepunkt, der mich erschaudern ließ.

Nur eine Sache verdarb diesen ersten großartigen Fick. An mir klebte überall feuchter Sand und ich musste noch einmal ins Wasser gehen, um ihn abzuwaschen. Da bemerkte ich eine Bewegung auf dem Balkon der Villa. Sam musste uns beobachtet haben – der Gedanke gefiel mir. Als ich einen Witz darüber machte, marschierte Charles direkt zum Haus und schrie den armen Jungen überraschend heftig an, nannte ihn einen dreckigen Spanner und Schlimmeres. Ich hielt das für ein bisschen zu barsch und als ich meinen Bikini wieder angezogen hatte, ging ich auch zum Haus, um mich einzumischen.

Aber als ich dort ankam, war es schon vorbei und Charles entschuldigte sich für seinen Wutausbruch und dafür, dass Sam mich nackt gesehen und uns beim Sex beobachtet hatte. Ich versicherte ihm, dass es mir nichts ausmache, und bekam einen Vortrag über den eifersüchtigen Mann zu hören. Woraufhin ich mir wünschte, Mike und Ismael wären dort, um mich von beiden Seiten zu nehmen.

Nach dem Abendessen, das aus gegrilltem Fisch, Süßkartoffeln und Reis bestand, hatte Charles sich wieder beruhigt und ich mich auch. Wir blieben lange auf, sahen uns den Sonnenuntergang an und tranken Rum. Er erklärte mir seine Lebensphilosophie, die im Grunde besagte, dass man nur ein Leben hat und dass jeder Mensch sich so gut amüsieren sollte, wie er konnte. Das klang ein bisschen egoistisch, aber ich sagte nichts, zufrieden damit, ihm seinen Willen zu lassen.

Die Nacht war heiß und stickig, aber da sich ein riesiger Ventilator über dem Bett drehte, war es erträglich. Charles mochte bestimmte Stellungen, besonders die, in denen er sich an meinem Hintern erfreuen konnte. Nachdem wir es in der Hündchenstellung gemacht hatten, setzte ich mich rückwärts auf ihn, so dass er beobachten konnte, wie sein Schwanz zwischen meinen Pobacken hinein- und hinausglitt. Dann lag er auf mir, so wie am Strand. Danach war ich nass, vom Schweiß und von seinem Sperma.

Wir gingen an den Strand und schwammen nackt im dunklen Meer, nur die schwachen Lichter der Villa und der Mond spendeten etwas Licht. Als wir wieder reingingen, waren wir beide erledigt und lagen zufrieden da, bis die Müdigkeit uns übermannte.

Der nächste Tag verlief ähnlich: Wir waren faul, es war heiß und es gab nichts zu tun, außer essen und vögeln und schwimmen. Ich wollte am liebsten die ganze Zeit nackt rumlaufen, weil es sich gut anfühlte und weil ich noch nie die Möglichkeit gehabt hatte, einfach nackt zu sein, ohne dass es jemanden gestört hätte. Leider störte es jemanden – Charles, denn Sam war immer da, und außerdem hatte er Freunde, die ihn ohne Vorankündigung besuchen würden, wenn sie herausfänden, dass er auf der Insel war. Ich machte kein Drama daraus, sondern zog mir immer den Bikini an und ein Tuch darüber.

Einige seiner Freunde kamen an diesem Abend tatsächlich zu Besuch. Es waren zwei Amerikaner, Paul Castellani und Dan Bergman – ein kleiner, korrekter New Yorker Anwalt und ein großer, lauter Geschäftsmann aus Forth Worth. Beide zogen Charles mit mir auf, was ziemlich lustig war und mir Lust auf einen harten Fick machte, wenn sie wieder weg sein würden. Ich bat Charles sogar darum, mir den Hintern zu versohlen, aber er war zu grob, besaß nicht die gleichen Fähigkeiten wie Bobbie und Sophie.

Am nächsten Tag fuhren wir in Dan Bergmans Boot zum Angeln, was nicht gerade ein Spaß war. Mir war den ganzen Tag irgendwie schlecht, ohne dass ich der Seekrankheit wirklich nachgegeben hätte. Die beiden Männer schienen es als selbstverständlich anzusehen, dass ich die Kellnerin und Küchensklavin spielte, während sie auf ihren Stühlen saßen. Als sie tatsächlich etwas fingen, einen Marlin, hatte ich Mitleid mit dem armen Ding. Es war ein anstrengender Tag und Charles bekam an diesem Abend kaum einen hoch, bevor er einschlief.

Am nächsten Tag hatte ich den Eindruck, langsam mein Zeitgefühl zu verlieren. Nichts schien eilig zu sein, nichts schien wichtig zu sein und auch wenn ich wusste, dass das daran lag, dass ich von einem reichen Mann ausgehalten wurde, war das kein

Grund, es nicht zu genießen. Ich durchschaute auch Charles' Charakter und merkte, dass er eigentlich nicht anders war als Niall. Beide waren wie Löwen, fühlten sich nur als Alphatiere wohl. Sie konnten gut mit Frauen umgehen, waren aber in Gegenwart anderer Männer aggressiv. Als er mich in dieser Nacht noch einmal fickte, wünschte ich mir, einen schönen Schwanz zu haben, den ich lutschen konnte, während er bei der Sache war. Und ich verfluchte den Stolz, der schuld daran war, dass mein Verlangen nicht Realität werden konnte.

Am Morgen rief Dan Bergman an und lud uns wieder zu einem Angelausflug ein, dieses Mal sollten Haie geangelt werden. Ich lehnte die Einladung ab und wollte lieber in der Villa faulenzen, mich ein wenig umsehen, und ich schob mein Unwohlsein als Entschuldigung vor. Charles akzeptierte meine Entscheidung, ohne großes Aufheben darum zu machen. Zum ersten Mal war ich mir selbst überlassen. Als das Geräusch des Autos leiser wurde, herrschte schließlich Stille in der Villa, die durch das gelegentliche Kreischen eines Vogels und das leise Murmeln der Wellen noch betont wurde.

Mein erster Gedanke war, dass ich endlich nackt herumlaufen konnte, denn Sam war nicht da. Also zog ich mich aus, trug nur Sandalen und auf der Haut Sonnencreme. Zuerst ging ich schwimmen und lag faul am Strand. Als es zu heiß wurde, verzog ich mich nach drinnen. Es fühlte sich gut an, irgendwie unanständig, und es war ungewohnt, normale Dinge zu tun, dabei aber nackt zu sein. Sogar ein Buch in einem der großen Korbstühle zu lesen, ließ meine Erregung langsam steigen.

Bis zum Mittag brodelte es in mir, meine Gefühle stauten sich an. Ich wusste, dass, wenn Charles zurückkommen und ich auf die Knie gehen würde, mein Höhepunkt wirklich grandios sein würde. Ich fing an zu posieren, dachte darüber nach, wie er mich wohl gern sehen würde. Ich beugte mich über den Tisch, um meine Rundungen zu zeigen, spreizte die Beine weit und streckte den Hintern in die Luft, so dass man mich gut von hinten nehmen konnte. Ich kroch auf dem Boden entlang und stellte meinen Körper ungeniert zur Schau.

Ich blieb auch nackt, als ich eine große Papaya zu Mittag aß. Der Saft lief mir zwischen den Brüsten runter, als ich das Fruchtfleisch auslöffelte. Meine Hände waren klebrig und ich verrieb den Saft auf meiner Brust und streichelte meine Nippel, bis sie steif waren, bevor ich das süße, klebrige Zeug von den Fingern ableckte. Meine Erregung war kaum noch auszuhalten und als ich auf der Veranda stand, meine Brüste befummelte und schmutzige Gedanken hatte, wusste ich, dass ich auf keinen Fall auf Charles warten konnte.

Ich lief schnell ins Schlafzimmer, stellte den großen Ventilator an und spürte einen angenehmen Luftzug. Ich räkelte mich auf dem Bett und stellte mir vor, dass Charles oder ein anderer Mann hinter mir war, mich beobachtete, wie sein Schwanz in seiner Hand anschwoll, während sein Blick auf meinen Arsch geheftet war. Und ich stellte mir vor, was er mit mir machen könnte. Ich lag auf dem Bauch, den Hintern ein wenig nach oben gestreckt. Ich streichelte mich selbst und stellte mir schmutzige Dinge vor.

Sein Schwanz wäre steinhart, er würde zuschauen, wie ich mich berührte, meine Schenkel wären gespreizt, zwischen meinen Pobacken sähe man jedes unanständige Detail. Ich würde meine Pussy streicheln und mein Poloch, würde mein Verlangen ganz, ganz langsam in Ekstase verwandeln. Nachdem ich stundenlang nackt herumgelaufen war, musste mein Verlangen jetzt endlich befriedigt werden. Ich nahm mir vor, meine Klit nicht anzufassen, bis ich wirklich nicht mehr anders konnte.

Ich rollte mich auf den Rücken, meine Augen hatte ich geschlossen, während ich mit meinen Brüsten und meinem Hintern spielte; ich benutzte meine Fingerkuppen und Nägel, um mich mehr und mehr anzuheizen. Die Sonnencreme stand neben dem Bett und ich tropfte ein wenig auf meine Brust, rieb sie ein, bis meine Nippel so steif waren und anfingen wehzutun. Ich rieb auch etwas zwischen meine Pobacken, um einen Finger in das kleine Loch gleiten lassen zu können, ein unglaublich unanständiges Gefühl. Den Daumen schob ich in meine Pussy und ich dachte darüber nach, wie es wohl wäre, statt meiner Finger zwei Schwänze in mir zu haben, und einen dritten in meinem Mund.

Mit zwei Männern war es toll gewesen, wie wäre es mit drei? Wie unmöglich voll würde es sich anfühlen, gleichzeitig einen Schwanz in der Pussy und einen im Poloch zu haben? Wie würde es sich überhaupt anfühlen, einen Schwanz im Arsch zu haben? Schmutzig? Unanständig? Vielleicht war es schmerzhaft ... aber vielleicht auch nicht. Mein Finger fühlte sich gut an und als ich einen zweiten dazu reinschob, fühlte es sich noch besser an.

Ich konnte mein eigenes sanftes Stöhnen hören, während ich mich selbst streichelte, eine Reaktion, über die ich nur wenig Kontrolle hatte. Die Wogen der Erregung kochten hoch. Ich stellte mir vor, wie ich es mit drei Männern machen würde, auf dem ersten würde ich sitzen, sein Schwanz wäre in mir, mit gespreizten Pobacken in einer durch und durch unanständigen Stellung, das kleine Loch, in dem meine Finger sich bewegten, bereit für einen zweiten Schwanz. Er würde hineingleiten, tief hineingestoßen, um mich bis zum Kopf auszufüllen, und der dritte Mann würde seinen Schwanz in meinen Mund stecken, damit ich an ihm saugen könnte. Es waren keine Männer da, aber ich wollte diese Stellung einnehmen, um zu kommen, also drehte ich mich auf meine Knie ...

... und sah eine Bewegung auf der Veranda. Ich erstarrte, mein Herz hämmerte wie verrückt, als Sam vom Fenster wegsprang, durch das er mich beobachtet hatte. Dann rannte ich ins Bad und suchte ein Handtuch. Ich war knallrot angelaufen. Er hatte es gesehen, er musste es gesehen haben, alles, auch wie ich mir die Finger in den Hintern gesteckt hatte. Es war mir schrecklich peinlich und ich fühlte mich dadurch irgendwie sexuell verwundbar. Ich stellte mir vor, wie er hereinplatzen und denken könnte, dass ich Freiwild für jedermann war.

Das würde er sich nicht trauen, da war ich mir sicher, aber ich zitterte, während ich mich wusch und einen Bademantel überwarf. Das Einzige, was mir einfiel, war so zu tun, als wäre nichts passiert, ihn vielleicht einfach zu ignorieren, denn ich konnte mir gut vorstellen, wie er vielsagend grinste.

Als ich mich wieder beruhigt hatte, wagte ich mich aus dem Bad und begegnete ihm im Flur. Ich wäre fast ausgeflippt und hätte beinahe geschrien, aber er sah verängstigter aus als ich und brabbelte sofort los.

»Es tut mir leid, Miss. Es tut mir wirklich leid. Erzählen Sie es nicht Mr King. Bitte erzählen Sie es nicht Mr King. Ich werde meinen Job verlieren, bestimmt, also bitte, bitte, erzählen Sie es nicht. Ich wollte Sie nicht beobachten. Wirklich nicht.«

Ich hob meine Hände und er verstummte. Mein Herz klopfte immer noch wie wild, aber meine Angst war verflogen. Er war kein Vergewaltiger, nicht im Geringsten, nur ein verängstigter Junge, der zwar keine Angst vor mir hatte, aber vor dem tyrannischen Arbeitgeber, der mein Liebhaber war. King benahm sich ihm gegenüber wie ein Schwein und würde ihn ohne Frage sofort feuern. Ich versuchte, ihn zu beruhigen.

»Entspanne dich, ich werde Charles nichts davon erzählen. Das würde ich nicht tun.«

»Nein? Wirklich nicht?«

»Nein, niemals. Warum sollte ich? Du hast mich einfach erschreckt, das ist alles, so auf dem Balkon rumzuschleichen.«

Er nickte beschämt und kleinlaut. Ich wusste nicht, was ich sagen sollte, außer dass ich das lächerliche Bedürfnis verspürte, klarzustellen, dass ich meine Finger normalerweise nicht in meinen Hintern stecke, wenn ich mich selbst befriedige.

»Ich, äh … trinken wir ein Bier, okay?«

»Das darf ich nicht.«

»Ja, aber ich darf und Charles ist mit seinen Ami-Freunden angeln.«

Er lächelte wieder. Ich ging an den Kühlschrank und nahm zwei gekühlte Flaschen heraus, dann ging ich zur Gefriertruhe, in der Charles seine Gläser aufbewahrte, damit sie eiskalt waren. Ich goss ein und trug die Gläser auf die Veranda, Sam folgte mir, immer noch zögerlich. Er nahm sein Bier, schaute sich aber um, als er es trank, als ob er erwartete, dass Charles plötzlich aus dem Nichts auftauchen würde. Er hatte mir von Anfang an leid getan, aber ich hatte nicht bemerkt, wie verängstigt er war.

Zuerst wusste ich nicht, was ich sagen sollte. Also stellte ich Fragen über sein Leben und die Insel. Er antwortete anfangs vorsichtig, aber nach und nach taute er auf und als wir das zweite Bier ausgetrunken hatten, lachten wir gemeinsam. Ich fühlte mich ziemlich seltsam, war nervös, weil ich daran dachte, was er gesehen hatte, und vielleicht weil ich so kurz vor dem Orgasmus gewesen war, als er mich erwischt hatte.

Als ich mein drittes Bier zur Hälfte ausgetrunken hatte, beschloss ich, ihm das Vergnügen seines Lebens zu bereiten. Ich brauchte es und er war auf eine kindliche Weise attraktiv. Die Größe der Beule in seiner Hose versprach interessante Möglichkeiten und er schien die Hälfte der Zeit einen Steifen zu haben. Er wollte mich auch und würde es umso mehr genießen, weil ich Charles' Liebhaberin war.

Als ich hineinging, um noch ein Bier zu holen, löste ich die Kordel meines Bademantels ein wenig, so dass er etwas aufging, als ich mich setzte. Von meinen Oberschenkeln war ziemlich viel zu sehen. Sam warf einen verstohlenen Blick dorthin, glaubte offensichtlich, dass es aus Versehen passiert war, aber als wir uns weiter unterhielten, begann die Beule in seinen Shorts anzuschwellen. Ich öffnete meine Schenkel ein wenig mehr und klimperte mit den Wimpern. Er nippte immer noch an seinem Bier, versuchte nicht zu offensichtlich zwischen meine Beine zu schielen.

Ich streckte mich und lehnte mich in meinem Sessel zurück, zog meinen Bademantel nicht zurecht, der jetzt halb geöffnet war. Die inneren Rundungen meiner Brüste waren sichtbar und ließen verbotenere Freuden erahnen. Er nippte weiter an seinem Bier und schaute mich verstohlen an.

Ich setzte mich noch einmal anders hin, so dass mein Mantel ganz aufging, stellte eine Brust und den Venushügel zur Schau. Hastig kippte er sein Bier in einem Zug hinunter und versuchte peinlich berührt seinen Ständer zu verstecken.

Ich stand auf, nahm ihn an die Hand und führte ihn ins Schlafzimmer. Dort setzte ich mich aufs Bett, zog seine Shorts runter und nahm seinen Schwanz in den Mund; ich saugte begierig, während ich mich an seinen festen, geschmeidigen Beinen festhielt.

Er sagte kein Wort, sah erstaunt auf mich herab, während ich an seinem Schwanz leckte. Ich nahm seine schweren Eier in den Mund und vergrub mein Gesicht in seinem Schoß. Sogar als ich den Bademantel auszog und sein Ding zwischen meine Brüste nahm, schwieg er weiter. Er starrte nur mit großen Augen, als ich seinen pechschwarzen Schwanz in meinen schneeweißen Ausschnitt presste. Er war vielleicht schockiert, aber er war nicht schüchtern und glitt in meinem Ausschnitt auf und ab, meine Nippel rieben an seiner Haut, bis ich es nicht mehr aushielt.

Ich legte mich hin, zog ihn auf mich, meine Brüste presste ich immer noch um seinen schönen schwarzen Schwanz. Er war lang, aber ziemlich dünn, mit einer lila Eichel, die geküsst und geleckt werden musste. Ich kicherte und versuchte, genau das zu tun, während er ihn weiter zwischen meinen Brüsten rieb. Er wäre in mein

Gesicht gekommen, vielleicht, aber ich wollte mehr und drückte ihn nach unten, wo meine Schenkel sich einladend öffneten.

Er brauchte keine weiteren Ermutigungen und bestieg mich, er lächelte breit, als er in mich eindrang. Ich nahm meine Brüste in die Hände, spielte mit ihnen und hoffte, dass er sich Zeit lassen würde. Es fühlte sich so gut an und ich wollte, dass er kam, während er in mir war, mich vielleicht sogar in den Hintern vögelte, falls ich mich das traute.

Ich traute mich. Er war sanft, keine Bedrohung, er würde es langsam machen und ich würde ihn danach nie wiedersehen. Meine brüchige Stimme klang begierig, als ich sanft gegen seine Brust drückte.

»Hör auf, Sam, ich möchte mich umdrehen.«

Zum ersten Mal, seit ich seinen Schwanz in den Mund genommen hatte, sagte er etwas.

»Ja, toll, ich liebe deinen Arsch in dem Bikini.«

»Und nackt, nicht wahr? Ich weiß, dass du uns beobachtet hast.«

»Nackt, ja, am Strand und wenn du dich anziehst, dieses weiße Höschen.«

»Du hast mich beim Anziehen beobachtet? Du kleine Drecksau!«

Er grinste nur breit, und ich drehte mich um, um ihm meinen Hintern entgegenzustrecken. Er packte meine Backen, knetete sie, zog sie auseinander und murmelte, was für einen schönen Hintern ich doch hätte und wie gerne er den ficken wolle. Sein Schwanz fand meine Pussy und er war drin, stieß heftig zu, dass es mir den Atem verschlug, bis ich mich zwang, ihm etwas zu sagen, weil ich mir sicher war, dass er jeden Augenblick kommen würde.

»Wunderschön, Sam, danke, aber könntest du … oh Gott, ihn mir in den Po stecken?«

Ich konnte die Verlegenheit in meiner Stimme hören und als er einen Moment lang nicht antwortete, dachte ich, dass ich ihn verschreckt hatte. Dann zog er seinen Schwanz langsam aus meiner Pussy, mit seinen Daumen hatte er meine Pobacken auseinandergezogen, und ich wusste, dass er mich jetzt in den Hintern ficken würde.

»Sanft, Sam, langsam ... tu mir nicht weh.«

Er sagte nichts, aber ich spürte seine Schwanzspitze an meinem Poloch. Mein Mund, den ich tief ins Bettlaken gedrückt hatte, öffnete sich automatisch vor Erregung. Ich spürte, wie ich mich öffnete, ganz leicht ging es, mein Loch war glitschig von der Sonnencreme und meinen eigenen Säften. Und zum ersten Mal in meinem Leben glitt ein Schwanz in meinen Arsch. Es fühlte sich ungezogen an, wunderbar unanständig, mein Kopf war voller schöner, schmutziger Bilder. Ich dachte mit Genuss daran, wie verdorben ich doch war, als er einen Gang runterschaltete. Ich konnte mich im Geiste sehen, wie ich nackt auf der weißen Bettwäsche kniete, kupferfarbene Locken fielen auf meine weiße Haut herab und ein wunderschöner junger Mann nahm mir meine anale Jungfräulichkeit.

Erst als seine Eier meine Schamlippen berührten, wusste ich, dass er ganz drin war. Ich stöhnte und krallte mich in das Laken, als er anfing, sich in mir zu bewegen. Ich berührte meine Klit, ich wusste, dass ich bei meinem ersten Analverkehr kommen musste.

»Mach es, Sam, schön langsam. Und du kannst mir auf den Hintern schlagen, wenn du willst. Schlag mich, als ob ich ungezogen gewesen wäre.«

Er zögerte, tätschelte meine Backen, während er sich langsam in meinem Hintern bewegte, aber schon bald hatte er es raus, schlug mich und lachte dabei genüsslich, während ich mich selbst streichelte. Ich würde kommen, auf Charles' Bett, während ich geschlagen und in den Hintern gefickt wurde. Meine Klit brannte unter meinen Fingern, während ich sie rieb, und seine Eier stießen gegen meine Pussy, was mich immer wieder daran erinnerte, wo sich sein Schwanz eigentlich befand, nämlich tief in meinem Arsch.

Als ich zum Höhepunkt kam, schrie ich das ganze Haus zusammen. Es war so unglaublich, so wunderbar unanständig und das Gefühl, als mein Körper sich wie unter Krämpfen zusammenzog, war fantastisch. Ich hatte einen langen, geilen Höhepunkt, meine Finger arbeiteten wie wild und mein Poloch zog sich immer wieder um seinen Schwanz zusammen, der tief drinsteckte. Sam stöhnte, stieß so tief in mich, wie er konnte. Als ich wusste, dass auch er gekommen war, hatte ich einen zweiten Höhepunkt. Meine Finger krallten sich in das Bettzeug, mein Mund war weit geöffnet, meine Zehen gebogen vor Spannung und meine Schreie hallten als Echo wider, so dass die Vögel aufschreckten.

Sam stieß immer noch in mich, als ich aufs Bett fiel, und er blieb auf mir liegen. Wir waren immer noch miteinander verbunden, er hielt mich fest, als unsere Körper langsam erschlafften. Ich hätte ewig so daliegen können, vielleicht bis er wieder bereit war, denn es fühlte sich immer noch gut an und es wäre schön gewesen, vor der zweiten Runde zu küssen und ein bisschen zu kuscheln. Er wollte aus mir gleiten, aber ich hielt seine Hand fest und seufzte.

»Nein … mach's noch einmal, wenn du so weit bist. Scheiße! Beweg dich!«

Er hatte es auch gehört, das Aufheulen eines Motors, der nur zu Charles' Auto gehören konnte. Sam versuchte seinen Schwanz aus mir herauszuziehen, was so wehtat, dass ich ihm befahl, es ganz vorsichtig und langsam zu tun, wodurch wir wertvolle Sekunden verplemperten, während die Autoreifen auf dem Kies knirschten und dann zum Stehen kamen. Als der Motor ausgegangen war, hörten wir Stimmen, Charles und Paul Castellani, dann Dan Bergman, dann wieder Charles.

»Lucy! Wir sind wieder da. Bring uns ein Bier, ja?«

Ich biss die Zähne zusammen, als Sam endlich aus mir herausglitt. Er stolperte rückwärts, fiel über seine heruntergelassenen Shorts und fiel der Länge nach hin. Ich schnappte mir meinen Bademantel, der auf dem Boden lag, wodurch ich in einer wirklich unzüchtigen Pose war, als Charles' Schritte auf der Holztreppe zu hören waren.

»Lucy?«

»Ja, Charles. Ich bin hier oben. Einen Moment bitte.«

»Was ist denn los?«

Ich schnappte mir meinen Bademantel und zog ihn an, wenn auch links herum. Sam verschwand auf den Balkon. Charles trat ein und ich saß in meinem Bademantel auf dem Bett, zerzaust, schwitzend, aber allein. Sam war weg und rannte die Treppe in den Garten hinunter, wo er auf Paul Castellani und Dan Bergman traf, die gerade um die Ecke kamen.

Das Nachspiel war entsetzlich. Es wurde geschrien und gebrüllt, beschuldigt und gedroht. Am Ende packte ich meine Sachen. Charles stand wütend daneben. Sam war weggelaufen und die beiden Amerikaner hatten wutschnaubend die Verfolgung aufgenommen, aber nicht lange durchgehalten. Sie waren zurückgekehrt, ehrlich empört über das, was Sam getan hatte, was ich getan hatte.

Ich reagierte nicht einmal auf ihre Vorwürfe und ging in blinder Wut davon. Charles versuchte mich zurückzurufen, als ich die Tore der Villa erreichte, doch von mir bekam er nur den Mittelfinger zu sehen. Ich dachte, sie würden mir vielleicht mit dem Auto folgen, also lief ich querfeldein, über Steine und durchs Gebüsch. Meine Beine waren bald ganz zerkratzt und das Kleid, das ich übergeworfen hatte, war am Saum total zerfetzt, was mich noch wütender machte.

Irgendwann kam ich wieder auf einen Weg. Mir war heiß, ich schwitzte und ich war schmutzig. Ich hatte mich etwas beruhigt und fragte mich, was ich nun tun sollte, außer mich in den Schatten zu setzen und meinen Durst zu löschen. In nicht allzu weiter Entfernung sah ich eine Hütte. Das Wellblechdach glänzte in der Sonne und darunter hing ein grünes Schild. Ich machte mich auf den Weg dorthin und betete, dass es eine Art Bar war. War es.

Der Besitzer schien nicht besonders überrascht, mich zu sehen, und gab mir etwas Wasser. Ich saß im Schatten unter dem Vordach inmitten meiner Taschen. Ich hatte die Nase gestrichen voll und versuchte, Bilanz zu ziehen.

Ich würde nicht zurückgehen, auf gar keinen Fall. Mein Stolz würde es nicht erlauben, dass ich wieder zu Charles kroch, auch nicht wenn ich dann zurück nach England schwimmen müsste. Ich hatte meinen Pass, aber kein Geld und kein Flugticket. Ich könnte zu Hause anrufen, aber dann müsste ich eine Menge erklären und falls die Wahrheit ans Licht kommen sollte, dürfte ich mir ewig Vorwürfe deswegen anhören. Ich könnte Bobbie anrufen und sie bitten, mir etwas Geld zu schicken. Sie würde es verstehen und mir helfen, aber ich wusste nicht, wie ich das anstellen sollte. Wahrscheinlich müsste ich zuerst einmal nach Matthew Town kommen.

Das war sowieso das Vernünftigste, was ich tun konnte, denn dort könnte ich offizielle Hilfe erhalten oder vielleicht in einer Bar arbeiten, bis ich das Geld für den Flug zusammenhatte. Ich würde alles tun, solange es nichts mit Charles King zu tun hatte oder ich riskierte, dass meine Familie und Niall herausfanden, was wirklich vorgefallen war.

Mitgenommen zu werden war einfach. Ein zerbeulter Truck hielt an, um zu tanken. Der Fahrer, ein alter Mann, hatte unter einer Plane Wassermelonen geladen. Ich fragte, ob er nach Matthew Town fahren würde, und er willigte ein, mich mitzunehmen, wollte nicht einmal Benzingeld. Er redete den ganzen Weg über ununterbrochen und forderte einen Kuss, als wir an unserem Ziel ankamen, beim Obstgroßhändler. Ich gab ihm bereitwillig einen Kuss und bekam noch eine Wassermelone geschenkt.

Es war nur ein Katzensprung bis zum Wasser, wo ein elegantes Hotel stand und ein wackliger Pier am Strand ins Meer führte. Ich setzte mich auf den Pier, zog meine Schuhe aus und ließ meine schmerzenden Füße ins Wasser baumeln. Ich aß die Melone und dachte über meine missliche Lage nach. Meine Wut war verflogen, aber ich würde trotzdem nicht zurück zur Villa fahren. Charles King konnte warten, bis er schwarz wurde, bevor ich ihm die Genugtuung verschaffen würde, zu ihm zurückzukriechen.

Am besten wäre es, wenn ich jemanden finden würde, der mir einen Rat geben könnte, vielleicht ein erfahrenerer Reisender. Wenn ich es verhindern konnte, wollte ich mich möglichst auch nicht an die Behörden wenden, weil ich dann einiges erklären müsste, was auf lange Sicht Ärger bedeuten würde. Ich fragte mich, was ein Zimmermädchen oder ein Barkeeper in dem riesigen weißen Betonklotz am Strand verdiente. Wahrscheinlich nicht sehr viel. Es war besser, Bobbie um Hilfe zu bitten.

In Großbritannien war es jetzt Abend. Da es mitten in der Woche war, würde sie wahrscheinlich zu Hause sein. Ich stand auf und ging den Strand entlang. Das Hotel schien ein guter Platz zu sein, um zu telefonieren, aber ich sah aus wie eine Vogelscheuche. Ich musste mich umziehen und das würde an einem Strand sicher keine Aufmerksamkeit erregen. In meiner Tasche fand ich ein weißes Cocktailkleid, das ich für den Fall gekauft hatte, dass Charles mich in ein schickes Restaurant ausführen würde – ein Gedanke, der mich jetzt bitter lächeln ließ.

Vor dem Hotel wimmelte es vor Menschen, aber auf meiner Seite des niedrigen Zauns gab es nur ein paar Urlauber, die sowieso keine Notiz von mir nahmen. Ich zog schnell mein Kleid aus, das andere an und meinen BH darunter aus. Einen Augenblick mit der Bürste vor dem Spiegel und ich sah nicht mehr aus, als ob ich rückwärts durch eine Hecke geschleift worden war. Ich fühlte mich allerdings immer noch klebrig und unwohl. Aber das musste reichen und so ging ich zu dem Hotel.

Die Lobby war ein riesiger, heller Raum, in dem man einen kühlen Luftzug spürte, sobald man durch die Tür trat. Ich blieb einen Moment lang stehen, genoss das wunderbar frische Gefühl nach der stickigen Hitze draußen, bevor ich zur Rezeption ging. Ein Mann mittleren Alters, dessen Bauch über seine leuchtend grün-gelben Shorts hing, hatte es geschafft, die Aufmerksamkeit der beiden Mädchen in den bananengelben Uniformen zu erregen. Er versuchte erfolglos sie anzubaggern und beide drehten sich zu mir, als ich auf sie zukam.

Ich erklärte ihnen, dass ich gestrandet sei und jemanden anrufen müsse, der mir Geld schicken würde, dass ich kein Geld hätte, aber das Telefonat natürlich bezahlen würde, sobald ich welches bekäme, und ich fragte, ob ich eine Freundin in Großbritannien anrufen dürfe. Sie hatten Mitleid, mussten aber erst die Managerin fragen, die sich als dumme Kuh entpuppte.

Nein, ich könne kein Telefonat führen, ohne sofort dafür zu bezahlen.

Nein, es spiele keine Rolle, dass ich kein Geld habe und das Telefonat führen müsse, bevor ich später dafür bezahlen könne.

Nein, das sei ein Hotel und kein Wohlfahrtsverein. Ich solle mich an die Polizeistation in der Stadt wenden.

Letzten Endes verließ ich das Hotel, bevor sie die beiden Schränke ebenfalls in gelben Uniformen, die plötzlich vor mir auftauchten, anweisen konnte, mich rauszuwerfen. Ich hatte wirklich die Nase voll, ging nach draußen und setzte mich neben der Straße auf meine Taschen. Es gab noch andere Hotels oder vielleicht sollte ich es mal bei einem Privathaus versuchen. Ich würde irgendwann bestimmt Erfolg haben, wahrscheinlich wenn ich einen Mann fand, den ich fragen konnte. Ich wollte gerade weitergehen, als der dicke Amerikaner in den bunten Shorts auf mich zukam. In seinem geröteten Gesicht machte sich ein Grinsen breit und er streckte mir seine Hand zur Begrüßung entgegen.

»Hi, ich bin Harry. Du hast gesagt, dass du gestrandet bist, kein Geld hast?«

»Ja.«

Er hockte sich hin, nickte und strahlte.

»Wie viel brauchst du?«

»Weiß ich nicht genau. Genug für mein Flugticket, aber ich könnte das nicht von Ihnen –«

»Hm hm, hör auf. Du bittest mich um nichts, Missy, nicht umsonst. Du kommst für eine oder vielleicht zwei Stunden mit auf Harrys Zimmer und ich gebe dir das Geld für dein Ticket und vielleicht ein bisschen mehr. Ich bin auf der Suche nach ein wenig weiblicher Gesellschaft für meinen Urlaub. Meine Frau mag die Hitze nicht und ist zu Hause geblieben. Aber ich liebe die Hitze und die einheimischen Schönheiten auch.«

Er lachte lauthals los, Verlegenheit oder Scham waren ihm anscheinend völlig fremd. Er war barsch und ungestüm und es war offensichtlich, wovon er sprach, es war überdeutlich. Ich war baff, weil er den Nerv dazu hatte, und zu verblüfft, um ihm in die Eier zu treten. Er verstand mein Schweigen und meinen Gesichtsausdruck als Ablehnung und stand schulterzuckend auf.

»Okay, denk über mein Angebot nach, Missy, und falls du deine Meinung änderst, findest du mich in Zimmer fünf sieben zwei, in der Suite fünf sieben zwei.«

Er nickte noch einmal, ließ seinen Blick einen Moment auf meinen Brüsten ruhen und machte sich auf den Weg zurück zum Hotel. Ich sah ihm hinterher. Ich war wütend und schockiert, dass er mir so etwas vorschlagen konnte, und das obendrein so lässig. Und doch wäre es so einfach, ein Quickie, etwas, das ich schon so oft aus Spaß gemacht hatte, manchmal nur, weil ich betrunken war und ein Typ mich drängte, also warum sollte ich es nicht auch für Geld tun? Ich schüttelte den Kopf, überrascht, dass ich so etwas überhaupt denken konnte.

Der Kerl war fett, plump, so alt wie mein Vater.

Aber jünger als Charles King.

Allerdings nicht so gutaussehend oder reich.

Nicht dass Vermögen eine Rolle spielen sollte.

Aber er war wirklich schmierig.

Und dass ich mit Sam Analverkehr gehabt hatte, war es nicht?

Ich biss mir auf die Zunge, versuchte einen wirklich, wirklich guten Grund zu finden, es nicht zu tun. Die Missbilligung meiner Familie spielte keine Rolle, und es war auch nur eine theoretische Missbilligung, denn ich würde ihnen sicher nicht davon erzählen. Ich schätze, ich bekam die typischen Schuldgefühle einer Katholikin. Als kleines Mädchen hatte man mir immer erzählt, dass Gott alles sähe – ein beschämender Gedanke, der mich immer noch daran erinnerte, was für eine Sünderin ich war, wenn ich zu viel darüber nachdachte. Wenn es jetzt etwas bewirkte, dann dass meine Entschlossenheit nachließ. Es war mir auch egal, was Niall denken würde, aber ich war mir sicher, dass Bobbie und Sophie es nicht nur verstehen, sondern meine Entscheidung auch befürworten würden. Ich würde es tun.

Er war auf halbem Weg zum Hotel, schlenderte im Abendlicht. Ich stand auf, bevor ich es mir anders überlegen konnte, und folgte ihm, schleifte meine Taschen hinter mir her. Eine Touristin sah mich komisch an, was ich ignorierte, aber ich hatte trotzdem das ungute Gefühl, dass sie meine Gedanken lesen konnte und dachte, guck dir diese irische Schlampe an, wenn ihre Familie das nur wüsste.

»Entschuldigung, Harry. Warte mal«, rief ich.

Er blieb stehen und drehte sich um. Ich fragte mich, was zum Teufel ich mir nur dabei dachte, als ich ihn eingeholt hatte, aber davon ließ ich mich nicht aufhalten.

»Ich habe meine Meinung geändert, okay?«

Er grinste mich an.

»Ich habe mir vorhin schon gedacht, dass du wie ein vernünftiges Mädchen aussiehst.«

»Ja ja. Mein Flugticket, okay, und genug, damit ich zum Flughafen komme und von Heathrow nach London.«

»Du bist dabei, Baby«, sagte er so gedehnt, als ob er der neue Austin Powers oder so was wäre.

Er legte seine Hand auf meinen Hintern, als er mich durch die Tür schob. Ein Anflug von Groll überkam mich, aber ich sagte nichts. Er bezahlte dafür, mich anzufassen, und es nutzte nichts, sich zu beschweren.

Es war seltsam, als wir die Lobby betraten, in den Lift einstiegen und einen langen Flur zu seiner Suite entlanggingen. Ich fühlte mich irgendwie losgelöst, als ob ich gar nicht da wäre, sondern ein anderes Mädchen beobachten würde, wie es sich seinem Schicksal ergab. Als wir erst einmal in seinem Zimmer waren, verschwendete er keine Zeit und bat mich, für ihn zu posieren, mit meinem Kleid zu spielen, ihm mein Höschen zu zeigen, ihn einen Blick auf meine Brüste werfen zu lassen, meinen Hintern rauszustrecken und ihm meine Pobacken zu zeigen, bevor ich mich nackt auszog.

Er hatte sich bereits die Shorts und die Sandalen ausgezogen und sein Schwanz war ein steifes, rosa Ding in seiner Hand. Er war begierig, platzte fast, was es mir leicht machte, das Kommando zu übernehmen. Ich führte ihn am Schwanz in die Dusche und ging vor ihm auf die Knie, während das kalte Wasser über unsere nackten Körper lief. Er stöhnte lustvoll, während ich ihm einen blies. Zu meiner Überraschung machte er mir Komplimente für mein Haar, meine Titten, meinen Hintern und sogar meinen Akzent.

Als es an der Zeit war, »Unzucht zu treiben«, wie er es nannte, stellte ich mich hin, stützte mich mit den Händen an der Wand ab und streckte ihm meinen Hintern entgegen, das Wasser rann zwischen meine Pobacken. Er stöhnte zufrieden bei dem Anblick und steckte seinen Schwanz tief in meine Pussy. Meine Pobacken wackelten unter seinen Stößen, während er stöhnte und schnaufte, bis er laut und keuchend seinen Orgasmus hatte. Er zog seinen Schwanz im letzten Moment heraus und spritzte über meinem Hintern ab.

Eine Stunde später buchten wir mit seiner Kreditkarte einen Flug für mich und ich bekam noch hundert Dollar auf die Hand. Zwei Stunden später unterhielten wir uns bei einem Feinschmeckeressen über Dublin und tranken Champagner. Drei Stunden später und ich gab ihm vor dem Hotel ein ehrlich gemeintes, zärtliches Küsschen auf die Wange. Vier Stunden später und ich war am Flughafen. Fünf Stunden später war ich in der Luft und auf dem Weg zurück nach London.

Ich fühlte mich gut. Nicht wie eine Heilige, aber trotzdem gut. Ich gratulierte mir selbst dazu, dass ich mir zu helfen gewusst hatte. Schließlich hatte ich getan, was ich tun musste. Ich war deshalb kein schlechter Mensch. Ich war deswegen nicht unmoralisch. Ich war stark.

Kapitel 9

10. September, 7:57 Uhr – Lucy Doyle wird vom Telefonklingeln geweckt.

10. September, 7:58 Uhr – Lucy Doyle bereitet sich darauf vor, gefeuert zu werden, wieder einmal.

Ich war aus Inagua geflüchtet, aber ich war vom Regen in die Traufe gekommen. Als ich in Heathrow landete, wünschte ich mir fast, ich wäre in der Karibik geblieben, vielleicht die ganzen zwei Wochen, bis mein Studium anfing, auch wenn es bedeutet hätte, dass Dirty Harry mich fröhlich weiter gevögelt hätte.

Erstens sollte ich eigentlich noch gar nicht zurück sein und würde ein paar Erklärungen abgeben müssen. Zweitens war die Sache mit Todd Byrne immer noch ein Problem, obwohl Niall und ich uns irgendwie ausgesprochen hatten. Außerdem gab es noch Luke, Keith, Richard Drake, Dominique Chalmers und vielleicht würden auch Big Dog, der Stricher, und Aaron mit dem großen schwarzen Schwanz Probleme machen. Drittens war da noch Super Staff und ich konnte mir nicht vorstellen, dass Charles King die Sache auf sich beruhen lassen würde.

Und natürlich war Maryam Smith dran, als das Telefon Freitagmorgen klingelte. Sie wollte mich sofort in ihrem Büro sehen. Ich fuhr zu ihr und fragte mich, was sie wohl wusste und was ich sagen sollte. King würde ihr wohl kaum die Wahrheit gesagt haben, er hätte sich bestimmt eine haarsträubende Geschichte ausgedacht, bestenfalls stand sein Wort gegen meines.

Ich kaufte mir auf der Edgware Road einen Donut und schlug die Zeit tot, bevor ich hinaufging. Ich fragte mich, ob die ganze Sache vielleicht ein falscher Alarm war, wie schon einmal. War es nicht. Mrs Smith saß an ihrem Schreibtisch, schaute ernst drein und blätterte in meiner Akte. Sie kam sofort zum Punkt.

»Miss Doyle. Guten Morgen. Ich bedauere, es sagen zu müssen, aber es gab eine Beschwerde über Sie.«

»Ja?«

Ich wollte überrascht und gekränkt klingen, aber ich klang schuldig. Sie klang streng, als sie weitersprach.

»Mrs Henshaw aus Tilbury …«

Ich war im ersten Moment erleichtert, aber dann entsetzt. Wenn King sich nicht beschwert hatte, dann nur, weil er noch auf Inagua war und wahrscheinlich dachte, dass ich auch noch dort sei.

»Sie sagt, dass Ihre Arbeitsleistung am letzten Nachmittag, an dem Sie dort gearbeitet haben, dreißig Prozent unter dem Ziel lag und dass kein Grund dafür genannt wurde. Wir erwarten bei Super Staff mehr, Miss Doyle.«

»Oh, äh … ja.«

»Ist das alles, was Sie dazu zu sagen haben?«

»Wie bitte?«

»Möchten Sie keine Erklärung abgeben?«

Mein Dingsbums war dreißig Prozent niedriger, weil ich der gesamten männlichen Belegschaft des Lagers und den Sicherheitsleuten zu Diensten gewesen war, aber ich erwartete nicht, dass sie das als Entschuldigung gelten lassen würde.

»Ich fühlte mich nicht besonders gut. Ich hatte meine Tage.«

»Dann hätten Sie sich krank melden müssen. Beschwerden sollte man nicht auf die leichte Schulter nehmen, Lucy. Ich fürchte, ich muss Ihnen Ihre erste Abmahnung erteilen.«

Sie schob mir das Dokument rüber, in dreifacher Ausführung.

»Bitte unterschreiben Sie. Die gelbe Kopie ist für Sie.«

Ich unterschrieb, fühlte mich ein wenig benommen und fragte mich, wie es wohl sein würde, wenn Charles King erst einmal seine Krallen ausgefahren hatte. Mrs Maryam Smith legte die anderen beiden Kopien rasch und mit kurzen Bewegungen ab, eine in meine Akte, die andere in ein Ablagefach. Sie drehte sich zu Ihrem Computer und sagte wieder etwas zu mir.

»Sie arbeiten heute wieder bei Mrs Chalmers. Dort scheinen Sie zumindest einen guten Eindruck hinterlassen zu haben.«

»Äh, danke.«

Sie druckte mir meine Unterlagen aus und ich nahm sie entgegen, zusammen mit meiner ersten Verwarnung, mit der ich das Gleiche machte, wie Bobbie mit ihrer an dem Tag, an dem wir uns kennengelernt hatten. War das wirklich erst ein paar Wochen her? Es fühlte sich an wie eine Ewigkeit.

Ich war nicht besonders glücklich darüber, Dominique Chalmers wiederzutreffen, trotz des Eindrucks, den ich bei ihr hinterlassen hatte. Ohne Zweifel würde sie mich wieder dazu verführen wollen, perverse Spielchen mit ihr zu spielen, und dazu hatte ich eigentlich keine Lust. Mein Erlebnis mit Charles King war noch zu frisch, als dass ich mich bei dieser ganzen Arbeitgeber-Aushilfe-Beziehungssache wohl gefühlt hätte. Es war außerdem ein bisschen peinlich, eine Frau zu treffen, die man zuletzt gesehen hat, wie sie sich mit dem Hintern in der Luft selbst befriedigt hatte.

Nicht dass ich den Auftrag ablehnen würde. Sie war großzügig und da ich bald auf die Uni ging und wahrscheinlich gefeuert wurde, sobald King aus Inagua zurück war, brauchte ich jeden Penny. Also sagte ich mir, dass ich nett und freundlich sein würde und bis zu einem bestimmten Punkt tun würde, worum sie mich bat – dieser Punkt war, mir meinen eigenen Hintern versohlen zu lassen.

Zu meiner Überraschung kam es ganz anders. Dominique Chalmers' Einstellung hatte sich komplett geändert. Sie war freundlich, respektvoll, fast ehrfürchtig. Da sie doppelt so alt war wie ich, fiel es mir schwer, damit umzugehen. Aber mir gefiel, dass sie mich zum Mittagessen in ein teures Restaurant einlud. Sie war so selbstsicher gewesen, aber jetzt war sie nervös, sagte, dass sie mit mir reden müsse, und schlug vor, in dem Wäldchen in der Nähe ein bisschen spazieren zu gehen.

Worum sie mich dann bat, schockierte mich aufrichtig.

Als ich aus Henley zurückkam, hatte ich fünfhundert Pfund in bar in meiner Tasche und etwas, das man nur als Einkaufszettel der Perversitäten bezeichnen konnte. Es war alles etwas zu viel für mich und ich wünschte, Dominique Chalmers hätte Bobbie und nicht mich gefragt, aber angeblich war ich »die ideale Person«, weil ich den Mut gehabt hatte, den Spieß umzudrehen. Im Allgemeinen und in ihren eigenen Worten wollte sie »von ihrem hohen Ross runtergeholt werden, gänzlich und bedingungslos«. Was sie im Detail wollte, ließ mir den Magen zusammenkrampfen.

Zum Glück wollte sie auch, dass Bobbie und Sophie dabei waren. Das war auch gut, denn ich musste mich dringend mit ihnen beraten. Am Montag bekam ich die Chance dazu. Wir arbeiteten alle bei einer Telekommunikationsfirma im East End, die viele ihrer Angestellten entlassen hatte. Man stellte Aushilfen ein, damit diese in der Abteilung für Kundenservice arbeiten, bis sie mit dem ganzen Kram nach Bangalore umzogen.

Bobbie und Sophie fanden beide, dass Dominiques Bitte urkomisch war, und sie wollten sehr gern helfen. Ich war ein bisschen erstaunt über ihre ungetrübte Freude angesichts der kommenden Demütigung von Dominique, aber sie waren auch beide von ihr verdroschen worden und ich nicht. Es mussten auch noch weniger einfache Dinge organisiert werden und wir verabredeten uns nach der Arbeit in einem Pub, um alles zu besprechen.

Der Kundenservice war der beste Job, den ich je hatte, abgesehen von den privaten. Eigentlich war er einfach und langweilig, aber es gab auch zu viele Möglichkeiten, Blödsinn zu machen, die man nicht ignorieren konnte. Die Leute riefen an, um von einem Fehler ihres Equipments »zu berichten«, oder besser, um sich über einen Fehler zu beschweren, denn oft waren sie bereits sehr wütend, wenn sie anriefen. Wir sollten dann eigentlich ein Fehlerprotokoll ausfüllen und es an die Ingenieure weitergeben.

Aber die Realität sah anders aus. Die Anrufer wussten weder, wer wir waren, noch wo wir saßen, aber die Mehrzahl hatte es sich irgendwie in den Kopf gesetzt, dass wir persönlich für ihr Leid verantwortlich waren, sogar diejenigen, die selbst Kaffee über ihr Equipment geschüttet hatten, was bei Weitem das häufigste Problem war.

Ich saß zwischen Sophie und Kanthi, was Ärger nach sich ziehen musste. Zuerst war es nervig, dass die Leute mich anschrien und mit dem Chefingenieur oder sogar dem Geschäftsführer sprechen wollten, aber nachdem ich bei einem Mann meine Geduld verloren und ihn als schleimigen Arsch bezeichnet hatte, wurde es besser. Ich musste grinsen, als ich einfach auflegte, während er einen Wutanfall bekam, und die Mädels klatschten und jubelten. Danach war es ein Heidenspaß. Sophie und ich versuchten uns gegenseitig zu übertrumpfen und die Anrufer zu verarschen und Kanthi stachelte uns fröhlich an.

Bobbie saß an einem anderen Schreibtisch, kapierte aber schnell, was los war, und machte mit, bevor einer der Ingenieure mitbekam, was wir taten, und es unterband. Er war aber nicht verärgert, eher amüsiert, denn er und sein Kollege bekamen die gleiche blöde Aggression zu spüren, wenn sie telefonierten. Ich machte trotzdem einfach weiter, denn Charles King würde mich sicher in die Pfanne hauen und da ich bald anfing zu studieren, war es sowieso egal.

Nach der Arbeit gingen wir in ein Pub mit dem Namen Golden Eagle. Wir waren gut drauf, wegen des Unfugs, den wir den ganzen Tag über getrieben hatten, und wir waren bereit für mehr. Das, was wir mir Dominique Chalmers machen sollten, konnten wir nicht vor Kanthi besprechen, die schockiert gewesen wäre, aber keiner von uns war gemein genug, um sie wegzuschicken. Und Keith war auch noch da. Er machte ein paar komische Aktionen, weil er unbedingt neben mir sitzen wollte. Und er fragte mich ständig, wann er mich ins Kino einladen könne, was er als notwendiges Vorspiel zum Sex zu betrachten schien.

Am Ende mussten wir drei so tun, als wären wir müde, und zogen weiter. Wir beschlossen, dass der beste Ort für Dominique Chalmers' selbstauferlegte Erniedrigung Sophies Wohnung wäre. Es wurde tatsachlich spät und da es in den Pubs lauter neugierige Ohren gab und wir alle am nächsten Tag wieder arbeiten mussten, beschlossen wir nun wirklich Feierabend zu machen.

Auf dem Nachhauseweg dachte ich immer noch darüber nach und am nächsten Morgen auf dem Weg zur Arbeit auch. Besonders Bobbie verstand genau, was Dominique Chalmers wollte, und nach einer Unterhaltung in der Mittagspause war ich genauso begeistert wie die anderen beiden. Das Hauptproblem war, dass wir einen Mann brauchten, einen Drecksack, aber einen, der machte, was man ihm sagte. Niall kam nicht in Frage, weil er mir oder Bobbie oder Sophie niemals die Kontrolle überlassen würde. Es gab drei Alternativen:

Big Dog, der Stricher. Er arbeitete für Geld und würde wahrscheinlich Befehle entgegennehmen, aber er war vermutlich zu aggressiv und zu schwul für unsere Bedürfnisse.

Luke. Er würde ganz bestimmt machen, was man ihm sagte, aber er würde zu sanft sein, um seine Aufgabe richtig zu erfüllen.

Aaron. Er könnte die ideale Besetzung sein, aber ihn mussten wir uns erst angucken.

Es sollte am Samstag stattfinden, weshalb uns nicht viel Zeit blieb. Aber einen völlig Fremden wegen Sex zu kontaktieren war etwas, das man vorsichtig angehen musste. Es war aber auch ein geiler Kick, jetzt da ich einen konkreten Grund hatte. Die beiden anderen Mädels stimmten mir da zu. Wir beschlossen, gemeinsam auszugehen und Luke zur Sicherheit mitzunehmen. Er war zwar sanft, aber auch ein großer Kerl, der uns im Notfall beschützen konnte.

An jenem Abend suchte ich mit zitternden Fingern und den beiden anderen Mädels an meiner Seite Aarons Nummer raus und schickte ihm eine SMS von Sophies Handy aus, denn ich hatte das falsche Treffen, das ich am Teich von Hampstead Heath arrangiert hatte, nicht vergessen. Er antwortete sofort, was nicht verwunderlich war, da ihn drei Frauen kontaktierten, die »Möglichkeiten für seinen riesigen Schwanz« diskutieren wollten. Wir wollten uns am nächsten Abend, am Mittwoch, in dem Pub in Camden Town treffen, in dem er seine Nummer hinterlassen hatte.

Als wir unsere schmutzige Tat vollbracht hatten, ging ich zu Niall. Ich hatte versprochen, für ihn zu kochen. Ein weiteres kleines Anzeichen dafür, dass er zu besitzergreifend wurde. Wieder sagte ich mir, dass ich mit ihm reden würde, und wieder einmal vögelten wir am Ende nur. Dieses Mal geschah es nach dem Essen, ich war über den Tisch gebeugt, das Höschen spannte um meine Knie und meine Brüste hingen in einem halb leer gegessenen Teller Spaghetti Bolognese.

Niall wollte am Samstagabend mit mir ins Gogarty's gehen und ich musste ihm sagen, dass ich den Mädels bereits versprochen hatte, mit ihnen auszugehen. Ich schob einen erfundenen Frauenabend als Entschuldigung vor. Er diskutierte ein bisschen, sagte, dass seine Bedürfnisse an erster Stelle stehen sollten, aber dann änderte er plötzlich seine Meinung und ich musste mich aufs Bett knien, wo er mir den Hintern versohlte und wir es noch einmal taten, um ihn für den verlorenen Abend zu entschädigen. Danach sagte er, dass so eine Tracht Prügel zu einem regelmäßigen Bestandteil unserer Beziehung werden würde, damit er sichergehen könne, dass ich »nicht aus der Reihe tanze«.

Niemand sorgt dafür, dass Lucy Doyle »nicht aus der Reihe tanzt«, aber auch gar niemand. Mir gefiel es langsam, den Hintern versohlt zu bekommen, besonders wenn es danach heftig zur Sache ging, aber das war Sex, schlicht und einfach. Am nächsten Morgen war ich hin und her gerissen, sexuell befriedigt, aber mächtig verärgert. Auf dem Weg zur Arbeit dachte ich darüber nach, wie ich zu einer Entscheidung kommen könnte, die unausweichlich schien. Ich arbeitete an einem anderen Arbeitsplatz und konnte erst am Abend mit Sophie sprechen und dann auch erst, als wir auf dem Weg nach Camden waren und Keith abgehängt hatten. Sie war anderer Meinung.

»Mach dir darüber keine Sorgen. Du gehst ab nächste Woche auf die Uni, dreihundert Meilen weit weg. Bleib cool und ich wette, Niall wird innerhalb eines Monats eine neue Freundin haben.«

Bobbie war der gleichen Meinung und für mich ergab das durchaus einen Sinn, trotzdem tat es weh und ich wünschte mir, dass er vernünftiger wäre, was unsere Beziehung anging. Ich hätte mich wahrscheinlich in Rage geredet, aber Luke wartete vor der U-Bahn-Station Camden Town auf uns. Er sah mehr als verunsichert aus.

»Was soll jetzt noch mal passieren?«

Ich antwortete, obwohl ich es ihm bereits erklärt hatte.

»Es ist ganz einfach. Wir treffen jetzt diesen Aaron, denn er soll uns einen Gefallen tun. Du bist dabei, falls er ein Irrer sein sollte, und als besondere Belohnung darfst du ihm einen blasen, falls er auf Männer steht.«

Luke errötete sofort und schaute zu Bobbie und Sophie, die beide versuchten, nicht zu lachen. Ich machte eine ermutigende Geste.

»Keine Sorge, sie wissen es und finden den Gedanken klasse.«

Luke verzog das Gesicht, folgte uns aber, als wir die Straße entlanggingen. Egal was er für einen Charakter haben mochte, ich war froh, dass er bei uns war, aber dennoch war ich nervös, als wir das Pub betraten. Es war voll, da waren vor allem Leute in meinem Alter, die in der Stadt unterwegs waren, ein paar ältere Männer in Straßen- oder Arbeitskleidung, die etwas tranken und sich amüsierten, einige waren vielleicht verabredet, aber wenige so wie wir.

Wir bestellten etwas zu trinken und lehnten uns gegen die Wand in der Nähe der Toiletten. Wir waren alle vier angespannt, am meisten Luke, und das zu Recht, denn der Abend konnte für ihn auf alle möglichen Arten enden. Mit einer Schlägerei oder mit Aarons großem schwarzen Schwanz in seinem Mund. Sophie und Bobbie hielten sich an den Händen, ihre Augen leuchteten erwartungsvoll.

In der folgenden Stunde betraten drei schwarze Männer das Pub allein und jedes Mal tat mein Herz einen Satz. Sophie trug ein rotes Band im Haar, damit Aaron uns erkannte, aber sie sah damit wirklich süß aus, so dass alle drei Männer sie lange musterten und Bobbie und mich auch. Keiner von ihnen kam zu uns rüber und als der vierte Typ reinkam, wusste ich, dass er unser Mann war.

Er war gut 1,90 Meter groß, schlank, aber muskulös, hatte kurze Dreadlocks und Tattoos auf den Armen, aber darauf kam es nicht an. Sondern auf seine Ausstrahlung und wie er sich gab. Er strotzte vor Selbstsicherheit und strahlte eine unanständige, spöttische Sexualität aus. Er war ein Mann, der Frauen Nachrichten schicken konnte, in denen er sie aufforderte, seinen Schwanz zu lutschen, und der über Zurückweisungen lachen konnte. Sophie hatte ihn auch gesehen und atmete tief ein. Er sah sie, zeigte mit dem Finger auf sie und kam zu uns. Ich schluckte, mir war mulmig zumute und ich war sehr froh, dass er nicht wusste, dass ich diejenige war, die ihn in den Park zu dem Treffen mit dem Stricher geschickt hatte.

»Du bist also Sophie? Und ihr seid Lucy und Bobbie. Und du, du bist wohl der Bodyguard? Ich bin Aaron, aber ich schätze, das wisst ihr.«

Luke nickte kurz und versuchte tough auszusehen. Aaron machte eine lockere Geste.

»Das ist okay. Wollt ihr alle mal oder wollt ihr dabei zusehen, wie Sophie es macht?«

Das kam ein bisschen plötzlich, aber es gelang mir zu antworten, ich war entschlossen, die Kontrolle zu behalten.

»Es ist ein bisschen komplizierter.«

»Alles, was du willst, Mädchen.«

»Okay, willst du was trinken? Wir müssen einen Tisch finden, vielleicht oben.«

Ich ging zur Bar und nahm Bobbie mit. Die anderen gingen zur Treppe. Sie sagte zuerst etwas.

»Er ist süß, ein kleiner Angeber vielleicht, aber süß. Ich würde es mit ihm tun.«

»Ja, aber was ist mit Dominique?«

»Mal gucken. Nicht, wenn er aufdringlich wird, er ist schon ein ziemlich großer Kerl.«

»Ja, ist er, nicht? Was machen wir an dem Abend? Luke wird dann nicht da sein.«

»Vielleicht sollte er das doch. Er könnte in der Küche bleiben, aber ich weiß nicht, ob er tatsächlich eine große Hilfe wäre, falls es mit Aaron brenzlig wird.«

»Nein.« Ich biss mir auf die Lippe, hatte ein bisschen Angst, war aber sehr aufgeregt.

»Wir müssen uns heute eben sicher sein. Wir müssen ihm klarmachen, dass es nur ums Schwanzlutschen geht, und sehen, wie er reagiert.«

Bobbie nickte und ich versuchte, die Aufmerksamkeit eines Barkeepers zu erhaschen. Als wir die Getränke hatten, gingen wir die Treppe hoch in einen ruhigeren Teil des Pubs, in dem Sophie, Luke und Aaron an einem Tisch saßen. Sophie plauderte angeregt und lachte, Aaron hörte ihr zu, Luke hielt sich zurück. Ich stellte die Getränke ab.

»Was geht ab?«

Aaron antwortete mir.

»Mein Schwanz«, scherzte er, »sobald wir in der Wohnung dieser Lady hier sind.«

Ich schaute zu Sophie, die verschmitzt zurücklächelte. Es ging alles ein bisschen schnell.

»Okay, kein Problem, aber was wir eigentlich von dir wollen, ist, dass du am Samstagnachmittag vorbeikommst. Wir drei werden da sein und noch eine andere Frau ... eine ältere Frau, die einen ... einen speziellen Dienst wünscht.«

»Was für einen?«

Ich warf einen Blick zu einem Nebentisch, an dem ein paar Leute die Ohren gespitzt hatten.

»Nichts, womit du nicht fertig werden würdest, da bin ich mir sicher.«

»Es gibt nichts, mit dem ich nicht fertig werde, Mädchen.«

Ich musste etwas erwidern. Er war sich seiner Sache einfach zu sicher.

»Wie wäre es damit, ausgepeitscht und in den Arsch gefickt zu werden?«

»Hey, ich bin doch kein Freak!«

»Okay, um so was geht es auch nicht. Ich wollte nur gucken, wo deine Grenzen liegen. Ich erklär es dir.«

Ich neigte mich zu ihm hinüber und flüsterte ihm unser Vorhaben ins Ohr. Dabei hatte ich das Vergnügen, beobachten zu dürfen, wie sich sein Gesichtsausdruck von arrogant zu überrascht wandelte. Als ich mich wieder zurücklehnte, lächelte ich, aber ich hoffte auch, dass er cool bleiben würde. Er trank einen Schluck seines Wodka Red Bull und nickte.

»Das kann ich machen, ja, solange ich ein bisschen Action bekomme. Ihr Mädels steht also auf so was?«

»Nicht wirklich ... na ja, vielleicht. Manchmal.«

Wir unterhielten uns weiter. Aaron war ziemlich dreist und gut gelaunt. Er betrachtete es als selbstverständlich, dass wir ihn anziehend fanden. Er war wirklich arrogant und ich konnte mir vorstellen, dass er ein Mädchen dazu zwingen konnte, die Sache durchzuziehen, falls sie einen Rückzieher machen wollte, was mich mehr als ein bisschen verunsicherte. Bobbie und Sophie hatten keine solchen Bedenken, sie beförderten seine Eitelkeit noch, indem sie die zugegebenermaßen große Beule in seiner Jeans bewunderten, sogar streichelten. Das hielt er nicht lange aus. Er kippte seinen dritten Wodka Red Bull hinunter und stand auf.

»Wir müssen gehen oder es wird hier eine Explosion geben.«

Sophie schmiegte sich mit ihrem Gesicht an seinen Schoß und schnurrte glücklich. Sie hakte sich bei ihm unter, als wir das Pub verließen, Bobbie nahm seinen anderen Arm. Mir blieb Luke, der sich genauso darauf freute zuzusehen, wie sie sich darauf freuten, Aarons Schwanz zu lutschen. Es war einfach für Aaron, auf ihm lastete kein Druck und er war total von sich überzeugt, seine Arme lagen erst um die Schultern der Mädels, als wir die Straße entlangliefen, aber als wir Sophies Wohnung erreichten, waren seine Hände schon zu ihren Hinterteilen gewandert.

Ich fragte mich, ob er etwas gegen Luke haben würde, aber er ignorierte ihn einfach, begrapschte und küsste die Mädels und kniff auch mir in den Hintern, als wir aus dem Fahrstuhl stiegen. In Sophies Wohnung ging es direkt zur Sache. Aaron setzte sich breitbeinig in die Mitte des Sofas. Die Mädels ließen sich rechts und links neben ihm nieder und holten seinen Schwanz aus der

Hose. Er war groß, sehr groß, dick und schwarz, erst halb steif, die rosafarbene Spitze der Eichel ragte aus der Vorhaut heraus.

Sophie nahm ihn sofort in ihren Mund, während sie seine Eier rausholte. Bobbie sah ihr einen Moment lang zu, bevor sie mitmachte. Die beiden leckten seinen sich schnell aufrichtenden Schwanz, er sah ihnen dabei amüsiert zu. Ich wollte ihn in meinem eigenen Mund spüren und ich wusste genau, was Luke gerade durch den Kopf gehen musste, denn Aaron musste sein Traummann sein, wenn es ums Schwanzlutschen ging.

Plötzlich sah Aaron zu mir auf und zeigte auf seinen Schwanz.

Warum nicht? Ich kniete mich zwischen seine gespreizten Beine, meine Arme legte ich um Bobbie und Sophie, als ich mein Gesicht in seinem Schoß vergrub. Ich leckte seine dunklen, schweren Eier. Ich wollte, dass meine Brüste nackt waren, während ich es tat, vielleicht auch mein Arsch, um ihn anzumachen, um zu sehen, ob er die Vereinbarung brechen würde, von der ich wusste, dass Bobbie sie getroffen hatte. Und wenn ich gefickt wurde, nun ja … dann wurde ich eben gefickt.

Ich langte an meine Bluse, öffnete die Knöpfe. Er sah zu, wie ich sie aufmachte und meinen BH nach oben schob. Ich hielt kurz inne, um meine Brüste in die Hände zu nehmen, bevor ich wieder seine Eier und seinen Schaft leckte. Bobbie war auch nicht besser, sie hatte die Hand in ihrer Hose, spielte an sich herum, während sie seinen Ständer bewunderte. Und Sophie hatte Oberteil und Rock bereits nach oben geschoben, so dass man ihren BH und ihr Höschen sehen konnte. Aarons Hände hatten auf der Sofalehne gelegen, waren jetzt aber an den Ärschen der beiden.

Er wurde fordernder, aber ich war zu erregt, um mich darum zu kümmern. Ich spielte mit meinen Brüsten, während wir drei seinen wunderschönen Schwanz und seine Eier leckten, saugten und küssten. Schon bald hob ich meinen Rock hoch, zeigte meinen Slip, dann meinen nackten Hintern, sicherlich eine Einladung? Er hielt sich zurück, war cool und lässig, während wir drei ihn bearbeiteten, aber plötzlich schien er die Beherrschung zu verlieren. Er bäumte sich auf und ich fiel nach hinten, meine Beine waren weit gespreizt, meine Pussy nackt, sein Körper lag plötzlich auf meinem. Sein Schwanz stieß tief in mich, während ich schockiert nach Luft schnappte und er mich fickte, unheimlich heftig. Er nannte mich Nutte und geile Schlampe, während ich unter ihm stöhnte und keuchte.

Luke stand tatenlos und mit offenem Mund daneben, als ich auf dem Boden gevögelt wurde. Bobbie und Sophie reagierten, zogen an Aarons Schultern, aber es war zu spät, er spritzte bereits ab, tief in mir, bevor er seinen Schwanz herauszog und den Rest über meinem Venushügel verteilte. Ich hechelte, war benommen vom Sex, zu geil, um mich zurückzuhalten, als meine Finger zu meiner Klit wanderten. Aaron grinste dreckig, als er aufstand und mir dabei zusah, wie ich mich selbst befriedigte, nach dem, was er mit mir gemacht hatte. Die Mädels sahen es und ließen ihn los, sahen zu, wie meine Finger in meiner Spalte arbeiteten, die nass war von seinem Sperma, wie ich mich zum Höhepunkt brachte, höher und höher, während ich mir immer und immer wieder vorstellte, wie er mich gerade auf den Boden geworfen und gefickt hatte, bis ich kam und laut schrie.

Als wir uns am Donnerstag nach der Arbeit wieder zusammensetzten, fiel es uns wirklich schwer zu entscheiden, was wir tun sollten. Wie Sophie sagte – und ich musste ihr da zustimmen –, war es ein bisschen viel von Aaron – oder jedem anderen heißblütigen Mann – verlangt gewesen, mich nicht zu vögeln. Auf der anderen Seite hatte er nicht einmal gefragt oder sich hinterher entschuldigt, er war einfach davon ausgegangen, dass ich es wollte, weil ich meinen Slip runtergezogen hatte. Ich hatte es natürlich gewollt, aber das war nicht der Punkt.

Bobbie meinte, dass er sich aber bis zu diesem Zeitpunkt gut benommen hätte, obwohl er seine Finger in ihren Muschis gehabt hatte, als es ihn überkam. Solange wir also bereit waren, ihn zu befriedigen, würde es gut laufen. Sophie war auch dieser Meinung, aber ich war mir nicht so sicher. Zumindest wollte ich einen zuverlässigen Mann in der Nähe haben – einen Mann, der nicht so vollkommen und absolut nutzlos war wie Luke.

Luke war einfach eingeschüchtert von Aaron, im Grunde weil er eigentlich vor ihm knien und seinen Schwanz hatte lutschen wollen, vorzugsweise während wir drei ihm dabei zusahen und ihn auslachten.

Das war okay, aber für unsere Zwecke nutzlos. Ich brauchte einen Mann, dem ich vertrauen konnte, einen richtigen Mann, und mir fiel nur einer ein – Todd Byrne.

Vielleicht hätte ich auf den Job verzichtet, aber je mehr ich darüber nachdachte, desto wunderbar unanständiger erschien es mir. Nachdem wochenlang von mir erwartet worden war, dass ich vor Geschäftsleuten kuschte, würde ich dabei viel Dampf ablassen können. Und außerdem brauchte ich das Geld – fünfhundert für jeden –, denn ich hatte es trotz der guten Bezahlung tatsächlich geschafft, mehr auszugeben, als ich verdient hatte. Ich hätte es vielleicht immer noch nicht getan, aber ein Anruf am Freitagmorgen gab den entscheidenden Ausschlag.

Es war der Anruf, auf den ich schon die ganze Woche gewartet hatte. Es war Maryam Smith. Sie wollte nicht einmal, dass ich ins Büro von Super Staff kam. Ich war gefeuert und damit war die Sache erledigt, keine Erklärung, nichts. Es musste Charles King gewesen sein, vielleicht hatte er gedroht, der Agentur keine Aufträge mehr zu geben, wenn sie mich nicht rausschmeißen würden. Vielleicht hatte er sich eine ungeheuerliche Lüge über mich ausgedacht, möglicherweise sogar die Wahrheit erzählt, oder eine verdrehte Version davon. Wie auch immer, ich kochte vor Wut.

Es war nicht fair, dass ich meinen Job verlor, nur weil ich sein kostbares Ego verletzt hatte und das war es doch, nichts weiter. Ich hatte das Recht, Sex mit Sam zu haben oder mit jedem anderen, wenn ich es wollte, und wie ich es wollte. Vielleicht, aber nur vielleicht, hatte er einen Grund, verärgert zu sein, aber mir meinen Job wegzunehmen war nicht in Ordnung.

Ich wollte zu Maryam Smith gehen und ihr sagen, wo sie sich ihren Job hinstecken konnte, aber als ich die Edgware Road erreichte, hatte ich eingesehen, dass das sinnlos war. Es war nicht ihre Schuld und sie kannte die Wahrheit wahrscheinlich nicht. Charles King war schuld, aber was konnte ich tun? Ich betrank mich, zog von einem Pub ins nächste, kippte Guinness und Whiskey hinunter und schmiedete immer abstrusere Rachepläne. Der einzige, der auch nur im Geringsten durchführbar war, hatte mit den Jungs aus Tilbury zu tun.

Sie könnten mit mir machen, was sie wollten, wenn sie Charles im Gegenzug zu Brei schlagen würden. Aber dann würde ich im Knast landen. Ich saß im fünften Pub, als ich eine Idee hatte, die perfekte Rache, die ihn hart treffen, mich aber nicht ins Gefängnis bringen würde.

Ich machte mir fast in die Hose, als ich mich auf den Weg zu KMC machte, aber ich hielt durch, schlug die Beine übereinander und wackelte mit den Zehen, als ich im Bus saß. Ich presste die Schenkel fest zusammen, als ich an der Rezeption stand. Reuevoll fragte ich, ob ich Mr King sprechen dürfe, und als Andrew Miller runterkam, um zu fragen, was ich wolle, sagte ich ihm, dass ich mich entschuldigen wolle.

Und los ging es, durch das Sicherheitssystem und vor den großen Charles King, der mich herablassend und selbstgefällig ansah. Mitten in seinem Büros zog ich meinen Slip zur Seite und entleerte den Inhalt meiner vollen Blase auf seinem unbezahlbaren Perserteppich.

Es dauerte fast zwei Stunden, bis ich das KMC-Gebäude wieder verlassen hatte. So lange brauchte Charles King, um sich zu beruhigen und einzusehen, dass es nicht gut für seinen Ruf wäre, wenn ein neunzehnjähriges Mädchen behaupten würde, er hätte von ihr verlangt, vor ihm zu pinkeln.

Meine Version war einfach. Ich wollte mich entschuldigen. Er verlangte etwas Obszönes, um mich zu demütigen, bevor er mich so richtig durchvögeln wollte. Da ich verängstigt und verwirrt war, stimmte ich zu, dachte nur nicht daran, dass ich es nicht auf dem Teppich machen sollte. Er tobte, aber letztendlich sah er ein, dass man eher der armen weinenden Lucy Doyle glauben würde und nicht dem großen bösen Charles King, der mehr Büroangestellte verführt hatte, als er heiße Mahlzeiten zu sich genommen hatte.

Ich ging.

Ich fühlte mich gut, wirklich gut. Triumphierend ballte ich die Fäuste, als ich mit hoch erhobenem Kopf durch die Lobby hinausspazierte. Erst als ich wieder auf der Straße war, begriff ich, was ich getan hatte. Ich zitterte am ganzen Körper und musste mich erst einmal setzen. Dann liefen mir die Tränen herunter. Dann musste ich lachen. Beim Weitergehen dachte ich an sein Gesicht, als ich mich auf dem Teppich erleichtert hatte, an seine Sprachlosigkeit und seine ohnmächtige Wut. Auf dem Heimweg machte sich ein gemeines Grinsen auf meinem Gesicht breit. Ich hatte beschlossen, Todd Byrne zu bitten, am Samstag unser Bodyguard zu sein, und ich war in der Stimmung, meine überschüssige Energie beim Sex abzubauen.

Er war noch bei der Arbeit im Gemeindezentrum, aber nach dem Vorfall mit dem Teppich machte ich mir keine Sorgen darum, Pater Jessop über den Weg zu laufen. Ich fuhr bis Kilburn Park, ging zum Gemeindezentrum und sang dabei fröhlich vor mich hin. Jessop war nirgends zu sehen, aber Todd war da und schnitt gerade eine Hecke, auf seinem muskulösen, nackten Oberkörper glänzten die Schweißperlen. Er grinste, als er mich sah.

»Hi Todd, du hast gesagt, ich könnte mal vorbeikommen. Hast du einen Moment Zeit?«

»Für dich immer. Willst du mit reinkommen?«

»Klar.«

Ich folgte ihm in seine Hütte, beobachtete dabei, wie sich seine Rückenmuskeln anspannten. Allein sein Geruch machte mich scharf, ganz zu schweigen von seinem Aussehen und dem Wissen, was er mit mir machen konnte. Die Energie, die ich bei King aufgebaut hatte, verwandelte sich schnell in sexuelle Energie. Er grinste, als er sprach.

»Was kann ich für dich tun?«

Wir kannten beide die Antwort und Dominique Chalmers konnte warten.

»Das, was du am besten kannst, Todd. Ich brauche es wirklich.«

Das musste ich ihm nicht zweimal sagen. Als ich an ihn herantrat, schlang er seine Arme um mich und küsste mich. Er schob meinen Rock nach oben und ich tastete nach seinem Reißverschluss. Einen Augenblick später war mein Slip nicht mehr da, wo er vorher war, und sein Schwanz schwoll in meiner Hand an, während er meinen Hintern befummelte, unsere Münder klebten aneinander, als wir uns gegenseitig auf den Sex vorbereiteten.

Ich kniete mich vor ihn, bevor er vollkommen steif war, ich wollte spüren, wie er in meinem Mund anschwoll, und ihn kosten. Er hielt meinen Kopf, während ich saugte, ließ mich nur so lange machen, bis sein Schwanz steif war. Dann fasste er mir unter die Arme, hob mich hoch und drückte mich fest gegen die Tür. Er riss meinen Slip runter und drang tief in mich ein. Ich fing sofort an zu stöhnen und zu keuchen, während er mich fickte, meine Beine weit gespreizt, die Brüste wackelten. Todd riss meine

Bluse auf und stöhnte dabei wie ein Tier; seine verschwitzte, behaarte Brust rieb an meinen Nippeln und seine raue Hose an meiner Pussy, er zog meine Lippen auseinander und berührte meine Klit.

Ich stöhnte mir die Lunge aus dem Hals, als ich kam, unfähig mich zu beherrschen, ich wand und krümmte mich in seinem Griff, Schauer um Schauer überkam mich, bis er mit einem letzten wilden Aufstöhnen voll und ganz in mich stieß und in mir abspritzte. Er schaute mir in die Augen, hatte ein freches und dreckiges Grinsen im Gesicht, ganz der schlimme Junge, der er war.

Er gab mir einen letzten Kuss, bevor er mich von seinem Schwanz hob und in einen Sessel setzte. Er achtete dabei nicht auf mein zerzaustes Aussehen und meine Klamotten, die er kaputt gemacht hatte. Es fehlten einige Knöpfe an der Bluse und mein Slip war ein hoffnungsloser Fall – ein zerknittertes, feuchtes Etwas, das nach Pheromonen roch. Als ich ging, hatte er mir die Zusage gegeben, am Samstag dabei zu sein. Wir hatten vereinbart, dass er mit mir ins Bett gehen konnte, wenn er seine Aufgabe erledigt hatte. Das war okay, ich würde es dann sowieso brauchen.

Dominique Chalmers rief mich am Samstagmorgen an und fragte, ob alles nach Plan laufe. Ich sagte, dass alles okay sei, und war ziemlich zuversichtlich, dass alles klappen würde. Sie würde um 13:20 Uhr mit dem Zug in Paddington ankommen, wo ich sie treffen sollte. Von da an war jedes Detail gründlich mit Bobbie, Sophie, Aaron und Todd abgesprochen. Mir fielen immer noch ein Dutzend Dinge ein, die schiefgehen konnten, aber ich konnte nichts weiter tun, als die Daumen zu drücken.

Ich nahm ein Taxi nach Paddington und kam gerade rechtzeitig an, als der Zug einfuhr und die Passagiere ausspuckte, darunter auch Dominique Chalmers, die ein teures weißes Designerkostüm trug, herausgeputzt war wie ein Pfau, als ob sie zu einer Gartenparty bei der Queen gehen würde. Sie blickte so hochnäsig drein, wie ich sie in Erinnerung hatte. Ich nickte ihr freundlich und unterwürfig zu, grüßte sie respektvoll, als ich ihr Gepäck nahm.

»Guten Tag, Miss Chalmers«, sagte ich in einem gekünstelten Singsang, von dem wir beide wussten, dass er nicht echt war.

Sie machte sich nicht die Mühe zu antworten, sondern ging schnell zum Taxistand, ich stolperte hinterher. Mein Taxi wartete noch. Die Augen des Fahrers waren starr nach vorn gerichtet, während er etwas sehr Kalorienreiches aß. Ich hielt Miss Chalmers die Tür auf und lud ihr Gepäck in den Kofferraum, bevor ich selbst einstieg und mich neben den Fahrer setzte. Vom Rücksitz ertönte ein einziges Wort.

»Knightsbridge.«

Wir brauchten eine Weile, bis wir dem Bahnhofsverkehr entkommen waren, aber dann waren wir an der Ausfahrt und weg. Wir fuhren nach links und bogen dann wieder nach links ab. Erst als wir uns im dichten Verkehr auf der Marylebone Road befanden, sprach Miss Chalmers wieder mit ungeduldiger Stimme.

»Das ist nicht der Weg nach Knightsbridge.«

»Nein, ist es nicht.«

Ich machte die Zentralverriegelung zu, die einen befriedigenden Klick von sich gab. Miss Chalmers sprach weiter, jetzt verärgert und im Befehlston.

»Was tun Sie denn? Drehen Sie auf der Stelle um!«

»Nein, das werden wir nicht. Hier nach links, Aaron.«

Er bog in das Durcheinander kleiner Straßen östlich der Station Marylebone ab. Wir beide ignorierten Miss Chalmers' Proteste. Dann hielten wir an einem Platz, an dem eine Reihe Zierkirschen standen, die halb über das Auto hingen. Das war der erste riskante Augenblick. Ich sah mich um, als Bobbie und Sophie einstiegen und sich rechts und links neben unsere vornehme Klientin setzten.

»Okay, du arrogante Schlampe, jetzt zahlen wir es dir heim!«, sagte Bobbie, die unser Opfer packte, während Sophie ihren Slip unter ihrem Rock auszog und ihn in Miss Chalmers' offenen Mund steckte, wodurch diese nur noch ein schwaches Murmeln von sich geben konnte. Nach einem kurzen Kampf hatte man ihr die Strümpfe ausgezogen und ihr damit Hände und Füße gefesselt. Sie war jetzt hilflos und derangiert, ihr Rock war so weit hochgerutscht, dass man ihr teures Seidenhöschen sah, ihre Bluse war zerrissen und offenbarte die Rundung einer prallen Brust.

Während Bobbie und Sophie begannen, Dominique Chalmers den Schmuck abzunehmen und ihre Tasche nach Geld und Kreditkarten zu durchwühlen, fuhr Aaron wieder los. Wir hatten es getan, unbeobachtet, und mein Herz, das wie wild hämmerte, beruhigte sich ein wenig, als wir schneller fuhren. Miss Chalmers wehrte sich noch immer, als wir eine Schleife um den Regent's Park drehten und dann Richtung Camden Town fuhren. Sie zerrte wütend an ihren Fesseln und protestierte, so gut das eben ging mit Sophies Höschen im Mund.

Die Mädels lachten sie aus und fingen an, sie zu quälen. Sie machten ihre Jacke auf und kniffen ihr in die großen Brüste, zwickten ihr in die Oberschenkel und in die Rundung ihres Bauches. Ich sah zu, amüsierte mich, während sie sich wand und zuckte, und hin und wieder langte ich auch zu, wenn ich an ihre weichen Brüste kam.

Wir erreichten Sophies Block, die nächste risikoreiche Etappe stand bevor. Wir fuhren in die Tiefgarage und hielten in der dunkelsten Ecke an. Ich stieg als Erste aus und rannte zum Fahrstuhl. Ich gab den anderen das Signal, mir zu folgen, als die Türen des leeren Lifts sich öffneten. Die drei schleppten Miss Chalmers vom Auto aus zu mir, ihre schicken Lederschuhe schabten über den rauen Beton. Ich hielt die Tür auf und drückte den Knopf für Sophies Stockwerk, als sie sie in den Lift stießen.

Es brauchte nur jemand den verdammten Fahrstuhl anzuhalten, bevor wir in Sophies Stockwerk ankamen, aber wir hatten Glück und niemand tat es. Sophie lief schnell zur Wohnungstür, um aufzuschließen, wir anderen folgten ihr mit der zappelnden Miss Chalmers zwischen uns. Wir hatten es geschafft und ließen unser Opfer auf den Boden fallen, Sophie triumphierte.

»Wir haben sie! Bring sie ins Bad, Aaron, und wir stoßen erst einmal an.«

Bobbie antwortete ihr.

»Ja. Wartet, ich werde vom Geld der Schlampe Champagner kaufen, den besten!«

Aaron schleifte Miss Chalmers ins Bad und setzte sie auf den gefliesten Boden, als Bobbie die Wohnung verließ. Ich ließ mich aufs Sofa fallen, war unglaublich froh, dass wir es bis hierhin geschafft hatten. Wir waren jetzt in Sicherheit und konnten uns entspannen.

Todd war in der Küche, mampfte ein Sandwich und begrüßte mich mit einem Zwinkern. Ich ging zu ihm, küsste ihn, legte meine Hand nur einen Augenblick in seinen Schoß, zog sie aber zurück, als er meinen Hintern berührte.

»Später, alles, was du willst. Das macht Spaß!«

Er schüttelte den Kopf missbilligend, gab mir einen Klaps auf den Hintern und ließ mich los. Aaron kam zurück ins Wohnzimmer, die Badezimmertür war geschlossen.

»Ihr seid mir vielleicht drei verrückte Luder!«, rief Todd, während er weiter sein Sandwich aß.

Er lachte und Sophie stimmte ein, ließ sich auf einen Stuhl fallen. Auch Aaron setzte sich, breitbeinig, sein Schwanz zeichnete sich als große Beule in seiner Hose ab. Ich sah auf die Uhr, wollte sichergehen, dass wir gut in der Zeit lagen, und machte es mir bequem. Ich machte mir jetzt keine Sorgen mehr, sondern spürte ein angenehmes Kribbeln, als die Aufregung in mir wuchs.

Bobbie kam mit einer halben Kiste erlesenen Champagners zurück. Sophie holte Gläser und wir tranken, stießen aufeinander an und darauf, dass unser Plan ein Erfolg war. Uns war bewusst, dass Miss Chalmers jedes Wort verstand, das wir sagten. Besonders Sophie war mit sich zufrieden.

»Das wird so gut werden, so verdammt gut. Wenn ich an all das Hinternversohlen denke …«

»Und ihre Haarbürste! Sie wird es bereuen, die je benutzt zu haben.«

»Sie wird alles bereuen, wenn wir erst einmal mit ihr fertig sind, nicht nur die Schläge, sondern jede hochnäsige Bemerkung.«

»Jeden Befehl in diesem gemeinen Ton.«

»Jede herabsetzende Bemerkung.«

»Jede erniedrigende Aufgabe. Mehr Champagner, Aaron, Sophie?«

Wir tranken und tranken, vier Flaschen in einer Stunde. Mir drehte sich der Kopf und ich musste dringend aufs Klo. Ich wusste, was ich tun würde. Meine Rache an King hatte mich inspiriert und ich fühlte mich zunehmend unanständig. Als die Zeit gekommen war, war ich mehr als bereit für Dominique Chalmers. Ich trank mein Glas leer.

»Gehen wir.«

Aaron hatte Sophies Bluse geöffnet und mit ihren Brüsten gespielt, aber sie entzog sich jetzt seiner grapschenden Hand. Beide standen auf und Aaron musste zuerst seine Erektion sortieren. Ich schüttelte gespielt verärgert den Kopf.

»Ts ts, zuerst bringst du den besser wieder runter.«

Er zuckte mit den Schultern, zog seinen Reißverschluss runter und holte ihn raus, seinen dicken, harten braunen Schwanz, der vertikal aus seinem Hosenstall stand. Ich spürte, wie sich mein Bauch zusammenzog, ich erinnerte mich daran, wie er in mich eingedrungen war.

»Okay, ich denke, das ist gut. Hol auch deine Eier raus.«

Und draußen waren sie, wölbten sich unter dem Turm seines Ständers, ein Anblick, der jedes unanständige Mädchen erfreuen und jedes brave verängstigen würde. Vielleicht auch eine Lesbe mittleren Alters. Ich ging voran und stieß die Badezimmertür auf. Dominique Chalmers saß genauso da, wie wir sie zurückgelassen hatten, gefesselt und geknebelt auf dem Boden, ihr Designerrock war hochgerutscht und man sah den Schritt ihres weißen Seidenhöschens, ihre zerrissene Bluse zeigte die Haut ihres üppigen Busens. Ihr Blick klebte an Aarons Ständer. Ich gab einen Befehl.

»Zieht sie aus.«

Ich ging zur Wanne und nahm die große hölzerne Badebürste in die Hand, die Sophie am Vortag gekauft hatte. Bobbie trat als Letzte ins Bad, in der Hand hatte sie die silberne Haarbürste aus Dominiques Tasche. Sophie hockte sich hin, grinste, als sie Dominiques Bluse aufriss und an ihrem BH zerrte, um ihre schweren, festen Brüste zu entblößen. Dominique hatte wieder angefangen, sich zu wehren, und sie gab schwache, jammernde Geräusche durch den Knebel von sich, aber das nutzte ihr nichts. Wir rollten sie auf den Bauch, schoben ihr den Rock hoch, zogen ihr den Slip bis zu den Schenkeln runter. Ihr Hintern war jetzt nackt – zwei schneeweiße, fleischige Backen, erwartungsvoll zitternd. Aaron schnalzte bei ihrem Anblick zufrieden mit der Zunge, weshalb ich kichern musste, als ich sprach.

»Okay, Chalmers, zuerst bekommst du deine eigene Medizin zu schlucken. Einhundert Schläge.«

Bobbie trat vor und stellte einen ihrer Stiefel mit dem spitzen Absatz auf Dominiques Rücken. Sogleich schlug sie mit der Haarbürste auf den nackten, bebenden Hintern. Ich machte mit, benutzte die Badebürste. Ich konnte mir ein Grinsen nicht verkneifen, als ihre prallen Backen unter den Schlägen zitterten, die weiße Haut wurde schnell rot.

Sophie zählte die Schläge, ihr hübsches Gesicht zierte jetzt ein gemeines Grinsen. Je öfter wir zuschlugen, desto härter wurden unsere Schläge, Schlag um Schlag, bis Dominique sich vor Schmerzen wand; ihre Muskeln zuckten und ihr Hintern bewegte sich auf und ab, so dass man zwischen ihre Beine gucken konnte und die Lippen ihrer glänzenden Muschi sah. Wir beachteten ihr Winseln um Gnade nicht, zogen die ganzen einhundert Schläge durch. Danach lag sie zitternd auf dem Boden, ihr Hintern war knallrot, ein unkontrollierbar zuckender Muskel. Ich trat zurück.

»Ich hoffe, das war dir eine Lehre, Chalmers. So fühlt es sich an, bestraft zu werden, du miese Schlampe. Fühlt sich gut an, oder, so wie es sich anfühlen sollte? Fühlt es sich gut an, ausgezogen und erniedrigt zu werden und den Arsch versohlt zu bekommen, Miss Chalmers? Den nackten Arsch versohlt zu bekommen?«

Sie antwortete mit einem gedämpften Seufzer. Ich trat näher und hob meinen Rock hoch.

»Okay, Mädels, Aaron?«

Aaron war nicht okay, sein Schwanz war steif wie ein Stock. Ich schüttelte den Kopf, trat über Dominique, die auf dem Bauch lag, und spreizte ihre Beine.

»Dreh dich um, Schlampe, oder du bekommst noch mal hundert.« Sie gehorchte und drehte sich um. Als sie mich ansah, lag in ihrem Blick pure Lust und Begierde. Bobbie stellte sich in Position über Dominiques Kopf und Sophie stand mit gespreizten Beinen auf der Höhe von Dominiques Taille. Beide hatten ihre Röcke hochgehoben, Sophie war darunter nackt, Bobbie trug ein weißes Spitzenhöschen, den sie zur Seite zog. Dominique sah nun direkt eine nackte Pussy über sich. Auch ich zog mein Höschen zur Seite und streckte meinen Bauch ein wenig nach vorn, so dass mein Schritt genau über Dominiques Venushügel war. Sie riss die Augen auf und fing wieder panisch an, sich zu winden, als ich zu ihr sprach.

»Okay, Schlampe, hier hast du Champagner, secondhand!«

Ich pinkelte los, meine Pisse spritzte auf ihren Körper, auf ihre Pussy und ihren Bauch, machte ihren Slip und ihre Schenkel nass. Sophie lachte und pinkelte auch los, genau auf Dominiques Brüste, und zum Schluss pinkelte ihr Bobbie direkt ins Gesicht. Ich fand es irgendwie gemein, dass wir sie vollpinkelten, aber ich wusste aus dem, was Sophie mir erzählt hatte, dass es sie tierisch anmachte, wenn sie gedemütigt wurde. So seltsam es zu sein schien, sie würde uns dafür wahrscheinlich sogar belohnen. Dominique Chalmers war ein seltsames Wesen, ein höchst ungewöhnliches Biest – eigentlich ein weiblicher Perversling. Mich machte es auch an. Ich konnte nicht leugnen, dass unter meinem Mitleid eine sadistische Freude brodelte, dass ich mich wunderbar verdorben fühlte. Niemand wurde verletzt. Er war nur ein unanständiger Spaß.

Wir zeigten es ihr, lachten uns dabei halbtot. Sie war erbost, wand sich auf dem Boden, dann drehte sie sich um, um ihr Gesicht zu schützen, aber jetzt bekamen es ihre Haare ab. Als wir fertig waren, zerrte sie an ihren Fesseln, ihre großen Brüste klatschten auf den nassen Boden, ihr glänzender Hintern bewegte sich in ihrer Qual, zeigte ihr Poloch und die Lippen ihrer Pussy. Ich trat zurück.

»Du bist dran, Aaron. Jetzt kommt das Finale. Er wird dir zeigen, wo es langgeht.«

Chalmers wurde wild, rutschte in der Pfütze unter ihr herum, ihre Brüste und ihr Bauch badeten darin, während sie versuchte sich zu befreien. Ihr nackter Hintern wackelte wie wild. Sophie biss sich aufgeregt auf die Lippe, als Aaron sich mit seinem riesigen dunklen Schwanz in der Hand hinkniete. Er betastete ihre Möse und verkündete, wie feucht sie war.

Ich starrte, als er es tat, mein Bauch grummelte und ich spürte einen heißen Rausch zwischen meinen Beinen, als er sie derb mit den Fingern fickte – dieser grobe Typ mit der vornehmen Frau. Sie seufzte bitter, als Aaron seinen Schwanz in die Hand nahm und sich dann so positionierte, dass er ihn zu der Melodie ihrer gedämpften Seufzer in sie stoßen konnte.

Meine Hand war zwischen meine Beine gewandert, als ich zusah, wie sie gevögelt wurde, ich dachte daran, wie es sich angefühlt hatte, und ich konnte mich nicht zurückhalten. Ich saß mit gespreizten Beinen auf dem Wannenrand und beobachtete sie, während ich mich durch meinen Slip streichelte, bis sich Bobbie und Sophie neben mich setzten, um die Live-Sexshow ebenfalls zu genießen. Bobbie schob ihre Hand zwischen meine Schenkel und in meinen Slip. Ich hielt sie nicht davon ab, sondern revanchierte mich, bei ihnen beiden. Wir drei streichelten einander, während wir dabei zusahen, wie Dominique Chambers auf dem Boden gefickt wurde.

In diesem Moment wollte ich so behandelt werden, wie sie behandelt worden war, von drei rachsüchtigen Mädels auf der Straße entführt, gefesselt und geknebelt werden, den nackten Hintern versohlt bekommen, ausgelacht werden, während sie mich bepinkelten, und schließlich an einen Mann übergeben werden, der mich bewusstlos fickte, während sie sich dazu selbst befriedigten.

Ich spürte, wie sich mein Körper anspannte, Bobbies Finger rieben fester und ich kam, mein Blick war auf die Stelle geheftet, wo Aarons dicker schwarzer Schwanz zwischen Dominiques versohlten, nass glänzenden Backen hinein- und hinausglitt. Ich hielt mich ewig zurück, meine Finger zwischen den Beinen der Mädels, bis Bobbie ihre Hand wegriss und meine an ihre Pussy presste. Sie kam und stöhnte dabei leise.

Sophie zog an meinem Arm, als Bobbie noch nicht ganz fertig war, und ich konnte mir denken, was sie wollte. Ich ging runter, als sie sich aneinanderkuschelten, und vergrub mein Gesicht in

Sophies Schoß. Als ich sie leckte, packte sie mich an den Haaren. Ihre Beine waren weit gespreizt, ihr Bauch nach vorn geschoben und ich küsste ihr Poloch. Ich war zu erregt, um darüber nachzudenken. Sie schnurrte zufrieden, als meine Lippen sich auf den kleinen gekräuselten Ring drückten. Dann zog sie mich fest an sich und Bobbie fing an, an ihrer Brust zu saugen.

Hinter mir fing Aaron an zu stöhnen und Dominiques gedämpfte Schreie waren jetzt drängend und verzweifelt. Ich leckte heftiger an Sophies Klit und plötzlich spannten sich die Schenkel um meinen Kopf herum an und sie kam. Erst als sie mein Haar losließ, lehnte ich mich zurück, um den Höhepunkt von ihrer Behandlung zu sehen.

Aaron war fast fertig, hatte seine Lippen aufeinandergepresst und stöhnte angestrengt, während er seinen Schwanz immer und immer wieder in sie stieß. Ich näherte mich. Meine Hand glitt unter Dominiques Bauch und fand ihre Klit. Ich streichelte sie, hatte alles um mich herum vergessen, außer meiner Aufgabe, als ich ihr das gab, worum sie mich gebeten hatte – einen Orgasmus im intensivsten Moment ihrer Fantasie, wenn der Mann, den wir ausgesucht hatten, damit er sie fickte, seinen Höhepunkt erreichte.

Sie zitterte am ganzen Körper, als es sie überkam, sie hatte den längsten Orgasmus, den ich je erlebt hatte. Es ging bereits los, bevor Aaron seinen eigenen Höhepunkt stöhnend und keuchend erreicht hatte, und dauerte lange an, nachdem er seine Ladung in ihr abgefeuert hatte. Ich hörte erst auf mit dem Streicheln, als sie vollkommen erschlafft war und ihren Kopf drehte, um mich anzusehen. Sie sah erschöpft aus, aber auch dankbar und glücklich.

Ich hatte es getan, alles, ohne Probleme. Sogar Aaron hatte seine Rolle perfekt gespielt. Ich war auch gekommen, war erregter, als ich es erwartet hatte, was aber nicht hieß, dass ich mich später nicht noch mit Todd einlassen würde. Er hatte uns von der Tür aus zugesehen, äußerst amüsiert, und es war nicht zu leugnen, was die Beule in seiner Hose zu bedeuten hatte. Ich drückte ihn freundschaftlich und gab ihm einen Kuss.

»Ich bin gleich bei dir, lass uns nur ein wenig saubermachen.«

Er nickte und ging sich ein Glas Champagner eingießen, als wir anfingen aufzuräumen. Wir duschten nacheinander, seiften einander ein und waren wieder sauber und ordentlich. Dominique war vollkommen begeistert, sprühte geradezu vor Freude und sah sehr entspannt aus. Sie nannte mich ihren Engel, was mir ein wenig unpassend erschien nach dem, was wir mit ihr gemacht hatten, aber es störte mich nicht. Und es störte mich auch nicht, dass sie mir später Geld in die Hand drückte, tausend Pfund in Fünfzigern. Das konnte ich als Studentin gut gebrauchen.

Wir hatten nur noch eine Flasche Champagner, also schickte Dominique Bobbie los, um neuen zu besorgen, sie sollte dabei keine Kosten scheuen. Wir waren gerade mit dem Aufräumen fertig und ich stopfte die Klamotten, die noch zu retten waren, in die Waschmaschine, als es klingelte. Sophie zog sich gerade im Schlafzimmer um, also ging ich an die Tür, denn ich dachte, es sei Bobbie mit dem Champagner.

War es aber nicht.

Es war Keith. Er hielt eine Flasche billigen Weißwein in der Hand und versuchte, fröhlich zu klingen, als er sprach.

»Hi Lucy, Keith ist da, jetzt kann die Party losgehen!«

Ich zögerte eine Sekunde zu lang, fragte mich, was ich sagen sollte, und da drängte er sich auch schon an mir vorbei. Da alle herumsaßen und Champagner tranken, konnte ich nicht behaupten, dass es keine Party wäre, und ich würde ihm sicher nicht die Wahrheit sagen. Ich wollte auch nicht seine Gefühle verletzen, selbst wenn es unhöflich von ihm war, uneingeladen aufzutauchen, nur weil er wusste, dass wir uns treffen wollten. Aber was konnte ich sagen?

Sophie kam aus dem Schlafzimmer. Sie trug jetzt einen roten Catsuit aus Latex, der die Brüste nicht bedeckte. Sie war offensichtlich für mehr zu haben.

»Keith!«

Er starrte sie mit offenem Mund an. Ihr Gesichtsausdruck wandelte sich von überrascht in verärgert, als sie sich die Hände über die Brüste legte.

»Was machst du denn hier?«

Ich hörte den Lift und ging schnell zur Tür, falls es ein Nachbar war.

War es nicht. Es war Luke und bei ihm war Big Dog, der Stricher. Der eine trug eine Jeans, der andere eine Lederhose. Ich machte schnell die Tür zu, überlegte es mir dann aber anders. Ich wollte sie nicht in der Wohnung haben, aber auch nicht davor.

»Kommt schnell rein. Was macht ihr denn hier?«

»Ist Aaron hier?«

»Ja, aber …«

Ich zog sie herein und schloss die Tür. Sophie sprach mit Keith, der aussah, als würde er gleich anfangen zu weinen. Aaron stand auf und grinste. Todd trat vor und warf mir einen fragenden Blick zu. Ich hob verzweifelt die Hände, als Big Dog etwas sagte und mit seinem Daumen auf Luke zeigte.

»Hi du, das ist meine Schlampe, wie versprochen, und das … das ist die Schlampe, die dich in den Park geschickt hat.«

Sie sahen zu mir und ich wusste, dass sie es durch Luke herausbekommen hatten. Aaron nickte langsam, die Freundlichkeit war plötzlich aus seinem Gesicht gewichen. Ich hob wieder die Hände, brabbelte irgendetwas. Todd trat näher zu uns.

»Das war ein Witz, nichts weiter, Himmel!«

Es klingelte. Dieses Mal sah ich zuerst durch den Spion. Ich erwartete fast Maryam Smith, Pater Jessop, Charles King und wer weiß noch wen zu sehen.

Sie waren es nicht. Es war Bobbie und ich ließ sie schnell rein, schnappte mir die Tüte mit dem Champagner und hoffte verzweifelt, so die Situation entschärfen zu können.

»Kommt schon, Champagner für alle!«

Dominique mischte sich ein.

»Ich denke nicht, dass …«

»Hey du kleines Luder, ich will wissen, was hier gespielt wird«, sagte Aaron, der es nicht gut verkraftete, dass er wie ein Trottel dastand.

»Ja, kleines Luder ist richtig«, sagte Big Dog.

Jetzt mischte sich Todd ein.

»Nenn sie noch einmal so, du Schwuchtel …»

Bobbie bat um Ruhe. Denn es wurde laut, alle redeten durcheinander, Wut machte sich breit. Ich hob wieder die Hände und überlegte, wie man alle zur Ruhe bringen könnte. Es klingelte. Ich ging an die Tür, war dankbar für die Unterbrechung und erwartete, dass ein wütender Nachbar davorstehen würde.

So war es nicht.

Es war Niall. Verkleidet als Superman.

»Hi Nippel, ich bin euer Stripper.«

Ich fing an zu stottern, fragte mich, wie ich die Anwesenheit von Aaron, Big Dog, Luke und Todd erklären sollte.

»Ich … wir … ähm … wir haben schon einen Stripper … mehrere Stripper.«

»Ihr habt andere Männer hier?«

Er stieß die Tür auf, war zu stark, als dass ich etwas hätte tun können. Ich drehte mich um und schaute in die Wohnung, als er eintrat. Ich biss mir betreten auf die Lippe. Er erstarrte und sah Todd an.

»Es stimmt also! Du Mistkerl!«

Todd drehte sich zu ihm, die Fäuste flogen. Big Dog nutzte den Moment und schlug zu. Er erwischte Todd, der ihn daraufhin zu Boden schubste. Todd und Niall prügelten sich. Die Mädels schrien, Keith weinte, Aaron fluchte. Dominique Chalmers rief wütend etwas und rannte auf mich zu, als ich mich in Richtung der offenen Tür bewegte.

»Und wo, denkst du, gehst du jetzt hin?«, fragte sie, so arrogant wie eh und je.

»Ähm, zur Uni. Tschüß.«

Und damit rannte ich los, meine wilden roten Haare flatterten hinter mir.

Bitte beachten Sie auch die Hinweise auf den folgenden Seiten.

ANAIS

DER GEDANKE

FANTASIEN VON SEX UND MACHT –
ERZÄHLUNGEN, DIE GRENZEN ÜBERSCHREITEN

DER GEDANKE
DREI ERZÄHLUNGEN. ANAIS BAND 10
Von Anouk S.
400 Seiten, Paperback
ISBN 978-3-89602-557-9 | Preis9,90 €

Drei faszinierende Erzählungen über das leidenschaftliche Spiel mit der Macht:

STAHL AUF DER HAUT: Eine Geschichte voller Lust und Hingabe. Zwei Freundinnen müssen erkennen, wie groß die Verantwortung ist, die ihre Macht über andere mit sich bringt.

EINE REISE FÜR MARIE: Paul macht seiner Freundin ein ganz besonderes Geburtstagsgeschenk - eine aufregende Reise. Damit eröffnen sich ihnen völlig neue Möglichkeiten, ihr Liebesleben neu zu gestalten.

DER GEDANKE: Eine phantastische Geschichte über die Erotik von Herrschaft und Unterwerfung. Wird Emma es schaffen, die Herausforderung mit ihrem neuen Herrn gemeinsam zu meistern?

WWW.ANAIS.DE

ANAIS

SUBJEKTIV

AUS DEM LEBEN EINER DEVOTEN FRAU –
UNTERWERFUNG MIT LEIB UND SEELE

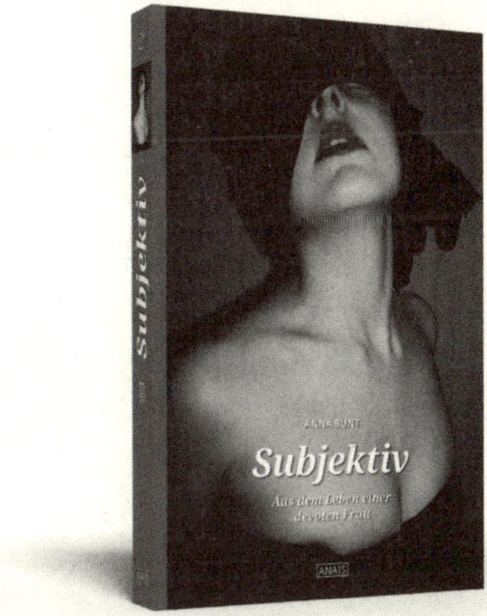

SUBJEKTIV
AUS DEM LEBEN EINER DEVOTEN FRAU.
ROMAN. ANAIS BAND 6
Von Anna Bunt
256 Seiten, Paperback
ISBN 978-3-89602-552-4 | Preis 9,90 €

Explizit und fundiert gibt die Autorin mit ihrem Debütroman einen spannenden Einblick in die Szene.

»Dieser Roman ist schonungslos. ›Subjektiv‹ von Anna Bunt (28) gewährt einen Blick in das Sex-Leben einer devoten Frau – und beschreibt Praktiken, die wir uns in unseren frivolsten Fantasien nicht vorzustellen wagen.«
Bild.de

»Die zahllosen Sex-Szenen sind nicht platt beschrieben, sondern stimmig und ohne Klischees.«
KinKats

»Heiße SM-Spiele sind nicht nur etwas für Fetischistinnen.«
Jolie

»Anna Bunt schreibt in ›Subjektiv‹ über die Initiationserlebnisse der devoten Anna.«
Prinz

WWW.ANAIS.DE

Die Autorin

Monica Belle wurde 1970 in Belfast geboren und studierte Biologie am New College in Oxford, bevor sie in der Londoner Finanzwelt Karriere machte. Sie begann, erotische Literatur zu schreiben, um sich vom Arbeitsstress zu erholen. Irgendwann entschloss sie sich, ihren Job an den Nagel zu hängen, und widmete sich ganz dem Schreiben. Heute lebt sie mit ihrem Mann und ihren zwei Töchtern in Falmouth / Cornwall.

Monica Belle
LUCY FRÜH AM MORGEN
Erotischer Roman
Übersetzt von Malina Sophie Meyer

ANAIS Band 12
ISBN 978-3-89602-559-3

ANAIS ist ein Label des Berliner Schwarzkopf & Schwarzkopf Verlages.